世俗的神聖

——古典小說中的宗教及文化論述

黃東陽 著

臺灣學生書局印行

世俗的神聖
——古典小說中的宗教及文化論述

目　次

上篇　超凡懸絕的聖地
——神聖空間在歷史上的遷變

神聖空間為人類信仰中既有的模式及想法，以標識出特定區域且視作神聖為法式，在其中從事祭祀神靈或與神明溝通的宗教活動。此概念自可與中華文化中的仙境說予以連結，一個肇自先秦流布於漢代的鄉譚，在魏晉時為道教所援引與定義，於唐五代定型。本篇擇選道教自形成教團後的首部仙人行紀《神仙傳》，作為解析道教甚至傳統思維如何界定與解構仙境內涵的基礎，進而分析唐五代仙境傳說中對時間母題的運用情形，去環結及呈現道教仙境說由肇始迄定型的完整過程。最後拈出入宋以後出現傳奇體〈王榭傳〉的仙境變型例，可輔說仙境定型後文人汲取與改寫的法式；自此，可對於存續在傳統小說中仙境的特質和遷易，作一縱向的歷史觀察與考索。

第一章　初始的聖地 ——葛洪《神仙傳》所建構之神聖空間及其進入之法式

第一節　引　言

道教鑑於個人身體受到外力及疾病侵害時生命便受到威脅、以及肉體必趨於老化而趨於消亡的事實，進而肯定形體對生命的重要性，在中華文化近似唯物觀的導引下，❶不採取精靈不滅的思考進路，而是用更穩妥、實際的方式直接保養及鍛煉有形的身體，意欲

❶ 牟復禮以為：「這意味著中國人認為世界和人類不是被創造出來的，而這正是一個本然自生（spontaneously self-generating life）的宇宙的特徵，這個宇宙沒有造物主、上帝、終極因、絕對超越的意志，等等。」適能說明上古時中國人未積極肯定意志天對人意義的特質，尤其進入西周後此特質則更為突顯。排除絕對超越人格意志的存在、與自化自生的宇宙特徵，已近似唯物觀，成為道教以修煉形體維繫生命（個人意志）思維底蘊。引參牟復禮（Frederick W. Mote）著，王立剛譯：《中國思想的淵源》（北京：北京大學出版社，2009 年），頁 19。

藉由肉身不滅以確保自我意識的存續。著重形體成為道教的核心思考，各類道書無不環繞著此概念而造作與開發。然就人類經驗而言，「不死」在歷史上未能得到相對應的記錄，如何在修煉方式的計較及研究外補足這論述上的嚴重缺憾，仙傳便成為建立道教信仰的重要基石：在宣告神仙歷代有人外，意欲詮解一般人在實際及經驗生活中未能親遇神仙的原由。葛洪（283-343）一位生於文人始大量投入崇奉道教行列的晉朝，❷及道教家庭的虔誠道徒，早年已獲官職而浮沉於宦海，仍醉心於道教的修煉法門，年三十餘歲已著手集結與融合古道經的義理撰成《抱朴子內篇》外，並搜羅經史書傳說中有關仙人的記錄成《神仙傳》一書，❸即令《神仙傳》前已有題名劉向《列仙傳》的仙傳專著，然而在體制、意涵上卻更密合史傳既有的體制及思維：❹一方面能由此頗具通史規模的論述，建立起跨時代前後接續的仙族甚而師承脈絡，另一方面比況著紀傳體依

---

❷ 魏晉時期，道教已由兩漢深具民間色彩走向具有宗教制度的教會道教，其原由即在於士族階級投入修煉行列，進而建立宗教的理論及儀軌。詳論參見胡孚琛：《魏晉神仙道教》（北京：人民出版社，1989年），頁62-76。

❸ 《神仙傳》的撰寫時間，可據《抱朴子外篇·自敘》中的自陳得知：「至建武（317-）中乃定：凡著《內篇》二十卷、《外篇》五十卷，……又撰俗所不列者為《神僊傳》十卷，又撰高尚不仕者為《隱逸傳》十卷。」建武時葛洪已三十五歲，其撰成時間概在之後未久。引見晉·葛洪，楊明照點校：《抱朴子外篇校釋》（北京：中華書局，1997年），頁698。

❹ 《神仙傳》近於史傳的性格及與《列仙傳》的區隔，可由楊建波的論述得見一二，其云：「與《列仙傳》廣采民間傳說不同，葛洪的《神仙傳》基本上屬於第二種即歷史附合型故事系列。《神仙傳》中大多數神仙都脫於歷史人物、歷史故事，他們的事跡都有較確鑿的史實依據。」引見楊建波：《道教文學史論稿》（武漢：武漢出版社，2001年），頁77。

身份立傳而另立神仙類別的傳統及敘事，在合乎既有文體觀下，更能直接給予文人讀者神仙實有的觀感。葛洪此書較諸《列仙傳》更能完整、全面與精準地記錄下道教仙人的譜系，向群眾推銷著自力足能成仙的概念，❺達成回應不信者所提出歷代「神仙何在」疑問的撰作任務，❻於道教初盛時建立起仙傳撰寫的規模及範本。《神仙傳》翦裁與輯錄舊著、新聞和傳說中關於仙人的言談及事跡，且屬乎多能明指確切時間、地區和姓名的傳聞。❼由此以觀，仙傳必

---

❺ 對於葛洪《神仙傳》的出現，日人小南一郎以「新神仙家」來稱呼，且指出：「這是對一切人完全開放的神仙說（更確切些說，是那種太古以來流傳下來的祖靈觀念，在這個時期取神仙說的形態又浮現於文化的表層）。神仙的存在，已不再像以前那樣處在和我們隔絕的絕對地位，它原則上已是所有人都能達到的。對於這一時期精神史的發展來說，這是最為重要的一點。」已能道出葛氏沿繼祖靈思維而置換成神仙概念，而非早期英雄尋得生命後而昇仙的原型，說法頗中是書的思想特色。引見小南一郎撰，孫昌武譯：《中國的神話傳說與古小說》（北京：中華書局，2006 年），頁 185。

❻ 據《神仙傳·序》：「予著內篇，論神仙之事凡二十卷，弟子滕升問曰：『先生云仙化可得，不死可學，古之得仙者豈有人乎？』」又於〈陰長生〉中謂：「抱朴子曰：『洪聞諺書有之曰：子不夜行，則安知道，道上有夜行人，今不得仙者，亦安知天下山林間，不有學道得仙者。』」可知此書撰寫的目的亦在於回應與補充歷代未見仙人的記錄。以上引文分據晉·葛洪：《神仙傳》（臺北：自由出版社，1989 年），頁 41、72。

❼ 葛洪撰《神仙傳》事，可據《晉書·葛洪傳》後所附記葛氏著作書目，而記云：「（洪）自號抱朴子，因以名書。其餘所著碑誄詩賦百卷，移檄章表三十卷，神仙、良吏、隱逸、集異等傳各十卷，又抄五經、史、漢、百家之言、方技雜事三百一十卷，金匱藥方一百卷，肘後要急方四卷。」據唐·房玄齡：《晉書》（臺北：鼎文書局，1982 年），頁 1913。對照題名晉抱朴子葛洪稚川的〈神仙傳序〉：「予今復抄集古之仙者，見於仙經服食方、及百家之書、先師所說、耆儒所論，以為十卷。」據晉·葛洪，《神仙傳》，頁

然於記述神仙行止外，涉及成仙歷程的活動空間：成仙前的活動範圍及修煉場所、昇仙後的棲止和與凡人的接觸處，用來充補理論型道書未能細述的仙人形貌，及合理地去詮釋遇仙的發生並間接證成記錄的真實。排除神仙親臨市井與人交接的場合外，和神仙具有密切關聯的空間，道徒當於建構宗教理論時將它予以定義，成為不同甚而是超拔於個人經驗的世界，即「神聖空間」的概念——係為人類學家統合出人類信仰中的一種既定的模式及想法：以標識及界分出特定區域視作「神聖空間」為方法，在此空間中從事與宗教有關的活動。❽道教雖承襲傳統泛靈及人鬼崇拜的信仰，卻又將神仙的位階置於此信仰之上，構成以神仙為統治核心的人事及世界圖譜，使得宗教崇拜的對象及活動的方法，轉向以「人」為核心，一個修煉成功並得到天職的天仙，及不欲昇天滯留於山中及人間的地仙，就此建立自成系統與多種意涵的神聖空間之樣貌。職故，本章藉由《神仙傳》對聖地、仙人／凡世、俗人的描述，對照並釐清道教於初始建立道書❾時對空間神聖性的自覺、體悟與觀感，由之界分與

41。又《梁書》及《南史》中之〈陶弘景傳〉皆載有陶弘景得葛洪《神仙傳》，能確認是書確為葛氏所撰外，也可知其鈔錄的主要來源為仙經、古籍及傳聞。

❽ 本文主要依據伊利亞德對「神聖空間」的論述，分析《神仙傳》中對此空間本身的特質及內涵、及個人如何應對與進入的命題。文本則用伊利亞德（Mircea Eliade）著，晏可佳、姚蓓琴譯：《神聖的存在：比較宗教的範型》（桂林：廣西師範大學出版社，2008 年）中第十章〈聖地：神廟、宮殿與「世界中心」〉、楊素娥譯：《聖與俗——宗教的本質》（臺北：桂冠圖書公司，2006 年）第一章〈神聖空間的建構世界的神聖性〉。

❾ 到了葛玄、葛洪對漢迄西晉的道書作理論性的統合後，入東晉時方才發展為

定義出此時道教神聖空間的內容與意涵，以期對於六朝時期道教教義的承繼與遷變，能有不同過往研究的觀察與解讀。

第二節　聖俗的對照：神聖場域的界分及擘寫

葛洪撰《神仙傳》十卷，書成後已甚流傳，裴松之《三國志》注徵引、史志皆著錄，⑩然未見宋刊，恐賴手鈔傳續，令今所傳雖也作十卷，內容已見差異。以下就個人知見所及，概述《神仙傳》的版本。十卷本有：明何允中《廣漢魏叢書》本、馬俊良《龍威秘

成熟的宗教。王卡謂：「東晉南北朝是中國道教發展史上重要的轉折階段。在這一時期，由於門閥士族統治者的改造，以及道教自身教義教理、方術儀式和科戒制度等方面的變化發展，使道教從早期始幼稚的民間宗教逐潮演變為比較成熟的官方正統宗教。」即鑑於此。引見王卡：〈東晉南北朝道教〉，牟鍾鑒、胡孚琛、王葆玹編：《道教通論——兼論道家學說》（濟南：齊魯書社，1991 年），頁 434。

⑩ 據葛洪〈神仙傳序〉云：「予今復抄集古之仙者，見於仙經服食方、及百家之書、先師所說、耆儒所論，以為十卷。」據晉·葛洪，《神仙傳》，頁 41。書成即為十卷，其後《隋書·經籍志》、《舊唐書·經籍志》、《新唐書·藝文志》、《宋史·藝文志》等史志皆有著錄題名葛洪撰之《神仙傳》十卷無異辭，《郡齋讀書志·神仙類》題葛洪撰，未著錄卷數，僅節引序的內容，見宋·晁公武：《群齋讀書志》（臺北：臺灣商務印書館，1978 年），頁 305。然《日本國見在書目錄·雜傳家》題為二十卷，當是誤題，參藤原佐世：《日本國見在書目錄》（臺北：新文豐出版社，1984 年），頁 38。《崇文總目·道書類》錄有葛洪撰《神仙傳略》一卷，或為《神仙傳》的節本，據宋·王堯臣：《崇文總目》（臺北：臺灣商務印書館，1978 年），頁 307。另《藝文類聚》、《太平廣記》、《太平御覽》等類書及道書引錄亦夥，也見其流傳。

書》本、清《四庫全書》鈔本、王謨《增訂漢魏叢書》本、民國丁福保編《道藏精華錄》鉛字本、商務印書館《叢書集成初編》排印本及文明書局《說庫》的石印本；清·顧之逵《藝苑捃華》本僅錄《廣漢魏叢書》前五卷，而有五卷本一種、王仁俊《玉函山房輯佚書續編》輯有葛洪《神仙傳》一卷，共收〈薊子訓〉、〈欒巴〉及〈董奉〉三則，實與十卷本已重複；另尚有宋張君房《雲笈七籤》於卷之一百九收有《神仙傳》、曾慥《類說》、明陶宗儀《說郛》、周履靖《夷門廣牘》、陶珽《重較說郛》、《五朝小說大觀》等節錄本，前四種節本尚有校勘價值，後兩種舛誤最多，毋庸參看。近來尚可得社會科學文獻出版社由干春松校譯，及三民書局周啟成譯注的排印本兩種，皆便於今人閱讀。《神仙傳》內容尚稱完整，⓫可反映葛洪及當時道教對於神仙的看法及主張：已經由道

⓫ 由於唐梁肅〈神仙傳論〉謂《神仙傳》收一百九十人（見宋·李昉編：《文苑英華》卷七三九，影印明隆慶刻本（臺北：華文書局，1965 年），頁 3855），後五代王松年《仙苑編珠·序》謂一百十七人（見五代·王松年：《仙苑編珠》，《正統道藏》本（上海：上海古籍出版社，1989 年）），今傳各本皆未符上述仙人數：鈔自毛晉所刊的《四庫全書》本作八十四人（毛本今未見），後出的《道藏精華錄》本有九十四人，其餘十卷本所收皆收九十二人，刪併以上三種後共得九十六人；李劍國對照各本刪合重複後除《廣記》誤入《墉城集仙錄》一則外共得一一四人，已近五代王松年所見人數。（見李劍國：《唐前志怪小說史》（天津：天津教育出版社，2005 年），頁 331-336）。近人余嘉錫據梁肅所記與今日各本人數相去頗遠，故謂：「人數與今兩本皆不合，疑葛洪之原書已亡，今本皆出於後人所掇拾，特毛本輯者用心較為周密耳。」（見余嘉錫：《四庫提要辨證》（北京：中華書局，2007 年），頁 1219。）然梁肅所說人數，恐已合《列仙傳》即葛洪所見七十餘人。余氏「今本皆出於後人所掇拾」的推論，自待商榷。陳飛龍云：

徒葛洪略作修改內容並認證為真的仙人事蹟。從中抽繹有關空間的書寫，自能合乎道教對於世界空間的設想及期待。⑫

「《正統道藏·洞真部》記傳類『海』字帙下收有劉向《列仙傳》二卷、沈汾《續仙傳》三卷，而無葛洪之《神仙傳》；又依《抱朴子》本文及《神仙傳·序》，其所謂『神仙傳』，蓋亦增補劉向《列仙傳》而成者也，後世不明，乃混二書為一。」（見陳飛龍：《葛洪之文論及其生平》（臺北：文史哲出版社，1980 年），頁 167。）以為後人已混《列仙傳》、《神仙傳》為一，致《道藏》未收《神仙傳》，雖由卷數而言恐令人致疑，但參照宋代張君房《雲笈七籤》摘錄、元朝所編《道藏闕經書目》中亦列葛洪《神仙傳》（見元·闕名：《道藏闕經書目》，《正統道藏》本（臺北：新文豐出版社，1985 年）），知原來《道藏》收有此書，之後亡失以致未見於今日所流傳明《正統道藏》中。又宋初李昉《太平廣記》引《神仙傳》及《雲笈七籤》所錄《神仙傳》二十一人皆未逾十卷本所載人物，梁肅所見可能即為混稱二書為一的《神仙傳》，故得一百九十人，由此或可推論王松年所記人數較為可信。李劍國謂：「今本正為十卷，然非全帙。」（見李劍國：《唐前志怪小說輯釋》（臺北：文史哲出版社，1994 年），頁 320）。自是無誤，不過今本與葛洪所述，相去至多四、五人而已。至於各本優劣，李劍國指出《雲笈七籤》本鈔引二十一人皆未超出《四庫全書》本、文字亦近，應最接近原本，今檢當引原本《神仙傳》的陶宗儀《說郛》本也與《四庫》本顯出同系，李氏所論，當屬事實，惟就所載的結構而言，差異不大。（見李劍國：《唐前志怪小說史》，頁 330。）

⑫ 李豐楙謂：「東晉時期句容地區為一道教氣氛濃厚的所在……，因此東晉前後的仙道類小說也都與這些道派有密切關係，其中可分為三大類：一為仙真類傳，如葛洪所編撰的《神仙傳》；二為仙真專傳，大多與上清經系有關，……；三為因應神仙事跡的流傳、道法傳授的科律，因此競相造構，產生綜合多種資料以結構成篇的傳記。」知葛洪造《神仙傳》，是在當時建構道教仙人體系「經典」氛圍下而有的產物，必能與道教教義有所對應。引參李豐楙：《六朝隋唐仙道類小說研究》（臺北：臺灣學生書局，1997 年），頁 434。

「神聖空間」係指標識出原始神顯的地方，此處因能切斷與周圍世俗的聯繫，故為神聖，此空間的神聖源頭，來自於祝聖此地的神顯具有永恒本性，而此空間成為「力量和神聖的永不枯竭的源泉，使得人類只要進入這個空間就能分有那種力量，就能夠和神聖相互交流」，且於此所建立起初始構造的原型，「這個原型隨著以後每一個新祭壇、神廟或者聖所的建立而被無數次複製」，⑬成為信仰的核心，在其中從事祭祝活動。依此，《神仙傳》中仙人示現後，又於該處與人交流並賦與超自然力量及永生祕訣，況仙眾又不斷重複地於同處或他處展示神跡，形成崇拜及信仰的區域，合於「神聖空間」的主要定義，由此試觀書中對此空間的建構方式及原理，適能發現《神仙傳》中所陳述的宗教特質。

葛洪相信仙人多於五嶽深山中遊歷，令神顯地點（此處係指神仙顯化）多在山中，似沿襲舊有山嶽崇拜的信仰。然其發現及標識聖地的方法，頗與舊說不同：

一、人間聖地的識別與特質：崇拜、神跡

商周時已存在祭祀天帝的宗教規範，執事於祭壇安排祭器及祭品後由君王主祀，依循制式的流程進行祭祀，迄秦漢時已發展出「封禪」的祭祀規模。⑭封禪更是基於能與上天接近的概念，演變為進入能和上天連結的聖山中舉行祭祀活動，在漢武帝時已建造通

⑬ 引見伊利亞德（Mircea Eliade）著，晏可佳、姚蓓琴譯：《神聖的存在：比較宗教的範型》，頁3。

⑭ 商周祭祀的概況，請參洪德先：〈俎豆馨香——歷代的祭祝〉，藍吉富、劉增貴編：《敬天與親人》（臺北：聯經出版社，1982年），頁394-399。

天台及意謂「神聖的禮堂」的「明堂」，於其中進行具有神聖意涵的制式祭儀。⓯此祭儀的思維構成，主要建立在祭祀對象與主祭者間的連結，且此連結處已被限制在山中的神聖空間中，換言之，此神聖空間的標識及成立，乃基於維繫祭祀過程（向神祝禱）能與神靈同樣的莊嚴神聖，以確保祭祀者能將願望傳達到神靈的處所。此結構在《神仙傳》中雖也發現其軌跡，卻有所更易。

《神仙傳》中除多視山岳為神仙遊歷處甚至居所外，也借彭祖之口宣稱「又人苦多事，少能棄世獨往山居穴處者，以道教之終不能行，是非仁人之心也」，⓰以為成仙也和山岳的環境特質有關，故傳中記錄的修煉者多以回歸山中為結，認定及聯結仙人和山岳之間的關係。若以仙人身分思考此關係的形成：仙人會在山中居住與示現，仙物也置放在山中，修煉者及凡人當於此聚集，除吸納當中的靈氣和得到山中的靈物外，也有著遇見仙人的期待。此思維乃築構在聖／俗的對照上，可發展出被崇拜者／崇拜者甚而可能衍生出師／徒的兩種互動。據此，崇拜活動及之後能直接傳達心志予神人等過程及結果，使得此空間的性質，也當被定義為神聖。⓱以卷十

⓯　有關封禪演變及建立明堂制度的說明，本文據魯惟一（Michael Loewe）著、王浩譯：《漢代的信仰、神話和理性》（北京：北京大學出版社，2009 年）中〈帝國的祭祀〉的說法。另武帝封禪的目的在於昇仙，而非推崇儒教，詳說可見逯耀東：〈武帝封禪與「封書」〉，《抑鬱與超越——司馬遷與漢武帝時代》（北京：三聯書店，2008 年），頁 141-166。

⓰　晉·葛洪：《神仙傳》，頁 50。

⓱　神聖與世俗空間的主要區隔，不在空間的本身，而是決定於用途尤以是否與祭祀有關。伊利亞德云：「空間具有兩種存在模式——神聖與凡俗。從凡俗的經驗來看，空間是同質的，是中性的；但對宗教人而言，空間卻具有非同

所錄〈魯女生〉事為例：

> 魯女生，長樂人。初餌胡麻及朮，絕穀八十餘年，益少壯，色如桃花，日能行三百里，走及麞鹿，傳世見之云。三百餘年後，采藥嵩山，見一女人，曰：「我三天太上侍官也。」以五岳真形與之，并告其施行。女生道成，一旦，與知友故人別，云入華山去。後五十年，先識者，逢女生華山廟前，乘白鹿，從玉女三十人，并令謝其鄉里故人。⓲

魯女生經歷絕穀並習得基礎道法後入山中得遇仙官，獲授〈五岳真形圖〉的入山真傳，亦即具有進行修煉、接近聖潔意味的「絕穀」

質性，他會經驗到空間中存著斷裂點或突破點。這就是宗教人所體驗到的神聖空間（真實與實存的空間）與其他空間（非神聖的、不具結構或一致性、是無特定形態的空間）之間對立關係的經驗。」（見伊利亞德（Mircea Eliade）著，楊素娥譯：《聖與俗——宗教的本質》（臺北：桂冠圖書公司，2006 年），頁 28-29）。所謂「非同質性」係指在於感受到神跡（即神聖）存在後發生「突破點」，空間產生聖俗異質的變化，即金澤所申說：「某一空間究竟是神聖的還是世俗的，往往不取決於它自身，而取決於它在人們的整個空間意象中的位置，取決於它與其他空間結成怎樣的結構關係。」（金澤：〈宗教禁忌與神聖空間〉，苑利編：《二十世紀中國民俗學經典·信仰民俗卷》（北京：社會科學文獻出版社，2002 年），頁 349）。那麼當仙人「顯聖」後便形成的信仰、祭祀處，亦在當下被決定為聖所。

⓲ 晉·葛洪：《神仙傳》，頁 44。關於進入山中遇仙者此書記載頗多，若〈劉根〉記劉氏入華陰山遇神人授予神方、〈王興〉載漢武帝入嵩山遇神仙、〈趙瞿〉錄趙氏進山中得見神人、〈陰長生〉收陰氏自云於新野山得仙君神丹要訣等甚多，不煩舉。

成為遇仙的要件，能牽引在山中遊走的仙人來訪，構成了由仙人為核心的空間——修仙時的魯女生（徒／凡人）和仙官（師／聖人）的關聯，讓兩人見面的場景，轉變成接受智慧／授予智慧、敬拜／受到崇拜的宗教關係。仙人的現身，決定並標識了神聖空間的存在，又依此原則複製人世中其他的聖所；當魯女生入華山成仙後，便轉變了原與鄉里故人同屬凡俗的地位，復形成聖俗對照的新關係，一如當時與仙官會面般的場景，這些鄉里故人就成為崇拜者，親身體驗著神仙顯聖的神祕經驗。仙人或已近於得道的修煉者代表神聖的存在，意謂著每次得見仙人的當下實進行著宗教活動，令神聖空間的成立不再僅限囿在山中或固定區域，乃是以得道者甚而有道者作為中心。當信眾或一般人前往山中既知的修道者處，或經齋戒等程序後進入山中，神仙往往會示現及賜與。卷三所記〈王興〉事即為此類：漢武帝入嵩山，並使董仲舒、東方朔等齋潔思神，晚上果有九嶷之神降臨，武帝以禮並提問，神人賜與長生之法，[19]卷十〈陳長〉所載得道的修煉者，更形成以其山中居所為崇拜中心的地方信仰：

> 陳長在紵嶼山上，已六百餘年。紵嶼山中人為架屋，每四時，烹殺以祭之。長亦不飲食，顏色如六十歲人。諸奉事者每有疾病，以器詣長，乞祭水飲之，皆愈。紵嶼山上，累世相承事之，莫之其所來，及服食本末。紵嶼在東海中，吳中周詳者誤到其上，留三年，乃得還，具說之如此。紵嶼山，

[19] 晉·葛洪：《神仙傳》，頁 109。

其地方圓千里，上有千餘家，有五穀成熟，莫知其年紀，風俗與吳同。⑳

紵嶼山本為陳長的修煉地，因著已於山中生活五百餘年且駐顏有術，證成他的神仙身分，得到山中居民的祭祀和崇奉，成為當地的信仰中心。與一般宗教活動不同的是此信仰形成之後，信徒乃直接向陳長亦即神人乞求和祭祀，陳長的身份標識出居住地的神聖，由此劃出信仰及祭祝的範圍。可以說在仙傳中仙人取代了原本不能目見甚至需要巫覡作中介的神靈，使得每次遇仙皆當視作有宗教意涵的神祕經驗；因著神仙意志的任意性，自無法限定「得遇神仙」意謂直接面對絕對神聖神仙的過程在特定區域之內，惟葛洪仍時有意識地維繫空間的神聖性，卻以神仙或有道者用顯示神跡證明自己的神聖身分，並可標識此空間有別於凡世。另一方面，凡人也多需經由絕穀、齋戒等自潔的手續，方能換得與神仙接觸的機會。足見此時道教強調神仙的最高性及神聖性而成為崇拜核心，讓原本無法親眼目見、對談的祭祀對象成為具體的存在，使得原本可確切指出祭祀時的神聖空間，變成隨神仙意志而變動的遇仙之處，轉變了舊有對神聖空間的設定與預想。

二、仙人居所的建立與意涵：隔絕、超凡

這些來往山林也混跡於人世的神仙，當和凡人接觸時復因著自身的神聖性構成宗教活動，有著信仰崇拜的要件，使得仙凡互動過

⑳ 晉・葛洪：《神仙傳》，頁 127-128。

程的當下空間，同於祭祀時預設神聖空間的性質。此想法乃就仙傳已肯定神仙實有的思想底蘊、並會與世人有往來的預設下而成立，但在現實之中與神仙對談的經歷未可發生，使得此模式在經驗世界中多賴尚在修煉或者人稱有道的修煉者來維繫。此意謂著道士的修煉所，也成為神聖空間的當然處所：須知修成仙體前道士山中的修煉處，僅能視為神仙習常出現的地點而已，但可預知道士成仙後此處就會變更為神仙的居所，人變化成仙人的地點，成為顯聖之一例故為絕對的神聖。㉑因而修煉處及所謂的仙境，於《神仙傳》中對兩種環境的敘寫甚為近似，不易分別，惟天界的描述，則已作明顯的區隔：

㈠仙境的他界特質

葛洪將道教修煉處視作崇拜空間的看法，延伸至對仙境的理解；天界自視作不易進入的他界，於道教義理中就重予詮釋及安置。各種懸絕又能誤入、俯拾可得仙藥玉食且蓋滿宮殿樓閣的仙境傳說盛傳於當時，然葛洪鈔撮與描寫的規模及特徵卻與當時傳說甚為不同，反與《列仙傳》所記錄道士純粹的修煉場多有吻合。㉒《神仙傳》中區隔修煉場及仙境的方法，則是以居住該處的人物是否具備神仙的身分、隔絕俗人的特質來辨分。若〈孔元方〉載記一

㉑ 此即紀念原始的神顯，成為聖所。《神仙傳》中已成仙的道士往往仍居住在原來石室中，為世人與神仙的交流處。

㉒ 《列仙傳》所描寫出的修煉場多可獲得原屬於仙境像延壽、不死藥等靈物外，又可提供世人避難，儼然將此處形容成近似仙境的地點。詳考請參黃東陽：〈歲月易遷，常恐奄謝——唐五代仙境傳說中時間母題之傳承與其命題〉，《新世紀宗教研究》，第6卷4期（2008年6月），頁38-66。

位已得道者居住在山中的窟室，其中佈置未有超越世間居所的可能，顯然是單純的修煉處，卻具有讓俗人無法尋獲的特點：

又鑿水邊岸，作一窟室，方廣丈餘。元方入其中，斷穀，或一月兩月，乃復還家，人亦不得往來。窟室前有一栢樹，生道後棘草間，委曲隱蔽。弟子有急欲詣元方窟室者，皆莫能知。後東方有一少年，姓馮名遇，好道，伺候元方，便尋窟室得見。曰：「人皆來，不能見我，汝得見，似可教也。」乃以素書二卷授之。㉓

孔元方因具備仙人身分，加上居所惟有好道者方能得其進入的門徑，令看似道士修煉的地點，實具有仙境隔絕與超凡的特點；至於〈王烈〉則更記下兩次進入仙境的經驗，目睹並速寫下仙境的真實環境：

王烈者，字長休，邯鄲人也。常服黃精及鉛，年三百三十八歲，猶有少容。登山歷險，行步如飛。少時本太學書生，學無不覽，常以人談論五經百家之言，無不該（賅）博。中散大夫譙國嵇叔夜，甚敬愛之，數數就學。共入山游戲采藥。後烈獨之太行山中，忽聞山東崩地，殷殷如雷聲。烈不知何等，往視之，乃見山破石裂數百丈，兩畔皆是青石，石中有一穴口，徑闊尺許，中有青泥流出如髓。烈取泥試丸之，須

㉓ 晉·葛洪：《神仙傳》，頁89。

> 臾成石，如投熱蠟之狀，隨手堅凝。氣如粳米飯，嚼之亦然。烈合數丸如桃大，用攜少許歸，乃與叔夜曰：「吾得異物。」叔夜甚喜，取而視之，已成青石，擊之琿琿如銅聲。叔夜即與烈往視之，斷山以復如故。烈入河東抱犢山中，見一石室，室中白石架，架上有素書兩卷。烈取讀，莫識其文字，不敢取去。卻著架上，暗書得數十字形體以示康，康盡識其字。烈喜，乃與康共往讀之。至其道徑，了了分明，比及，又失其石室所在。烈私語弟子曰：「叔夜未合得道故也。」㉔

王烈先因太行山崩裂得以進入仙境，其後又能自主地至抱犢山再次進入仙室，兩地環境的不同僅有首則在入口有青石，餘者與一般道士於山中所居的石窟無異，但仙藥青髓、仙書兩卷，證明著王烈先進入的確為仙境。因而《神仙傳》中所建構的仙境，當視作道士修煉處概念的引申，㉕僅用附加特定仙物或具有隔絕俗人（含括未具仙骨者）的特質作為區隔，維繫起此空間及於此中從事修煉和崇拜活

㉔ 晉·葛洪：《神仙傳》，頁 89-90。類似仙境若〈衛叔卿〉中衛度乃經齋戒後方得在太華山裡望見仙人活動處，又〈介象〉裡介象學道於東山，在精思求仙後方得山神引入仙境，皆表述著進入仙境的資格，至於對仙境的描述則與一般山林景觀無異。

㉕ 苟波以為就此則可見當時道教已縮短仙凡距離，而云：「神山仙境方及大江南北的觀念日益普及。王烈二入神山，當為道教『洞天福地』觀念的一種反映。」所言甚是，但這亦可看待成葛洪將山中適合修煉處，當作描繪及認定仙境內容和藍本。引文見苟波：《仙境·仙人·仙夢——中國古代小說中的道教理想主義》（成都：巴蜀書社，2008 年），頁 71。

動的神聖性。箇中緣由，和葛洪要強調自力成仙的重要性及修煉得仙體的可能性有關，令刪落了舊有仙說誤入仙境和偶遇仙人、得到仙藥的幸運要素，不再講究對仙境美好和仙人莊嚴的描寫，由此更易了神聖空間的實質內容。除了以山中道士實際活動的區域去融攝舊有仙境概念外，尚在肯定神仙具有法力的前提下，賦予他自造空間的能力。此處所指的自造空間，係謂仙人用法力所建構起獨立的他界。卷五所載〈壺公〉，便引費長房進入壺中世界：

> 長房依言，果不覺已入。入後，不復是壺。唯見仙宮世界，樓觀重門閣道。宮左右侍者數中人。公語房曰：「我仙人也，昔處天曹，以公事不勤見責，因謫人間耳，卿可教，故得見我。」……初去至歸，謂一日，推問家人，已一年矣。㉖

故事中的空間具備了仙境隔絕凡人的特性，另又存有「時間」母題——仙境中時間的流逝較人世來得快速，配以與人世榮華相同的物質享樂。由此可知敘事者意欲說服引入此空間的費長房及閱讀此事的讀者，在成仙後的快樂及享受必超越人間，而這貼近世人想望的空間雖具備神聖性，卻非自然存在、必須由仙人親身帶領而進入，和仙境的永久性大相逕庭，乃是因時置宜的說教處所，亦說明著仙人對空間全然地掌握：自由往來已有的世界，甚而能創造出獨立的空間。

㉖ 晉·葛洪：《神仙傳》，頁82。

㈡天界的超越性格

《神仙傳》的仙境雖具備隔絕性，但仍被定義在屬於地上具體的存在，是與人世相通，對其描述亦更貼近道徒修煉所的環境，體現當時現實的狀況。由此推見道教實用及入世的傾向，必然削弱原本傳說中對仙境與人世隔絕的形塑。相對於和人間緊密連結的仙境，懸絕於人世由仙人掌管的天界便側重於突顯其莊嚴和神聖，《神仙傳》已用人間的眼光比較出俗世及天上的兩下差距，於〈蘇仙公〉中記眾人目睹仙眾自天而降得見端倪：

> 俄傾之間，乃見天西北隅，紫雲氤氳，有數十白鶴，飛翔其中，翩翩然降於蘇氏之門，皆化為少年，儀形端美，如十八九歲人，怡然輕舉。㉗

處於凡世的人們遙觀天上有代表帝王的紫雲裡降下天人，是將此距離的懸遠，來傳達人物、仙物與凡人、世事的聖凡差距，單方面記下世人對於天界事物的敬懼和陌生，頗代表葛洪對天界的觀感。天界的樣貌，復賴其中天界遊歷的個案予以表陳。故載云：

> （沈羲）四百餘年，忽還鄉里。……說：初上天時，云不得見帝。但見老君東向而坐，左右敕羲不得謝，但默坐而已。宮殿鬱鬱如雲氣，五色玄黃，不可名狀。侍者數百人，多女少男。庭中有珠玉之樹，眾芝叢生，龍虎成群，遊戲其間。

㉗ 晉・葛洪：《神仙傳》，頁 115。

> 聞琅琅如銅鐵之聲，不知何等。四壁熠熠有符書著之，老君身形，略長一丈，被髮文衣，體有光耀。須臾，數玉女持金按玉杯來，賜義曰：「此是神丹，飲者不死；夫妻各一杯，壽萬歲。」乃告言飲服畢，拜而勿謝。服藥後，賜棗二枚，大如雞子，脯五寸遺義，曰：「還人間治百姓疾病，如欲上來，書此符懸之竿杪，吾當迎汝。」乃以一符及仙方一首賜義。義奄忽如寐，已在地上，多得其符驗也。[28]

道徒沈羲因廣救百姓功德感天，令天神來接至天上遊歷，得以目睹天界的模樣：不可名狀的宮殿、雲氣、動植物，及放光的符書和仙人，皆予人光潔、莊嚴、美好而神聖的印象，而此正是人們對天界的集體意識。[29]在此中尚且置入亦屬於天界的時間母題及賜藥情節，印證傳統思維中的天界印象。使得天界此一絕對的神聖空間，僅作象徵著天諭的來源及天道的基礎，又作為提供掌控時空及萬物

---

[28] 晉·葛洪：《神仙傳》，頁 108。

[29] 《神仙傳》中由於已將仙境定位成仙人於地上的主要居所，且用道士修煉處的概念予以含括，脫離原本仙境與神話中「樂園」概念的密切關係，卻融攝在天界的描述中。如康韻梅所說：「渴求生命的長存，便設想出死亡不到的境域，而設想的根基主要建立在人本居於樂園可以不死的信念，所以人必須再回到象徵樂園的所在，才得以恢復其本具的不死性，這正是文學批評家所歸納出『不死』的原型模式之一。」道教本有人可不死的預設，故視死亡乃個人積累不道德的結果，因而求取不死，至終「回歸」天界。天界既是絕對神聖的存在，故此境中又備有不死的神藥及道書，去排除死亡於此處發生，可知葛洪將樂園的意識置放在天界觀中，意欲成就其絕對圓滿的特質。引文見康韻梅：《中國古代死亡觀之探究》（臺北：國立臺灣大學出版委員會，1994 年），頁 74。

仙眾的集合處所而已。

第三節　試煉的旅程：進入聖地的程序及資格

已神聖化的空間必賴凡人去襯托與比對，才可呈現出其神聖特質。意味著聖／俗的界定與比照，是在此空間被形容、定義神聖後，再經歷著與俗世的映照、與仙人（聖）和凡人（俗）的對談、經歷和人物的出入聖境，才可明白此神聖空間對尚未得道者甚而仙人的意義及啟示，從中理解進入聖地所設限內容的意涵，[30]發明此空間在宗教上的意義。故由聖／俗兩種對立的概念作為思考主軸及探針，才能知悉與掌握仙人在「知道」、「訪道」、「得道」的生命歷程中，俗／聖空間在各階段中對修煉成功者的意義，成為給予仙傳中凡人的啟示，經由同理心轉譯後又成為讀者的共同經驗和對話，體驗到此空間的神聖本質。因就修仙歷程的三種階段，去發明神聖空間的特色及意涵：

---

[30] 神聖空間的進入多設下條件。伊利亞德謂：「神聖空間尤其是『中心』的辯證法似乎是自相矛盾的。有的神話、象徵和儀式一直強調進入『中心』的艱難程度，不遭遇失敗就根本無法進入；可是也有一些神話、象徵和儀式則明確宣布，這個中心很容易進入。」就前者而言，當視作強調神聖空間的神聖性時，以致多給予欲進入者難題來說解，後者則著眼於宗教上的利益，表述與暗示其信仰接納與歡迎異教徒經由儀式而加入。上引兩種情況皆可在《神仙傳》中得見，見後文的分析。伊利亞德（Mircea Eliade）著，晏可佳、姚蓓琴譯：《神聖的存在：比較宗教的範型》，頁 358。

一、知道——崇敬得道者的活動處

山中能得見神仙或可偶入仙境，為當時的集體意識，況在現實中也曾見道徒於家中或入山修煉，自令當時人對於仙人混跡世間的說法疑信參半。此類對道教所宣傳的內容略知一二又未能深信的群眾於社會中為數最多，是道徒於宣教時理應爭取的對象，也是《神仙傳》中作為和選擇修習道法者對照的不二人選：呈現具有評判意味是／非、從眾（俗）／從道（聖）的鮮明對比。此類敬畏有道法的群眾，多僅敬服於道士展現出的超凡能力，若〈馬鳴生〉即記云：「（馬鳴生）少為縣吏，捕賊，為賊所傷，當時暫死，忽遇神人，以藥救之，便活。鳴生無以報之，遂棄職隨神。初但欲治金瘡方耳，後知有長生之道，乃久隨之，為負笈。」㉛鳴生起初對神人的認識，是具有治病大能的異人，所以意欲獲取治病的藥方而已，此為一般人見識到道士能力的自然反應，其後雖未交代鳴生何以能獲悉神人有長生之道，卻可從文後已交代其成仙的結果，逆推兩人必因此事件發展出師徒關係而導致。即令相信修仙可行的道徒，也必然接受成仙者必屬乎極少數成功的「實例」，因此佔絕對多數的一般群眾僅能聽聞與傳述著仙人於世的神跡，表現出若卷六所錄〈沈建〉中鄉里百姓般的態度及反應：

> 沈建，丹陽人也。世為長吏，建獨好道，不肯仕宦，學道引服食之術，還年卻老之法，又能治病，病無輕重，治之即

㉛ 晉·葛洪：《神仙傳》，頁57。

> 愈，奉事之者數百家。建嘗欲遠行，寄一婢、三奴、驢一頭、羊十口，各與藥一丸。語主人曰：「但累屋，不煩飲食也。」便去。主人大怪之，曰：「此客所寄十五口，不留寸資，當若之何？」建去後，主人飲奴婢，奴婢聞食氣，皆逆吐不用；以草飼驢羊，驢羊避去不食，或欲抵觸人，主人大驚愕。百餘日，奴婢體貌光澤，勝食之時，驢羊皆肥如飼。建去三年乃還，各以藥一丸與奴婢驢羊，乃飲食如故。建遂斷穀不食，輕舉飛行，或去或還，如此三百餘年乃絕跡，不知所之也。[32]

沈建因能維繫青春並有治癒所有疾病的能力，令得見及知悉其神跡的鄰近數百人家以他作為崇奉對象，一如前引〈陳長〉中里人對其崇拜，也肇始自他駐顏不老及治病力量，形成信仰的核心。此類始於不老、治病所形成的崇拜活動於《神仙傳》中甚為習見，其思考進路當由修煉己身不死必然已尋得排除威脅生命的方法，故得道者必然知悉此法並予能應用於他人身上而來，[33]故此，建構起崇拜得

[32] 晉・葛洪：《神仙傳》，頁 92。

[33] 就道教以鍛煉身體來求取長生不死的思維而言，治病本當視作排除威脅生命因素以求取肉身不死的必要手段及能力。林富士列出《神仙傳》中二十九位神仙或高道被形塑成「理疾治病」的醫者，且謂「學習各種道法（包括醫療之法），以療治自己的疾病，做為成就仙道的初階」，已點出道法在於治療、保養身體的意義，兼及修煉者自身及應用於他人的理據，而這應是葛洪亦重醫療，鼓勵修道者當兼修醫術的思維理路之一。論述主要參考林富士：〈中國早期道士的「醫者」形象：以「神仙傳」為主的初步探討〉，《世界宗教學刊》，第 2 期（2003 年 11 月），頁 1-32 及林富士：〈試論中國早期

道者（也多為治病者）的宗教活動——須知得道者的能力出於自身，乃是具有神格的被祭祀者，亦已形成了祭祝的神聖空間。惟信眾或者能從中省思自已處在必然趨向變化、毀壞環境的俗世中，卻因著不能明白與知悉其崇拜對象何以得道的原委，僅能以敬畏的心態旁觀並進行祭祀。一如其他未能眼見神明的信仰般，求取著現世問題的解決，並被具有隔絕無仙骨或至誠特質的聖所即仙境排除在外。

二、訪道——表現至誠以尋得聖地

不同於一般未識道門的凡俗群眾，部份天生具備仙骨或有求道至誠的信徒，便不止於在崇敬仙人而已，乃是更積極地尋訪神仙並建立師徒關係，其首要條件則是要尋得並進入聖地。道教的聖地因作為傳授獲取永恒生命祕訣的場所，得以具備神聖性，相對地也要求進入者的自身條件和遵行進入聖所前的必須程序。卷三〈劉根〉及卷六〈呂恭〉皆載錄修煉者於山中得見仙人事，其中已表呈出求取不死要訣的必要條件：

> 根曰：「吾昔入山，精思無所不到。後如華陰山，見一人乘白鹿車，從者十餘人，左右玉女四人，執采旄之節，皆年十五六。余載拜稽首，求乞一言。神人乃告余曰：『爾聞有韓眾否？』答曰：『實聞有之。』神人曰：『我是也！』余乃自陳曰：『珍少好道而不遇明師，頗習方書，按而為之，多

道教對於醫藥的態度〉，李建民主編：《生命與醫療》（北京：中國大百科全書出版社，2005 年），頁 173-181。

不驗。豈根命相不應度世也！有幸今日得遇大神，是根宿昔夢想之願，願見哀憐，賜其要訣。』神未肯肯余，余乃流涕自搏重請。神人曰：『坐，吾將告汝。汝有仙骨，故得見吾耳。……』余頓首曰：『今日蒙教，乃天也。』神人曰：『必欲長生，先去三尸，三尸去，即志意定，嗜慾除也。』乃以神方五篇見授。」

呂恭，字文敬，少好服食，將一奴一婢，於太行山中採藥，忽見三人在谷中，問恭曰：「子好長生乎？乃勤苦難險如是耶？」恭曰：「實好長生，而不遇良方，故採服此藥，冀有微益耳。」一人曰：「我姓呂，字文起。」次一人曰：「我姓孫，字文陽。」次一人曰：「我姓王，字文上。」「三人皆太清太和府仙人也。時來採藥，當以成新學者。公既與我同姓，又字得吾半支，此是公當應長生也。若能隨我採藥，語公不死之方。」恭即拜曰：「有幸得遇仙人，但恐暗塞多辠，不足教授耳。若見采收，是更生之願也。」即隨仙人去。二日，乃授恭秘方一首，因遣恭去。曰：「可視鄉里。」恭即拜辭。三人語恭曰：「公來二日，人間已二百年矣。」恭歸家，但見空宅，孫無復一人也。[34]

---

[34] 引見晉·葛洪：《神仙傳》，頁 63、91-92。另若〈墨子〉亦記入周狄山的墨子在精思道法與想像神仙後，便有神人來訪，〈左慈〉也在天柱山中精思，而能得到石室中的九丹金液經，皆屬此類。

劉根欲求長生之道，必得入山求見仙人，在劉根擁仙骨及求道至誠下，神人果然現身說法，並授予神方五篇；呂恭則有求道的履歷，不僅遇見仙人，更被導引至仙境中去體驗時間對凡世絕對影響的力量，至終亦得到祕方一首而去。已知神仙顯聖的主因，在於入山者兼得天生的仙骨（天生的神聖本質）及後來的求道或冥想（後天的聖化手續），方才取得進入神聖空間的權力，從此建立被祭祀者與祭祀者的對應模式、更進一步締結了師徒的傳道關係，葛洪意欲由此種例證，說明「知道」並付諸行動「尋道」者在此階段應有的作為。雖然這些與生俱來即具「仙骨」的「選民」是已被上天所決定，一個入於聖境的基本資格，復在表現絕對至誠的聖化手續後就能進入，不過於實際操作中（後設的詮釋），能投入其中並至誠的尋訪者，也多被定義為具有仙骨的個體，否則就不能具有知「道」的天資與持續的至誠，形成自圓其說的詭辯。

三、得道——永居仙鄉自顯其超越

《神仙傳》所錄仙人，多以得道後才開始載記其經歷，這些已達不死境界的個體，轉變原來學習者的身分而成為指導者，掌握絕對的能力，故無視空間對人的限囿，乃以自己的意志為中心，扭轉時空與人原有的主從位置，否定現實中時間對催化萬物絕對有效的概念，亦無視道教所定義各類型界域的限制及人我間在空間上的隔離，甚至能創造空間，成為傳道亦即祭祀的核心。故仙人必為神聖空間的主人，是決定蒙昧未啟悟者能否進出聖地的主要意志。仙人對於空間的態度，實有面對「凡世」和「自我」的區隔；在凡世，仙人乃依照他主要出入遊歷處多是山中修煉場及仙境對世人來顯現，若卷九〈孔安國〉條記錄下得道者對於授予道法的標準，而記云：

> 孔安國者，魯人也。常行氣服鉛丹，年二百歲，色如童子。隱潛山，弟子隨之數百人。每斷穀入室，一年半復出，益少。其不入室，則飲食如常，與世人無異。安國為人沈重，尤寶惜道要，不肯輕傳。其奉事者五六年，審其為人志性，乃傳之。[35]

已是地仙的孔安國有弟子數百人，但弟子要得到他長生的祕法，就必須通過他審查其心志的手續，方能得其要道。文中點明孔安國在此崇奉空間中的主宰地位，能決定與他建立起「真正」師徒關係的人選。這些多與凡世互動的仙眾，以不願進入天界的地仙為大宗：係指不想擔負天庭繁重公務的得道者，在地上可重尋未成仙前更優越的享樂，以及感受超逾凡人境界的優越，亦成為點化世人的要角。但他們的活動空間已被限制在天界之外，未能掌有空間的絕對自由。惟有天仙方可活動在一般修煉場，也能棲止於仙境及天界，以安置他自己永在、自在的生命。《神仙傳》中已借修煉者之口道出天仙的活動範圍和權責內容：

> (蔡)經父母私問經曰：「王君是何神人？復居何處？」經曰：「常在崑崙山，往來羅浮、括蒼等山。山上皆有宮室，

[35] 見晉·葛洪：《神仙傳》，頁 112。

主天曹事。一日之中，與天上相反覆者十數過，地上五嶽生死之事，皆先來告王君。王君出城，盡將百官從行，唯乘一黃麟，將十數侍人。每行，常見山林在下，去地數百丈，所到則山海之神，皆來奉迎拜謁。」㊱

於天曹任官的王君除活動在山林間，又居住在山中的仙境裡，且須回到天界向天庭回稟公務，一方面掌握決定地上生命生死的絕對權力，再者能往來具有層遞差距的不同神聖空間。此敘事所構築的神聖空間，乃是由下而上、層遞呈現的立體結構：修煉所、仙境及天界，其神聖性亦由此次序逐漸增強，也對應到不同生命形態的品第及層次。質言之，天仙的絕對神聖，已獲取掌控空間的權能，自能往返任何性質的空間，地仙便僅能在仙境和修煉處活動，可在仙境、修煉處接引具仙骨的修煉者，或在修煉處甚而在人間居所接受一般群眾的崇拜，無不依照自己生命的品類高下，決定著他能活動的空間區域。從中自能發現《神仙傳》是以神仙作為所有價值的核心，亦就此理解世界與空間，且由神仙品類及凡人在修道上之高下決定進入空間的性質，正能與當時成立的神仙三品說相互發明，㊲

㊱ 見晉・葛洪：《神仙傳》，頁 56。

㊲ 「神仙三品說」於漢晉具備原始型態，經歷南北朝發展成道教的神仙譜系。身為道教理論奠基者的葛洪，也對神仙三品說的理論多有貢獻。李豐楙云：「神仙三品說為六朝道教極具涵攝性、創發性的仙道思想，成為唐以後道教的神仙世界的主體。天仙、地仙、尸解仙俱包含了三大部份：一為修行的道行、二為成仙的類型、三為仙境的所在。」指出此說對仙人品類的劃分，實含納了對仙境（空間）的界定，正可以作為葛洪在《神仙傳》中建立的神聖空間，能與仙人品類相呼應的理論基礎。引文見李豐楙：〈神仙三品說的原

也得以在約成於梁陳時的《洞仙傳》得見相近思維，[38]築構起以仙人為核心並區分聖俗的空間形貌，為六朝道教思想的重要內涵。

第四節　結　論

道教沿續中華文化中對生命的獨特觀感，視死亡為個人累積不道德的至終結果，[39]將維繫身體永遠存續當作規避死亡、保有精神的唯一路徑，在此思維之下開發出服食、煉丹等修煉方法，且以神仙作為一切價值及道德的根源——神仙乃是「道」的具體顯現，重新建立世界的樣貌，解釋人生的意義，並重組宗教的規範。代表著道教義理成熟後的首部仙人傳記葛洪《神仙傳》，集結了歷代迄當

始及其演變——以六朝道教為中心的考察〉，收於李豐楙：《誤入與謫降——六朝隋唐道教文學論集》（臺北：臺灣學生書局，1996 年），頁 90-91。

[38] 今存六朝時輯錄眾仙傳記為一冊者尚有題名見素子撰的《洞仙傳》，撰成時間略晚於葛洪，也同樣表彰著仙人與仙境的關係，惟該書的撰文體例趨向「略傳」，行文甚略，不易勾勒出較完整的思維體系，故謹附誌於此。關於《洞仙傳》的文獻、體例及思想論證，請參李豐楙：〈洞仙傳研究——洞仙傳的著成及其思想〉，收於李豐楙：《六朝隋唐仙道類小說研究》，頁 187-224。

[39] 據韋伯對道教義理發展的觀察，以為乃出於中華文化的普遍傾向。其云：「中國人對一切事物的『評價』（Wertung）都具有一種普遍的傾向，即重視自然生命的本身，故而重視長壽，以及相信死是一種絕對的惡罪。因為對一個真正完美的人來說，死亡應該是可以避免的。」延伸其說，仙人乃是絕對完美的人故為聖人，因而能不死。說見韋伯（Max Weber）著，洪天富譯：《儒教與道教》（南京：江蘇人民出版社，2005 年），頁 153。

世有關仙人的傳聞與記錄，除以史傳體例證成神仙的實有外，更記錄下道士活動及道教傳布的實況，於其中築構起道教的義理及命題，誠為足堪分析的社會文獻。本文以「神聖空間」的概念去釐清《神仙傳》對空間的解釋、與個人面對不同意涵空間時當有的態度，得見傳統信仰或因祭祀者不可目見、亦不能實際接觸的神靈，令建立與神明本質近似的「神聖空間」俾利祭祀能夠上達天聽，然就葛洪而言，神仙乃屬乎絕對神聖的存在，又親顯於人世之中，依循此思路就必然改變了原來祭祀的結構與規範：修道或求道者多需在修道或齋戒等程序後進入山中方可得見仙人，其後毋論是單純的崇拜、不死祕法的傳授，甚至建立起師徒的關係，皆應視作崇奉道教的儀式即祭祝的進行。此過程雖排除了巫覡的中介地位和找尋聖跡以確認神聖空間的過程，卻無法否定仙人在顯聖的當下已標識出遇仙處的神聖性，就此可確定道教已轉變傳統信仰中神聖空間的標識方法及祭祀模式。此外，葛洪尚且延展修煉處的概念去定義仙境的內涵，僅賴仙物及其隔絕無仙骨與至誠凡俗的特質，用以標識作為仙人居所的神聖性；另天界因著是天諭的來源和天道的基礎，故葛洪順從社會的集體意識，將其描繪成絕對超凡與神聖的他界，近於排除凡人進入此境的可能性，是全然純粹的神聖境域。人們在面對已界分出不同意涵的神聖空間時，葛洪亦分述這些空間對不同生命形態的意義，依此對仍處於俗世的人們提出評言。道教所建立的神聖空間，乃是具有層遞性的立體結構，係由修煉所、仙境及天界由下而上建立，其神聖性也相同地由此次序逐漸增強，不同生命形態的品第也決定著進入這些聖地的權力。天仙係屬絕對神聖的存在，能掌控及遊走各式空間，地仙則無法進入天界，僅能在仙境和人間活動，唯仙人係為自由的個體，即令是地仙亦可掌控與來去可以進入的空間。世俗中人不僅只能在人間遊走，又受到距離所限囿，並無真正的自由，只得儘可能尋求接近仙人的方法，在經過自淨的程序後進入山林、修煉所，在其中求得聖跡即神仙的接見，甚至被引入祕境，與仙人建立師徒關係，得到永生的祕訣。或可說葛洪依循著將神仙視作一切價值根源與標準的思維，除將傳統的祭祀處更易成道士的修煉所外（仙傳中稱作遇仙處），祭祀的進行則類比為禮敬、崇拜仙師的作為（仙傳中稱為遇仙），至終再提出於經驗世界中未能亦未曾到達絕對神聖的境界——仙人、仙境及天界，擘畫出道教理想亦是想像中的世界圖像。

第二章　懸絕的時空
——唐五代仙境小說中
時間母題之傳承與其命題

第一節　引　言

「時間」雖是人類創造出的形上概念，用以計算物質變化與生物存歿的過程，惟人們與其它生物皆同為具有形軀的生命個體，也準用此概念計算年壽的倏短，令時間便不再只是一項單純抽象的思維，而是與人類的生命有密切關聯的表徵，成為哲學思辨與文學創作中多予探討、闡釋的主題。就中土而言，時間觀的肇生、申說與觀感與曆法的關係甚深，或因此時與季節、時令更替的觀念混稱，對其理解與詮釋亦多扣緊季候與日夜的變化。要之初民觀察天體周行的規律，發現了與自然環境、季候及日夜變換間微妙的關聯，在累積過往經驗後曆法逐漸成形，為民生所用。史官司馬遷就以為「昔自在古，歷建正，作於孟春。於時冰泮發蟄，百草奮興，秭鳺先滜，物迺歲具，生於東，次順四時，卒于冬分。時雞三號，卒明。撫十二節，卒于丑，日月成，故明」❶，相信先人始於觀察易於目視的月亮圓缺與影響生活最鉅的太陽，並在季候變化的周期中訂立節令與時辰，規範出個人適宜的作息，以配合自然的遷易與循環。其對曆法肇生的推論是否合乎事實雖不可究詰，不過頗能代表中國人將時間與季節合觀，與應配合時令的生活態度；另一方面也揭示著人類文明因曆法的發明進入新里程，道出在心理上的轉折——欲從明白自然運行定則後配合「時」的變化，尋求安身立命的方法，雖然仍是順從自然的律動，卻也由此掌握了自己部份生活的規劃，深具社會的性格。❷故此，講究社會秩序的儒家道統，已得《禮記・月令》由時令的變化，規範出人應遵守的禮法規則，❸講究因時而制宜；思路與儒家背道而馳的道家思想，指出個人本在天道運行裏，人應與時俱進當安時而處順。中國傳統文化中最主要的兩種思想，前者雖著眼在社會規則的建立與維護，後者則盱衡於個人生命的探索和定位，不過在對待時間上有著相近的看法態度：就天道而言，代表時間變化的季節更替，是具有循環不止的特質，無論儒道兩家皆認為人應配合、順從其變化；然就個人來看，時間卻

---

❶ 漢・司馬遷撰，瀧川資言考證：《史記會注考證》（臺北：天工書局，1989年），頁 1752-1753。

❷ 關於漢民族傳統的時間觀，曾仕良由文字學的角度切入，指出：先民是透過觀察自然、辨別季節而生成的時間思維，務求與自然配合，俾利生活及存續，因此傾向於實用主義、功利主義，所述有見。文參曾仕良：〈從干支之文字符號探討傳統時間觀念〉，《明道通識論叢》，第 1 期（2006 年 9 月），頁 145-163。

❸ 參孫長祥：〈禮記月令中的時間觀〉，《東吳哲學學報》，第 7 期（2002 年 12 月），頁 1-34。

屬一去不返的存在，儒家雖也順應個人必然死亡的事實，唯由社會觀點看待個人所謂的存在，乃在於社會組成份子認知確有此人存於當下，衍生出以三不朽的說法，讓個人身死卻永存於他人的意識中；❹相反地，道家既認為人是天道推演的一部份，個人出現與死亡乃自然不斷循環的過程，人自不需汲汲於社會不朽的尋求，更不應執著在個人意識的堅持中，應坦然面對生死，取消生、死的對立。上述兩家以智識理性的立場，解釋人與物同樣必然遷化的道理，❺並勸諭、教導個人如何應對，但卻無法滿足與安撫人類在感性一面的需要：對人必然步向死亡的畏懼，以及由此所衍生對「時間」的敬怖。於是，「時間」在中華文化裏，長久以來被視作一種威脅生命的文化符號。先秦所出現的仙島仙鄉諸多傳說，記錄著凡

---

❹ 杜維明指出儒家何以被視為一種宗教信仰原由，在於「儒教是一種世界觀，一套社會倫理，一種政治的意識形態，一個學術傳統，同時也是一種生活方式。雖然儒教往往與佛教、基督宗教、印度教、伊斯蘭教、猶太教以及道教並列，被認為是人類歷史上的一個主要宗教，但是它從來不是一個有組織的宗教，也不是一個以宗教禮拜為核心的宗教。」所說頗中儒家將實現個人在社會上的價值，視為生命目的之特色，也因此常被歸類為宗教的一類。文中所言三不朽的說法雖成於先秦，其後多被儒者視為實現個人社會價值的重要指標，成個延續個人存在的一種方式。引文見杜維明（Tu Wei-ming）著，陳靜譯：《儒教》（臺北：麥田出版社，2002 年），頁 38-39。

❺ 王孝廉以為儒家的時間觀乃是「直線式進行」，因為「萬物和四季，在時間裡產生所有可能的變化，而時間依然是默默而逝有如流水的時間」，至於道家雖為「車輪似的圓形的時間觀念」，也指出「自然（時間）是絕對的，人的一生的時間，在自然之中祇不過是滄海一粟」。撮其要旨而單就個人而論，時間皆屬於一去不回、直線式的進行。引文見王孝廉：〈死與再生——回歸與時間的信仰〉，王孝廉著：《中國的神話世界下編：中原民族的神話與信仰》（臺北：時報文化出版公司，1992 年），頁 132。

人進入仙境後，便可獲取治病長生的仙藥與優越品質的生活，主要回應了個人以感性理解到生命倏短隨化的必然性，當食用了不死藥，令形體成為不朽，時間對這不再變化的個體而論自失去意義，不再是種威脅。職故，自先秦迄兩漢的仙鄉故事雖具備永存於世外的特質，是屬乎不受限時空的超越存在，但就其建置特質而言，仍是提供個人的心理需求，此時的仙境當定義為一種不同於凡世的空間，一處未有任何苦難的樂土，全然阻絕了時間與節令對個人的影響，在概念上是與時間相互對立❻。此描述單調的仙境說在六朝或受道徒援引仙境傳說作為仙傳素材的影響，仙境傳說產生了各種類型，尤在母題上亦生「時間」的新題：❼於仙境一日，凡間已過百年，竟改變了先前以排阻時間概念為要的仙境命題。就此來說，這具思考轉折的母題於六朝僅出現在少數仙譚中，道教徒對此母題尚未重視，自然地也少見於具宗教意義的仙傳，惟入唐以後，道教已確立典籍與奠定教義，間接地讓仙境傳說的命題不再是純粹的記錄

---

❻ 仙境能阻絕時間威脅的想法，當為仙鄉故事至為重要的命題，此即王孝廉所說的：「不死的仙鄉所以如此誘惑著無數的人憧憬和嚮往，是因為人們相信祇要到達這塊樂土，凡人便能超越生死，也就是說能夠逃開時間的控制而達到另一個絕對而且無限的自由世界裏。」道出仙境中應阻絕時間影響的特徵，其言甚確。引文參王孝廉：〈試論仙鄉傳說的一些問題〉，王孝廉著，《神話與小說》（臺北：時報文化出版公司，1991 年），頁 81。

❼ 此處所說的「母題」係為「motif」的翻譯，或譯為「情節單元」。大陸學者或用「母題」一詞指「故事主題」，與本文所指不同，謹附誌於此。至於本文對仙境母題的劃分，則據〔日〕小川環樹撰，張桐生譯：〈中國魏晉以後的仙鄉故事〉，林以亮編：《中國古典小說論集第一輯》（臺北：幼獅文化事業公司，1988 年），頁 85-95。

異聞、或是仙人與仙境的宗教宣導，更必須對已成為道教應驗裏不可或缺的仙境場域於教義中予以安置，使仙境遊歷多對宗教意義的拓展與演述多有著墨，亦讓形式上與六朝無別的唐代仙境遊歷的故事，實又載負起宗教的嚴肅使命；另外文學作手本深好仙境遊歷的故實，六朝時就援引入詩，以寄超越時空的逍遙心願，❽唐五代時也在詩歌之外以採小說文體，對仙境作實際的摹寫與闡釋。就時間母題來說，唐五代毋論是一般文人抑或道教信徒所造作或記錄的仙境故事皆有採用，已讓原本傳達初民對時間敬怖意識的民間鄉譚，化為文學作品的闡釋命題，以及宗教應驗的真實記錄。本章即以這唐五代仙境傳說中的時間母題作為探針，除了考察六朝迄五代仙境遊歷的發展趨向，亦能就此體察唐五代仙鄉故事在文化上尤其在宗教方面的特殊使命及時代意義。

第二節　啓悟的旅程：倏短隨化的回應

仙境雖自先秦已在燕齊地區傳述，不過由其敘事採取全知角度摹寫該地景物的超脫、美好而言，可視作眾人心裏共同想望的反

---

❽ 唐代為遊仙詩興盛的時代，孫昌武云：「唐代有道教興盛的環境，更有眾多文人崇道慕仙，再加上前人這種寫作傳統的影響，詩歌創作中遂出現許多游仙題材的作品。」至於其內容，可由李豐楙拈曹唐〈小遊仙詩〉之內容中多援用仙境小說的還歸母題，以表呈滄桑的時間感略知大概。引文分見孫昌武：《道教與唐代文學》（北京：人民文學出版社，2001 年），頁 163、李豐楙：〈曹唐小遊仙詩的神仙世界初探〉，李豐楙著：《憂與遊——六朝隋唐遊仙詩論集》（臺北：臺灣學生書局，1996 年），頁 244-249。

映，將它寄託在悠遠不可及的地域，但已可就此與六朝時視仙境為實有存在，而多採導覽式的敘事結構與方式有所區隔。要之遊歷仙境本可以時序劃分成出發、誤入與回歸三階段，此經歷之所以為認定有其記錄的意義，在於「誤入」仙境的過程，否則與凡世一般的遊歷無別。故事中凡人在誤入後的仙境體驗，往往使其心理於震懾後有所啟悟，且在回歸後行為亦得變化就足以得見——由敘事者便已預設下遊歷者自身應啟悟的道理，扣住仙境遊歷的特殊經歷，此即為「啟悟故事」❾。復由遊歷者的啟悟深度與意涵，可分為 1.暫覺性的啟悟（tentative initiation）：或受限於經歷及年紀，以致於雖對經驗感到震驚卻未得啟悟；2.未完成的啟悟（uncompleted initiation）：雖有領悟卻不知如何去應對；3.完全啟悟（decisive initiation）：在啟悟後豁然明白，而能應對，❿今亦以由時間母題檢視遊歷者在體驗後的心理及行為的轉折，以觀其中寄寓的文化意涵。在較早出現的民間鄉譚，已見原型所欲呈現的主要意識：

一、指陳事實：承認人必屈服在自然之下

六朝仙話無論摘錄鄉野傳說抑或來自道士造作，多以感性理解

---

❾ 按以啟悟分析唐代仙譚者，劉燕萍已有專文探討，雖與本文專論具時間母題的仙鄉遊歷的命題有別，惟其在「啟悟之旅」一節多有與本文有互通處，可參看。文參劉燕萍：〈唐代人神仙戀中的啟悟脫險與補償旅行〉，劉楚華編：《唐代文學與宗教》（香港：中華書局，2004 年），頁 611-612。

❿ 上引理論根據 Mordecai Marcus (1960). What is an initiation story? *The Journal of Aesthetics and Art Criticism*, Winter, 19(2), pp.21-228. 翻譯與闡說則從陳炳良，黃德偉：〈張愛玲短篇小說的啟悟主題〉，陳炳良編：《張愛玲短篇小說論集》（臺北：遠景出版社，1985 年），頁 45。

「時間」與人的關係，故記錄了「滄海桑田」的智慧與慨歎——物質世界於漫長時間必然變化的定則，卻在對照個人在世界變遷裏微小與無力對抗的地位、以及仙人以漠然輕忽的態度面對時間後，神仙輕易地凌越人們心理最大的驚恐，扭轉人與世界間的主客地位，個人成為超然存在的意識主體，竟視人世為陪襯仙人的客體，傳達給讀者超然解脫與真實震懾的感受：視「時間」為威脅生命的符號。在這已意識到時間與仙凡間關聯的思想氛圍下，復將時間母題置於仙鄉故事中，自有其產生的文化背景。各類仙譚本傳自民間，淵源難以深究，但以「時間」為情節的故事者，據現今可見文獻大凡記錄在南朝宋時。⓫「觀棋型」的作品以劉敬叔《異苑》所記載下的遇仙傳說為最早，故事結構亦簡易無華推測，其肇始當已晚至晉時：

> 昔有人乘馬山行，遙望岫裏有二老翁相對樗蒱，遂下馬造焉，以策注地而觀之。自謂俄傾，視其馬鞭，摧然已爛，顧瞻其馬，鞍骸枯朽。既還至家，無復親屬，一慟而絕。⓬

⓫ 按目前最早記錄有時間情節的作品，乃見於晉王嘉《拾遺記》卷十〈洞庭山〉文末附記有採藥人入於仙洞受仙女款待，懷鄉歸家後卻發現已過三百年事。然王嘉卒後二十餘年便入南朝宋，時間與劉敬叔亦由晉入宋者時間差別不大，得見此類故事被記錄大凡在南朝宋時。由於記錄的時間甚近，無法就此斷定先後，故以下用故事情節的簡繁作為敘事次序。以上引文請參晉·王嘉撰，齊治平點校：《拾遺記》（北京：中華書局，1981 年），頁 235-236。

⓬ 文用南朝宋·劉敬叔撰，范寧點校：《異苑》（北京：中華書局，1996 年），頁 48。

從敘事進程觀察，此人觀棋的當時並不知曉參與仙人遊戲，而是返回人世後因時間的仙凡差異方才警悟，聚焦在凡、仙個體在時間上的對比、亦是唯一的區別——仙人對奕為消閑的遊戲，然而凡人觀棋卻是以一生的時間為代價，由此就可對照出仙凡在時間上的懸遠差異：由近乎事實報導的記錄，給予聽聞者荒謬、怪誕甚而具警世意味的滄桑感，⓭此故事仙凡的主要區隔，乃在於對時間的態度上，也因此凡人復返人世後發現人事已非，其反應乃是拒絕承認致使感傷而死，堅持凡人對待時間的態度，只對時間亟速地流動感到驚異，並未在此旅程得到啟悟，令回歸後態度及行為與他人無異。此記載是以仙人作為工具與對照，讓生命不過百年的個人逾越時間限制觀察人間，然而之後個人也僅能以「慟絕」回應必然物故的鐵則，仙／凡仍是屬於對立的存在。故事傳達著人必屈服於時間流逝的定律，主人翁在此旅程中看似未得啟悟，然由讀者的觀察，反而由其經歷看到自身的處境，領悟到人必物故的事實，以及必然有情感直接的回應，反而更為理智且曠達。前述《異苑》觀棋故事雖然突顯時間對個人生命的影響，然而卻留下疑義於其中而未予處理：凡人因自行加入仙眾活動便依循其時間計算，在此範圍外的馬匹、策鞭便自因時間快速流動而毀壞，因此觀棋處毋庸交代亦未必然定

⓭ 李豐楙云：「此類觀棋類型中最重要的即是『時間』的觀念：『自謂俄頃』、『不覺餓，俄頃』，都是強調時間的短暫，而實際情境卻是極可驚詫的景象：鞭爛馬朽，斧柯盡爛，其對比的荒謬、怪誕之感極為強。」已對六朝觀棋型傳說有深入的思維剖析，本文即據之申說。文見李豐楙：〈六朝仙境傳說與道教之關係〉，李豐楙著：《誤入與謫降：六朝隋唐道教文學論集》（臺北：臺灣學生書局，1996 年），頁 302。

是仙鄉，然而未具仙質的凡人進入仙人範圍內，何以能同於仙眾不會同於馬匹或馬鞭例迅速老化甚至於死亡？此顯而易見的疑義在其他傳說中已有修正，可察覺到此類型故事對時間與個人間關係的再探討。南朝宋鄭緝之《東陽記》所錄同型故事，顯已留意時間母題置入後的情理，故事結構亦得變化：

> 信安縣有懸室坂。晉中朝時，有民王質，伐木至石室中，見童子四人，彈琴而歌。質因留，椅柯聽之。童子以一物如棗核與質，質含之，便不復饑。俄傾，童子令其歸，質承聲而去。斧柯漼然爛盡。既歸，質去家已數十年矣。舊宅遷移，室宇靡存，遂號慟而絕。⑭

故事主角除了亦以「號慟而絕」為結未得啟悟外，在情節安排若仙鄉範圍與遊歷起迄的計算方式，也與《異苑》的觀棋傳說相同：王

⑭ 按清刊《重校說郛》所收晉虞喜《志林》亦載此事，敘事更簡，馬國翰《玉函山房輯佚書》輯虞喜《志林新書》即採其文。然《志林》亡佚甚早，題名明陶珽輯《重較說郛》本無緣見是書，今參其他古注類書皆未見將此事繫於虞喜《志林》者、及《重校說郛》多有胡亂割裂纂改他書的惡習，自不可為據。至於《重校說郛》鈔錄的來源，當刪削《述異記》文字後入於《志林》。此事目前以南朝宋鄭緝之《東陽記》所錄最早，其後梁任昉《述異記》亦載，詳略不同，當刪改自鄭氏書。復按引文據南朝宋·鄭緝之撰，劉緯毅緝：《東陽記》，收於《漢唐方志輯佚本》（北京：北京圖書館，1997年），頁 197；然劉氏輯文主要據《水經注》，不過《太平御覽》卷五七九亦引《東陽記》同樣故事，然有交待王質結局，故增加於後，並在增字上加黑點標示。

質出入仙鄉始於見童子（仙人）且加入其活動後、而結束於童子排拒王質的參與。這樣精密的時間計算在補入「贈藥」母題後，讓未有仙人不隨物化本事的王質，停留仙境的這段時間內亦不受時光倍蓰之影響，在比對置於王質身傍的斧柯竟仍爛朽後，說明著仙鄉的遊歷確然始於遇仙迄於辭別（因斧柯未爛）、贈藥一節的補入正可詮釋王質何以不受仙境時間亟速流動的影響，自此，仙鄉置入時間母題後能因此維持完整及合理。鄭緝之《東陽記》所記錄具時間母題的王質傳說，已讓時間與贈藥的母題具有共生意味。在《東陽記》外的兩則故事，也都能留意著時間母題所引動的問題並予以處理。其一著眼於贈藥的情節，可導引出王質成仙的結果，故道教徒見素子復填入王質籍里後收入《洞仙傳》裏，一變為足以徵信的道教仙傳；⓯其二則逆向地讓時間無法影響入於仙境的凡人，將時間收容在仙物之中，竟成為「禁忌」型故事，即南朝宋陶潛所記錄下〈袁相根碩〉的鄉譚，⓰前者再次尋求返回仙境的方法，後者則由慨歎

⓯ 事見六朝・見素子撰，嚴一萍輯校：《洞仙傳》（臺北：藝文印書館，1974年），頁 33，收於《道教研究資料第一輯》。

⓰ 故事兩位主角在誤入仙鄉且返回人間未有時間的差異，關鍵即為仙女所贈並囑咐勿開啟的腕囊，故當家人誤開腕囊青鳥飛去後，除了預示誤入者失去了重返仙鄉的機會，亦將鎖閉於其中的時間放出，身體在其影響下迅速衰敗，與世人相同難脫物化的定則；不過誤入者有二人，雖僅根碩得腕囊、也只交待根碩在開啟腕囊青鳥飛去後「在田中不動，就視，但有皮殼，如蟬蛻也」的死亡情形，但另一人袁相的情形也當相同。文參南朝宋・陶潛撰，李劍國輯校：《新輯搜神後記》（北京：中華書局，2007 年），頁 467。復按六朝時尚有南朝宋・劉義慶《幽明錄》所收〈劉晨阮肇〉故事亦載仙境豔遇記，其對「時間」的處理亦採贈藥情節，與《洞仙傳》相同。

為結，交代了經歷啟悟過程後主角心理與行為的變化。由於仙境遊歷本已有仙人、仙境皆為真實的預設，故所謂「啟悟」便不只體認與接受人必物故的事實，又複加上求取與仙人同等地位具有宗教意義的內涵，即首則王質欲重回仙境，屬乎完全啟悟，後者則歸於未完全啟悟。觀六朝時具時間母題的仙境故事，皆提點時間對個人生命的影響，視為威脅生命的符號，只是陳述者未積極地承認、推展仙人與仙境的真實，誤入仙境者只是單方面去認識與承受時間倍蓰後舊識皆已物故的結果，徒留在傷感中，使仙／凡的關係為對立甚至隔絕不通，就故事內容來說，主角多無法得到完全啟悟；由讀者的觀點而言，人必死亡本屬乎事實，也能對主角有同情的瞭解，那麼由此瞭解或得思索如何排遣這人類共有的感情反應，讓讀者得到進一步的啟悟。六朝時藉由置入時間母題以突顯時間對人的絕對影響，入唐以後，已成為眾所接受的概念，在仙境故事中就儼然是仙境實有的佐證，可由部份作品疏略了仙境遊歷者對時間差異的反應足以得見，[17]只是一如六朝時單純地表達對時間的情感反射，仍是此時最習見與重要的概念。李復言《續玄怪錄·麒麟客》記敘下王夐引張茂實進入仙居享受仙人生活雖一日未盡，返家後卻已過七

---

[17] 唐五代具時間母題的仙境傳說，大凡仙境裏的景物僅較凡世精緻與脫俗，人物風采雖亦不凡，但皆需經仙人的提點方才知曉為仙境、仙人，復返人世後，時間倍蓰的真實性自可佐證仙境的真實，甚至出現像牛僧孺《玄怪錄·柳歸舜》柳氏即因誤入君山的仙境後得與仙禽對談詩句，僅於返回後止於道出在仙境頃時人間已過五日的過程，後雖綴有「後卻至此，泊舟尋訪，不復見也」似有回歸的意願，但故事主題仍以詩歌酬答為主，其造作的主要意圖自顯。引文參唐·牛僧孺撰，程毅中點校：《玄怪錄》（北京：中華書局，2006年），頁32-34。

日，感悟後的茂實棄官而雲遊天下，後不知所終。究之茂實返家後雖親身經歷著時間的極速流逝，只是七日後人世變化遠不如數世的差距予人強烈震憾，不易啟發遊歷者對時間的領悟，似削弱此母題的特殊性，然仍具備了印證宛若夢境的遊歷為真，以及體驗到自己與時間的關聯，更可收進入仙境的凡人與原來社會不阻斷的果效，或因此，此類只有數日、十數日差距的仙境故事於唐五代頗夥。[18]今復對照仙境主人的明諭，即可得知此故事的要義：

> 復令下指生死海波，且曰：「樂雖難求，苦亦易遣。如為山者，掬土增高，不掬則止，穿則陷。夫昇高者，不上難而下易乎？」自是修習經六七劫，乃證此身。迴視委骸，積如山嶽。四大海水，半是吾宿世父母妻子別泣之淚。然念念修之，倏已一世，形骸雖遠，此不忘修致，其功即亦非遠。亦時有心遠氣清，一言而悟者。勉之。[19]

引文顯然混入了佛教輪迴觀，與道教原義不侔，[20]卻仍是修鍊累世

[18] 此類具有時間母題的仙境遊歷，且仙凡世界的時間差距不逾十數（數十）日者除前引《玄怪錄・柳歸舜》外，尚有如盧肇《逸史・李仙人》、《神仙感遇傳・于滿川》、〈韓氏女〉、〈宋文才〉及〈陳簡〉、《續仙傳・聶師道》等，顯非孤例。

[19] 唐・李復言撰，程毅中點校：《續玄怪錄》（北京：中華書局，2006 年），頁 152。

[20] 道教主要修鍊肉身不死，六朝時已招來佛徒「煉尸」之譏，自無輪迴之說；六朝末期有道士援輪迴於教義，五代道教徒杜光庭嚴辭詞駁斥此說，顯見此說法在唐代已盛行。

後終於成功者的經驗談：一個已超拔在時空限制的仙人回顧過往，道出親情的羈絆，是修鍊過程裏人對俗世主要的妨礙與罣念，然以感性的語言道出在時間流逝下，死亡對歷代和當下所有個人的絕對影響，指點仍在塵世的張茂實，在明白「委骸」的必然後能「一言而悟」。故事雖似指引主人翁在體驗仙境與領受真理後應入道門，卻又明指時間促使人衰敗死亡，人則必有情感上的反應，亦不保證在今世便能修鍊成功，即使是仙人亦以為難行，那麼寄寓其中的命意，恐是借仙人來襯托且直接說出死生亦大的生命難題，人執著於主體意識的留存，不免一掬死別之淚，投向四大海水之中。頗具文學創作意圖的仙境遊歷傳說，在有時間母題下就會集中在時間變遷與個人情感的關聯上，遊歷者也多有完全的啟悟，但文中卻仍採行較客觀的立場甚至借用仙人之口，來闡說人在面對身體趨向衰敗的感性需求與反應——留下「無人能逃避這定則，人應採如何的心態與作為面對」的問題，讓讀者思索。其創作思路頗與在唐五代的遊仙詩相類，在看似已超脫在時空之外的逍遙快樂，卻寄託著詩人憂煩不快的真實心理，人又應如何排遣與面對人生的大限。然而在具有宗教信仰的道教徒來說，修鍊是達到超脫此限囿的方法，仙人為欲成就的境界，其後則能居於仙境之中，那麼騰播在鄉野或鈔錄於書籍裏的仙境奇遇，便化作宗教的應驗錄，而非新聞或傳說。對於此遊歷的詮解，也不僅是提點出人生事實與寄託情感而已，必然復予追尋，成為個人生命至終的目標。

二、再次出發：探索逃避身體遷化的方法

承前述，將時間母題置入仙境傳說裏可讓誤入者確實體悟到仙

境與仙人的實有，使故事更加突顯時間對個人生命的影響，以及個人面對此生命課題時在情感上的表現，只是故事裏時間母題所置設的時間差距：即離開仙境後人世已過十數日、十數年甚而數世的不同，對遊歷者的啟悟也必然有異，也寄寓著不同的命意。若前文所提及僅有十數日時間差異的作品，或間有作為道教真實的輔證，但大凡陳述著人必遷化的事實，由此演繹出各種個人情感上的反應，且多以感性筆觸，抒發著文學中長久關懷的人生議題；至於有十數年甚而數世悠遠差別的故事，對於遊歷者無論在心理與環境上皆有強烈和絕對的影響，和道教的關係也較密切。段成式《酉陽雜俎·玉格》便錄有蓬球於晉太始中進入仙境回歸後已建平時的傳說，此事是以「其舊居閭舍皆為墟墓矣」為結，然至杜光庭《神仙感遇傳》轉錄此事時雖然結構未予更動，不過已在文末贅附數語，交代了蓬球後來去向：

> 蓬球字伯堅，北海人也。晉泰始中，入貝丘西玉女山中伐木，忽覺異香，球迎風尋之，此山廓然自開，宮殿盤鬱，樓臺博敞。球入門窺之，見五株玉樹，復稍前，有四仙女彈棊堂上，見球俱驚起，謂曰：「蓬君何故得來？」球曰：「尋香而至焉。」言訖，復彈棊如初。有一小者登樓彈琴，戲曰：「元暉何謂獨昇樓？」球於樹下立，飢以舌舐葉上垂露。俄有一女乘鶴而至曰：「玉華，汝等何故有此俗人？」王母即令王方平按行諸仙室，可令速去。球懼出門，迴頭忽然不見。乃還家，已是建平中矣。舊居廬舍皆為墟墓，因復

周遊名山，訪道不返。[21]

由蓬球目睹仙境與仙人的驚懼反應，已側面道出仙境確然迥異於凡世，但其心理產生驚懼的原由，在於對仙人「超人」身份的敬畏，已逾越了欣慕的心情與探求的欲望，在離開仙境時，再次驚懾於人世已過數十年的仙凡差別，正印證了之前經歷的真實，也明白了萬物隨化的定則。既然肯定人可自力成仙，蓬球且親身體驗到時間的力量，本可引申出杜光庭的推測，其後復為尋求不死，再次出發，然而此時間母題又僅非止於此，要之蓬球離開仙境，目睹舊識及所居已成墟墓，除了主觀上對時光荏苒的必然心生畏懼，以及親友亡故產生的心理孤寂，在客觀環境也阻斷原來的社會關係，蓬球勢必找尋跳脫心理的困境與死亡的方法，蓬球的再次出發也是導因自身的全然啟悟，但與前述不同處在於其啟悟的內容已不僅止於對時間威脅的體悟、修仙真實的確認，更在時間的催化下，斷絕了唐五代仙境小說中最習見牽制修煉者決心的人間親情，由此朗現了眾人極為重視的人倫與情感，必為時間的洪流所吞噬，故文中用「因復遊名山，訪道不返」兩句，認定蓬球的回歸，導因自時間母題所造成

[21] 文據五代·杜光庭撰，李永晟點校：《神仙感遇傳》，收於《雲笈七籤本》（北京：中華書局，2003 年），頁 2437-2438。李永晟注云：「『建平』乃漢哀帝年號，晉代無之，疑係『建元』之訛。」按建元（343-344）為東晉司馬岳年號，後趙與東晉隔江對峙，其主石勒年號有建平（330-333），上距西晉泰始（265-274）近六十年；後燕慕容盛年號亦有建平（398-399），相去則有百餘年，當指後燕年號。復按《歷世真僊體道通鑑》卷之二十一復轉引此事。

心理的道法感悟與現實的社會隔離。復觀薛用弱《集異記》所錄〈李清〉㉒亦將議題放在求仙與親情的抉擇上：一位擁具社會地位卻又崇敬道法者的生命經歷。在他年近七十時以堅定意志嚴拒兒孫輩用親情的勸阻，自置死地而入山求進入仙境，雖遂其所願得以遊歷仙境並與仙人共居，卻不免心生歸心與悔恨，在仙人贈予仙藥後離開仙境，回到舊居，才驚覺凡世已過六十餘年，家業淪敗，兒輩死盡，更無一人相識，對照著入山前摒棄親情的堅定意志，李清表現出的心情為「悒怏良久」，引動著再次回歸的契機。顯然李清既使目睹仙人、體驗仙居生活仍無法堅定其心志，思鄉欲歸顯示著修仙路程上的牽絆，由其敘述顯以李清離開仙境後面見了時間力量的冷峻與強大，與凡人地位的感性和無助相對，更切斷原有的親族關係與社會地位，成為李清心理轉折的真正樞紐，復返凡世化為再次的歷練，換得第二次返回仙境的機會，那麼仙境遊歷後復體驗時間的倍蓰，成為考驗修鍊者的試鍊且化為助力，足以作為導引自力為仙與具仙骨者的方式。或因此進入仙鄉且又經歷仙凡一世以上時間差異的遊歷者，多得全然的啟悟：裴鉶《傳奇・元柳二公》記錄了二人在回鄉後親屬皆已隕謝，南溟夫人贈以還魂仙藥以救濟妻室，讓求道與情感皆能兩全，㉓蘇鶚《杜陽雜編・元藏幾》在隋煬帝時因公務出海得以誤入滄洲仙島，回歸時竟已是唐貞元相去二百年，鄉里子孫早已謝世，後亦不知所歸，㉔甚至未具仙骨、不曾求道的

㉒ 文參唐・薛用弱撰：《集異記》（北京：中華書局，1980 年），頁 22-24。

㉓ 唐・裴鉶撰，王夢鷗點校：《傳奇》，收於《唐人小說研究》（臺北：藝文印書館，1997 年），頁 162-165。按此事復為杜光庭《墉城集仙錄》收錄。

㉔ 唐・蘇鶚撰：《杜陽雜編》（臺北：新文豐出版社，1985 年）。按此事復為

誤入仙境者，也可依循前例，至末也能體悟真理，得道仙去。㉕

可知仙境遊歷中置入時間母題，本具有說服遊歷者及閱讀者相信仙境及其遊歷真實的單純作用，在不影響遊歷者原本生活的情況下，回歸後仙凡的時間差異多為十幾天或者月餘，由於僅為印證遊歷的真實，遊歷者不易也多半未有全然的啟悟，回歸後接續起原來的生活；至於回歸後有數十年、數世甚至數百年差異的仙境遊歷，不僅讓遊歷者確認仙人、仙境的實有，更斷絕了原有的社會身份與親友關係，在目睹、領會時間的無情力量且無法回到原有熟悉的社會後，即使是一般凡俗的個人，也能全然啟悟，成仙後復歸仙境。㉖前者雖在主題的闡釋上與六朝無異，僅道出時間對人的無情與影響以及仙境的特異和真實，卻可從唐人限制仙凡時間差異來限囿對遊歷者心理影響的新嘗試，得知此時已視時間母題為文學創作的手

杜光庭《墉城集仙錄》收錄。

㉕ 若《原化記》所收〈採藥民〉，回鄉後已歷九十年，親友皆亡，故居亦破敗，雖借羅天師之口道出「此民雖仙洞得道，而本庸人」的事實，卻也仍能得悟後服食仙藥而去，鄭還古《博異志》亦錄工人因穿井進入山中仙境，回歸後人間也已歷三、四世，家人早已不知去向，此後就不樂人間，莫知所向。這些未曾立志求道、亦未言及是否具有仙骨的俗人，亦可依循上引模式仙去。引文分見宋・李昉編：《太平廣記》（北京：中華書局，2005 年），頁 165-166；唐・鄭還古撰：《博異志》（北京：中華書局，1980 年），頁 9-11。

㉖ 此即李豐楙指出唐五代仙境小說讓「啟悟與回歸是遊仙小說的一體兩面，在掩摭之中彰顯的是永遠探求不死之夢、希冀超越常世的秩序，一個被限制了的時間、空間」，那麼當離開仙境時竟歷時數十年甚至數世以上時間差的凡人，也多賦與全然啟悟的意象，成為回歸的契機。引文參李豐楙：〈唐人小說遊仙類型的承與創新〉，劉楚華編：《唐代文學與宗教》，頁 56。

法，用以映襯著故事的真正命題；至於仍將時間差距設定在相去足以改變個人原有生活的作品，除了突顯著時間對個人生命的威脅，也明白地道出人應在情感與求道作出正確的抉擇，化作修鍊過程裏的試鍊及助力，於回歸後不再沈溺在原有的俗世生活，換得回歸與得仙的二次機會，已轉變了六朝時舊有多以不能回歸為結局的仙鄉傳說。

第三節　超越的證明：不隨物化的境界

仙人原來便存在於先秦的傳說鄉譚及諸子寓言中，是藉由服食不死藥、導引或修鍊，達到「入於水火不焦不濡，乘雲氣御飛龍」與不隨物化等超越時空的修鍊者，此概念的生成代表了中國人對生命永續及個體意識的情感執著，成為道教神仙說的先導，㉗其後更為道教裏得道者的代稱——一種體悟真理且經由修鍊蛻化成超然存在的生命形態，換言之，仙人具有隔絕時間影響的力量㉘。然此時僅著墨於仙人的逍遙與超脫，或可看出傳講者在概念中還是以為仙

㉗ 先秦時已有的神仙觀，為後來道教所承繼、發揚，觀念多有相通處，蕭登福〈先秦神仙思想及神仙修煉術〉已有詳說，本文即據之。是文收於蕭登福：《先秦兩漢冥界及神仙思想探源》（臺北：文津出版社，2001 年），頁 202-231。

㉘ 道教以求取肉體成仙及長生死為主要目的，故皆重視身體的鍛鍊，俾利阻絕時間的影響。惟在宋王哲創建全真教後，才出現以真性才是真實與永恒，貶低傳統肉體成仙乃是延年小術，復生「形神」的爭議。本文所討論止於五代，故不處理道教後來發展的爭議。對道教教義的界定，據劉笑敢撰，陳靜譯：《道教》（臺北：麥田出版社，2002 年）之闡說。

人的主要活動區域在於人間，因此修鍊成功者的棲止處仙境，在道教建立初期的兩漢，未在神仙世界裏佔有重要地位。檢題名劉向所輯錄漢前子史有關仙人傳聞的《列仙傳》，書中嘗提及海上、山中的仙境，但皆僅交代為仙人棲止處而已，遠不如對存在人間修鍊場的摹寫。這些存在於凡世提供修鍊的處所，於其中發現本來僅能在仙境出現具靈力若延壽靈物、不死仙藥等物件，在概念上看似與具他界定義的仙鄉有所重疊，恐怕應解讀為這些與人間接壤的山中修煉處，更具備提供凡人參訪、體驗到道教真實與超越性的功能，較原先已有的仙境更適於作為宣教說帖，㉙可視為後世擘寫仙境的先導。六朝以先原本僅是民間崇信的道教信仰，因著文人在魏晉時期的大量崇奉，開始將修鍊方法理論化，同時著手創造道書，也使仙鄉主題的故事群於此時大量出現。仙鄉故事已有記錄下具備時間母題的作品，若參照當時眾多仙譚裏多著墨著時間議題，足見此嘗試並非僅是鄉野傳說的記錄。就此時來說，實已形成固定的情節結構與文化意識，影響著以後的道教思想與文學創作。

六朝時將時間母題置入仙傳中者，就目前可見文獻乃始於道徒葛洪《神仙傳》所收錄的〈壺公〉、〈呂恭〉、〈沈羲〉三則仙傳，較前述劉敬叔《異苑》早近百年。就地點而言，三事中除〈沈

㉙ 《列仙傳》中提及仙人或在未成仙前的棲止處，計有〈葛由〉的綏山、〈安期先生〉的蓬萊山、〈鹿皮公〉的岑山、〈服閭〉的方丈山、〈子主〉的龍眉山、〈朱璜〉的浮陽山、〈邗子〉山穴裏的神仙宮殿，其中除〈安期先生〉及〈邗子〉明確地指出所在處為仙境外，餘者多僅是強調與凡塵不同的修鍊場，甚至在〈鹿皮公〉裏提供其宗族家室六十餘人上山避難，可見是與凡世的空間相接，而非存在另一時空的他界。

羲〉是至天上、〈壺公〉則進入謫仙壺公自備的仙壺中外，〈呂恭〉一則所述則是標準的仙鄉經歷：呂恭帶著一奴一婢入太行山採藥，遇太清太和府三名仙人引領至仙境中經歷二日，返鄉後人世已過二百年。其中令人注意者在於〈呂恭〉裏借仙人之口，道出「公來二日，人間已二百年」㉚語，若參照〈壺公〉中入於仙人自己營建出的神仙居所，亦有「初去至歸，謂一日，推問家人，已一年矣」㉛的差異，那麼葛洪對於仙鄉與凡塵間時間換算，確有較精準的預設立場。此時期由於道徒好強調時間對人的威脅，輔以《神仙傳》裏仙鄉遊歷皆由神仙帶領方能進入，推測葛洪讓凡人在仙境裏感受到時間倍蓰的原因：㈠充補舊有仙說止於空間的描述：仙境舊說所強調者無非生活品質的全然提昇，並置入不死藥讓居民久視樂居其中，雖能表呈出凌駕於凡世的空間，卻無法突顯出個人對生命的終極關懷即時間的超越，故當凡人在進出仙境時竟發現人事已非，就能反映著仙境在時空上皆為超脫；㈡作為凡世必然趨向毀壞的比對：進入仙境的凡人再次返回人世，其思維雖應視作個人跨躍至未來的手續，但當返回人世的環境卻在文明物質上無任何進步、改變，只將原來生存的親友改易成子孫，可知其強調的仍在於對凡間疏離後的比對：瞭解人若不離人間，就必然與世上的其他人趨向滅絕。亦即當凡人進入仙境後，便取得凌越時空與神仙等同的地位俯視凡界，在未修鍊成功之先已取得對照仙俗的實際體驗，當再次返回人世後面臨時空隔絕的震憾，其抉擇自昭然若揭。此道徒造作

㉚ 引文據晉・葛洪撰：《神仙傳》（臺北：自由出版社，1989 年），頁 92。

㉛ 引文據晉・葛洪撰：《神仙傳》，頁 83。

出具時間母題的仙境遊歷，在宣教的目的上自皆更積極與果效。由此觀察入唐以後道徒闡述凡人於仙鄉中體驗時間倍蓰的宗教目的，當就時間與個人及仙鄉的關係而立說，亦即人對時間、空間的瞭解與關聯：

一、證成仙人在個體上的超越

唐五代誤入仙境的凡人除了對環境感到驚異及欣羨外，在其中得遇仙人時，或有震懾於仙眾在外形與舉止的超然與尊貴，進而產生心理上的驚恐不安，就故事的鋪陳已足知造成此敘述的原由，在於空間與人物所營造出的脫俗氛圍，令凡人相較後自慚形穢，或可讓故事中人及讀者得到啟悟。此類止於當下空間仙凡的比對，僅能劃分出近於世俗尊貴差異的心理感受，仍難突破或突顯仙人甚而仙境對時間此一概念的超越性格。惟當於其中置入時間母題，當誤入者在回到凡世看到時間對人間改變的力量，復於其中居住相當的年歲後，已說明仙人居於彼處是不受時間影響，由此頗能讓這道教核心的宗教議題，得到比對與表彰的機會，此本為仙境遊歷而具時間母題足以演繹出的通例。或因此，初肇六朝具時間母題的仙譚即為「觀棋型」——神仙以棋奕消磨無盡的時間，以漠然態度面對生命的威脅。於是當仙境遊歷成為凡人面對歲月無情消逝的殘酷洗禮後，已側面地記載下仙人對時間有著不同於世人的觀感。

自然地，仙境遊歷多以遊歷者以及其見聞作為主要記載，但仙人在其中亦多扮演接引與詮釋的角色，甚而作為再次回歸的保證人。這些仙人對於遊歷者及其所處的世界，態度則有不同。若脫化自六朝誤入仙洞舊談的〈採藥民〉，就詳述了仙人對誤入者及凡界的態度：誤入者即使是庸人，仙人仍予接引、贈藥，甚至在他思歸後仙眾為其嗟歎，玉女也贈以能回歸仙境的藥餌，讓此人在回到凡世後驚覺人間已過九十年後，了悟後再次回歸。㉜仙人／仙境與俗世／凡人本屬乎性質對立的概念，但仙人在經歷修鍊前究竟亦是的凡人，對於凡人受限於時間的窘況應當生成同理心，故在仙境遊歷裏，誤入者多能得到仙人的殷勤招待與熱心指引，讓他能改變凡人的身份，名列仙班，尤其當仙境中置入時間母題的作品，更讓神仙與人最為畏懼的情境——時間的亟速流逝相伴，也突顯著神仙絕對超然的本質。無怪在這些居於仙界的仙人，對誤入的凡人多能表達關懷，對凡間事物則採取漠然的態度。〈元柳二公〉記錄下進入仙島所見玉女及南溟夫人，不止一次地協助二人，甚至在返回人界後因已過十二年但妻死、子喪，又遣黃衣少年送還魂膏救活妻室，皆出於個人的善意，至於平日則閒居或與其他仙人往來拜訪，㉝又〈許棲巖〉得入太白洞天的原因，除了自具仙相外，更在於太乙真君命龍馬的予以引導，親授真道與贈送仙藥，復由玉女交託許棲巖返回人世後僅代為購買田婆針，㉞可知神仙對人雖多生憐憫，亦不可否認仍僅在意於自己生活的意趣，像〈李班〉裏兩位鬢髮皓白的仙老自顧地對坐床上，對李班的誤入漠然以對，㉟即便仍有不少仙

㉜ 宋・李昉編：《太平廣記》引《原化記》，頁 166。此模式為具時間母題仙境遊歷的習見模式，因此則描寫較為詳細，故引此則為說。

㉝ 唐・裴鉶撰，王夢鷗點校：《傳奇》，收於《唐人小說研究》，頁 162-165。

㉞ 唐・裴鉶撰，王夢鷗點校：《傳奇》，收於《唐人小說研究》，頁 185-186。

㉟ 五代・杜光庭：《神仙感遇傳》（臺北：新文豐出版社，1988 年），頁 353-354。

人對人產生同情心，卻難掩抑對人間亦即會隨物遷的環境漠然與疏離；進一步言，這些自由往返於仙境與人間的仙人，可藉著其中凡人必然經歷的死亡敘述，以及體驗在時間流逝下促使環境的不斷變遷，已使仙人的自在性格，不止限於空間而已，更證明了具備穿越時間限制的能力，也因此凡間本就必然變化，亦無須計較、關懷此環境的必要了。

二、對映仙境在空間上的超越

六朝時所描述的仙境，本是與人間接壤存在於現實的他界，但由於接壤處為凡人所不易到達及發現的所在，誤入成為凡人遊歷仙境最主要的法式。仙境不僅不易進入，存在於其中的動植物與公共設施也必然地超拔於凡物。此一單純仙境的描寫基礎，亦已於六朝仙譚中多所發揮及著墨。前文提及，六朝時，時間母題置入仙境遊歷即觀棋型的作品，實缺乏關於仙境不凡的夸寫，亦即凡人何以在觀棋後發生時間倍蓰的原由，在於撰寫者或傳述者欲突顯與神仙相遇的奇幻感——當神仙允許凡人參與其活動時，短時間內換取與神仙同樣地位，方能抗拒時間快速流逝的影響，簡化或者未提到仙境的超越本質，唐代多接續起〈劉晨阮肇〉兼具仙境描寫及時間母題的作品，予以發揮。其原由可借一則作品為釋：

> 越僧懷一，居雲門寺。咸通中，凌晨欲上殿燃香，忽見一道流相顧而語曰：「有一奇境事，能往遊遊乎？」懷一許諾，相與入山，花木繁茂，水石幽勝。或連山概天，長松夾道；或瓊樓蔽日，層城倚空。所見之異，不可殫述。久之覺飢，

> 道流已知矣。謂曰；「此有仙桃，千歲一實，可以療飢。」以一桃授之，大如二升器，奇香珍味，非世所有。食訖復行，或凌波不濡，或騰虛不礙，或矯身雲末，或振袂空中，或仰視日月，下窺星漢。如是復歸還舊居，已周歲矣。懷一自此不食，周遊人間，與父母話其事。因入道，歷詣仙山，更尋靈勝，去而不復返。[36]

懷一由仙人引領至仙境裏，領略道教仙鄉在空間上的超越，其中提及仙境特有植物仙桃乃「千年一實」，頗已說解當中動植物亦與仙人近似，也具備了不會遷化的本質，復由其時間母題的敘述細繹，可以導出：

㈠環境亦不受影響，可以證明仙物的不凡

前文已列舉多則具時間母題的仙境遊歷，其中若凡人回返人間後驚覺時間已過數十年者，在欲求回返仙境時當然仙人亦必在彼界等候，證明仙人不受時間約束為事實，至於仙境裏的動植物若引文裏的仙桃，以及前文引用的龍馬，與仙境裏習見的仙禽、仙豬、仙鹿等靈物，甚至其它建築以迄物件，在與神仙相伴的情況下想當然地亦不受時間影響，長存於仙境中。原本藉凡人的目光僅能發現當下在空間上的超然，然而當經過凡人出入仙境的手續後，令其踰越時間的樊籬再次進入仙境時，可預知景物依舊，至於生物，當須說解、證明亦具備仙人所獨有不趨向敗亡的能力，尤其被仙人飼養

---

[36] 文據五代·杜光庭撰，李永晟點校：《神仙感遇傳》，《雲笈七籤本》，頁2453-2454。

者。故上引〈越僧懷一〉者已點明仙境中桃樹千年一實，此植物的生命週期自然非凡人所能想像，懷一未必然會接受此一論述，但返家後驚覺仙境裏的一瞬，竟是人間一年，此不可思議的親身經歷，就促使懷一相信與證明遇道流所道出頗為浮誇的話語為真，仙境裏即令是動植物甚而物件，亦具有超越時間的特質。這些仙譚皆單方面的認定、證明仙境裏的所有物能與仙人永久共存，雖然皆不處理或解釋何以如此的原因、原理，只是權威式地認定為靈物，卻仍就此證明並賦與仙境一切兼容了凌越時間與空間的特質與意涵。

㈡時間快速地流逝，足以拉大仙凡的差距

仙境的難以進入，應解釋為仙凡接壤處不易尋訪，讓離開仙境欲再回歸的造訪者，多以挫敗為故事收梢。但入唐後或受到道教宣教的影響，進入仙境尤其山中洞窟的傳聞與說法頗為流傳，回歸仙境成為凡人修道成功歷程中的習見情節，仙人又多負起帶領及導覽的工作，如此，已使尋訪到仙境入口，成為可能。只是進入仙境的契機，雖也視個人修道的虔誠或者具備的仙骨，但仙人主動的導引，乃是進入仙鄉的充份條件。上所引錄僧人懷一進入仙境的關鍵，決定在化身普通道流的仙人邀請，抑或懷一具有仙質，也可能他求取生命永續態度的專一，只是錯入佛門，引來仙人的指引，然而上述皆屬於促使仙人來訪的可能要素，卻非必要條件，故仙人幾近握有進出仙境的絕對原因時，即令凡人徘徊或經過仙境入口意欲進入時，或誤入者被強制、勸離仙境後，回望入口也皆不得其門而入，此敘述僅屬於空間上的阻隔而已，只是當誤入者進開仙境復返人間，像懷一在仙境不滿一日，歸家竟已過一年，讓仙境與凡世的距離，不再只是空間上的概念，又附加上時間的差距。如此，唐五代仙境諸說已發展至確定在地理上的位置，無可避免地拉近與人間的距離，只是已大量排除凡人誤入的可能，讓仙人掌控進入仙境的關鍵，故部份仙鄉傳說置入時間母題的陳述，又予故事主人翁及閱讀者對此仙境的遊歷，一種近似夢境般的經驗，增添仙境裏時間的悠遠感，拉開與阻絕和凡世在時間上的連結，使讀者對於那本存在於不確定處的仙境，心裏更生遙不可及的神秘感受。

第四節　結　論

「天上（仙境）一日，人間一年」是小說、戲曲裏習用的故事情節，總騰播在鄉野的傳說之中。此一情節在六朝被記錄時，已近於志怪小說作者們所共同承認的事實，[37]只是就這些作品而言，不僅仙凡兩界時間差異並無統一的計算方式，另外，其他無時間差異的仙境遊歷亦盛傳不衰，皆表現出此母題在當時仍屬於初肇的階段。入唐以後，此時間母題仍在仙境遊歷的傳說中存續，細繹這些故事群後，可以發現藉此情節頗能反映與辨正：一、人類必然屈服在時間流逝之下為事實，應該正面地去承認與瞭解，由此，可依循

---

[37] 六朝仙鄉傳說中提及仙境、凡間具有時間差異的作品，其時間的換算雖多不同，不過幾成為當時志怪小說作者所共同承認的一項事實。謝明勳即指出：「此二者（按指《搜神記》、《幽明錄》所收「劉晨阮肇」事）凸顯出兩界之時間實有不同，同樣的一個時間單位，他界必遠比人世為長的共同特色，此點在此一時期志怪作者的概念裡，似為一項顛撲不破的事實。」亦謂此。引文見謝明勳：《六朝志怪小說他界觀研究》（臺北：中國文化大學中國文學研究所博士論文，1992年7月），頁188。

道教直接採取修鍊肉身抗拒時間對個人的影響為方式，以達不死為目的，二、可讓凡人親身體會到時間亟速變遷對人的影響，成功地成為道教宣傳的說帖；至於對道教的仙人與仙境觀念的建立上，也在且凡人遊歷仙境之後，三、證成出仙人不僅具備空間往來無阻的自在性格，也無視、突破時間上的限制，至於仙境除了藉此再次詮釋為屬於不受時間影響的地界外，更在空間之外，四、增加了時間上的悠遠與疏離感，區隔與拉大與凡界的差異與距離。正因著時間母題對仙境、仙人具有深化其意涵的作用，無怪仙境中雖皆季候溫和，何以不採取讓仙境裏時間凝滯的思考進路。

或因如此，當五代道士杜光庭嘗試將道教仙境系統化時，在舉證上可散見於所編著像《神仙感遇傳》、《仙傳拾遺》、《墉城集仙錄》、《道教靈驗記》、《錄異記》等各類仙傳與志怪書，[38]其中也收拾具有時間快速流逝的仙鄉傳說，不過仍與無時間差異的仙鄉遊歷並存，檢其所撰欲為仙鄉予以系統化的《洞天福地嶽瀆名山記》，亦未提及、處理仙鄉在時間極速流動的原理或原因，更遑論統一仙境、凡間在時間換算的比例。至於何以時間母題未能廣泛地使用在大部份的仙鄉故事，可能的原因當與宣教有關，畢竟，設使仙境與凡世誠若已生時間上的懸遠差異，則必然影響仙凡間的互動，觀唐五代已出現介於仙境、凡世模糊的地界，一種在空間布置與仙境近似，在地理位置實位於凡世之中的區域，讓仙凡間的互動

---

[38] 關於杜光庭有關道教小說的資料來源及編纂主旨，參照羅爭鳴：《杜光庭道教小說研究》（成都：巴蜀書社，2005 年）一書之整理。

更加容易與頻繁，[39]可有效地說明於凡間遇仙的可能與真實；此外，欲將仙境中時間快速流動的現象予以理論化，除了不易建立其理論的思想及考辯基礎，也讓處理唐前甚至當時流傳眾多無時間差異的仙境遊歷更加棘手。故知仙境時間母題蛻化自傳統思維中對時間概念的感性反映——「歲月易遷，常恐奄謝」，個人無奈與憂懼的思緒，雖無法歸納在具有理智意識的道教理論之中，卻也因這深藏人心惘惘的威脅，繼續讓此母題寄託與現身在人們想像的仙鄉夢境中。

---

[39] 唐五代已出現一種介於人間、仙境的模糊地界，請參黃東陽：《唐五代記異小說的文化闡釋》（臺北：秀威資訊科技公司，2007 年），頁 131-133 的例說，此不贅引。復按杜光庭所撰《洞天福地嶽瀆名山記》將舊有的諸多仙境傳說系統化，令人注意者在於許多仙境乃是確然地標明即在人間，甚至有推薦道徒至此修鍊的意味，像七十二福地、靈化二十四、三十六靖廬等皆屬之，性質和唐五代小說裏常看到介於人間、仙境的修真處相類。關於杜光庭其仙境理論的建構，可參孫亦平：《杜光庭評傳》（南京：南京大學出版社，2005 年），頁 297-365。

第三章　變型的仙鄉
——宋人傳奇〈王榭〉
仙鄉變型例探究

不獨避霜雪，其如儔侶稀；四時無失序，八月自知歸。
春色豈相訪，眾雛還識機？故巢儻未毀，會傍主人飛。

——唐·杜甫〈歸燕〉

第一節　引　言

「仙鄉」亦稱「仙境」，乃是與人間懸絕專為仙人棲止而設立的他界，六朝時因道教的興起，所謂仙境遊歷的諸多傳說也隨之廣傳，之後劉宋劉義慶《幽明錄》載錄下〈劉晨阮肇〉，更奠立下仙境傳說裏「人神戀愛」的一型，❶讓後世不僅單純地引援、重塑

---

❶ 關於仙境的分類，本文乃據李豐楙〈六朝仙境傳說與道教之關係〉的看法。復按六朝仙境裏有人神戀愛情節者亦得〈袁相根碩〉，構成母題亦同，據王國良考證確為《搜神後記》所收，那麼時代自比〈劉晨阮肇〉早。但汪紹楹校注《搜神記》，復據明鈔本《太平廣記》引〈劉晨阮肇〉注出《搜神

劉、阮二人的傳說本事，❷即便在傳奇新體產生的唐代，道徒與文學作手仍僅止於取意仙境奇遇的命題與結構，少有逾越，❸讓筆記、傳奇、說話、戲曲裏，無不依照仙境遊歷之基調演述著深具各代色彩的仙境艷遇記。唐代以來仙境小說大凡為道士或修鍊者所撰造，以傳統文化與道教理論為演述基石，故無論情節及內容皆依照道教義而發展，其它非出於道徒的仙境傳說亦未脫道教影響，有著

記》，如此時代又早於〈袁相根碩〉。李劍國則將古注類書引〈劉晨阮肇〉的情形予以比對，作出「明鈔本作《搜神記》，恐誤」的結論。李氏舉證詳密，本文採其說。後世傳衍續寫多據〈劉晨阮肇〉，其原因或為李豐楙所指出的：「因其較為晚出，敘述也較細膩」，今鑑於對後世影響，仍以〈劉晨阮肇〉故事為說。文分見李豐楙：《誤入與謫降——六朝隋唐道教文學論集》（臺北：臺灣學生書局，1996 年），頁 304；王國良：《搜神後記研究》（臺北：文史哲出版社，1978 年），頁 37-38；汪紹楹點校：《搜神記》（臺北：里仁書局，1999 年），頁 249-250；李劍國：《唐前志怪小說輯釋》（臺北：文史哲出版社，1995 年），頁 465-468。

❷ 「劉晨阮肇」後世文學的引援及改寫，請參李劍國《唐前志怪小說輯釋》，頁 462-468。

❸ 入唐以後有關仙境、遇仙的撰寫，多恪遵仙傳的體例，少有踰越，王國良除依主題分為服食仙藥、洞天奇遇、人仙戀愛及隱遁思想等四種類型外，亦在比對母題後發現各別故事在情節上的雷同，與六朝無別；至於內容就如李豐楙所說的：「從初唐起小說家就深為這種題材所吸引，有多位都反覆敘寫不同角色的遇仙情事，卻一再遵循一定的敘述結構，而唐末所綜集的仙傳集，雖已深知文人在同類作品中的作意好奇，卻仍是大體恪守遵仙傳的基本格式，顯示其教團內部在寫作文體上的自制。」是知仙境故事無論情節及內容在唐五代已制式化。引文分見王國良：〈唐五代的仙境傳說〉，收於《唐代文學研究》第三輯（桂林：廣西師範大學出版社，1992 年），頁 615-630；及李豐楙：〈從誤入到引導——唐人小說遊仙類型的傳承與創新〉《唐代文學與宗教》（香港：中華書局，2004 年），頁 57。

相近的結構及意涵。今觀察「在仙境裏發生人神戀愛」主題被衍伸與再詮釋的歷史過程裏，竟出現一則亦建構在凡人誤入他界（近似仙境的動物國度）、後與異類（動物）戀愛婚配、女贈仙藥、回歸的仙境遊歷過程，即撰成北宋的傳奇文〈王榭〉❹，不同於傳統仙鄉傳說建立在巧遇仙人的文化基礎，相去於人、妖相戀深具負面評價的鄉譚在本質及結構上亦遠，更與魂入動物世界的故事不同，成為仙境故事裏「人神戀愛」的變型。本來即令是荒誕無稽的傳奇小說，也必然建構在當時的共同意識上來鋪陳情節，尤其〈王榭〉騰播一時，自然已在申說特異與令人接受間達到微妙的平衡——畢竟怪異太過，不足徵信，恢奇太少，則難以廣傳。故此，本章主要探討〈王榭〉在襲用仙鄉故事的母題結構且又改變其中居樞紐地位的仙人為獸類下，如何解釋、安排人類與異類的地位，並決定由此異類所建構起的他界性質——務使人及異類能不突兀地同時出現於人間及他界，讓故事能自圓其說，為眾人所接受。藉此研議，除了可管窺當時民間對萬物流變與未知世界想象原理之一斑，亦對仙道小說發展規律裏何以歧出的原因，提出文化的觀察及詮釋。

第二節　文本等問題：出處題名之考辨

「王榭」本事見載於今本《青瑣高議·別集》卷四，故事主人翁及題名皆作「王榭」，甚而引劉禹錫〈金陵五詠〉「王謝堂前

---

❹ 本篇原名為〈烏衣傳〉，南宋收於《青瑣高議·別集》更名〈王榭〉。今學者稱引皆用「王榭」，本文亦從之。

燕」也改成「王榭堂前燕」，其造作的用意更顯，後題小注為「風濤飄入烏衣國」，亦未見疑義，然宋人引此故事在題名、文字上又多與今本齟齬，令人致疑。宋嚴有翼《藝苑雌黃》即云：

> 夢得詩：朱雀橋邊野草花，烏衣巷口夕陽斜。舊時王謝堂前燕，飛入尋常百姓家。朱雀橋、烏衣巷，皆金陵故事。……比觀劉斧《摭遺》載〈烏衣傳〉，（劉斧乃改謝為榭），乃以王、謝為一人姓名。其言既怪誕，遂託名錢希白，終篇又取夢得詩實其事。希白不應如此謬，是直劉斧之妄言耳。大抵小說所載，事多不足信，而《青瑣》、《摭遺》，誕妄尤多。❺

今人李劍國據此，推得此篇本出於劉斧所編《摭遺》，原作者為錢易，後南宋重編《青瑣高議》又入於別集，改原題名「烏衣傳」為「王榭」，又根據〈王榭〉文末曾引劉禹錫〈金陵五詠〉載王、謝兩家事以證明故事非虛，和上引《藝苑雌黃》、吳曾《能改齋漫錄》提到主角名皆作王謝以觀，得主人翁應名王謝，至於曾慥《類

❺ 嚴書已佚，今據郭紹虞輯本：《宋詩話輯佚》（北京：中華書局，1980年），頁 560。又括弧內有「劉斧乃改謝為榭」等七字，乃蔡夢弼《杜工部草堂詩話》引嚴書，郭輯本無，今補入。復按嚴氏稱《青瑣高議》亦簡稱《青瑣》，可參郭輯本頁 564-565，程毅中也以為將「青瑣摭遺」視為一書恐誤（參程毅中：《古體小說鈔》（北京：中華書局，1980 年），頁 179），參照今本《青瑣高議・別集》收〈張浩〉、〈王榭〉二事乃附註「新增」二字，〈王榭〉當非《青瑣高議》原來所收，為後來南宋書賈重編本裁自《摭遺》。《青瑣》、《摭遺》非一書，故今標點仍分為二。

說》乃傳鈔之訛；❻程毅中亦以為原作者乃錢易，也同意原題名或為「烏衣傳」，惟對將「王榭」正名為「王謝」不以為然，其說當有所據，惜未明說。❼至於王河、真理輯劉斧《摭遺》則作〈烏衣國〉，蓋用《類說》標題，文中逕改「王榭」為「王謝」，竟無交待原因，且置之。❽前引兩位考證大家皆同意作者為錢易，自無可議，❾至於「王謝」是否應改為「王榭」又立場不同，莫衷一是。細讀二人引證，重予詮解如下：

今本《青瑣高議》乃是南宋書賈的重編本，其重編確切時間雖不可詳考，不過就上引南宋諸家引錄除轉引他人文字不論外，時代較早且年代極近的嚴有翼、曾慥及吳曾三人皆謂非引自《青瑣高議》以觀，其新編本必在三人以後，那麼其所根據的故事底本，就可排除新編本在體例、文字的影響。嚴有翼《藝苑雌黃》作者生平

---

❻ 分見李劍國：《宋代志怪傳奇敘錄》（天津：南開大學出版社，1997 年），頁 60-62、《宋代傳奇集》（北京：中華書局，2001 年），頁 115-120，將是則繫於錢易，且直接改篇目為〈烏衣傳〉及主人翁作王謝。

❼ 參程毅中《古體小說鈔》，頁 170-174，點校仍用王榭，又程毅中：《宋元小說研究》（句容：江蘇古籍出版社，1998 年），頁 72-74，論及此篇亦然，其看法可見。

❽ 見王河、真理整理：《宋代佚著輯考》（南昌：江西人民出版社，2003 年），頁 259-260。

❾ 二人援用證據皆是嚴有翼《藝苑雌黃》所見劉斧《摭遺》有題作者為錢希白，並指出錢易本好奇尚異，反駁黃氏以事為怪誕，乃託名錢易的看法錯誤，其說皆辯，自無可疑。復按《青瑣高議》本多鈔引他人著作，而錢易除李、陳二氏所陳頗涉怪異的作品外，對照錢易撰之《南部新書》，又多收靈報、卜夢、異變、奇人等新聞，而錢氏另撰有《洞微志》之志怪小說，皆見錢氏對奇事之愛好，亦知嚴氏立論之謬。

及撰成年代皆不詳，❿據陳振孫《直齋書錄解題》收錄及洪邁、胡仔、蔡夢弼三人皆引此書推斷，嚴氏活動時間主要在南宋初期，其所言及「王榭」的相關記錄，比對撰成南宋初紹興六年曾慥《類說》及亦與慥同時的吳曾《能改齋漫錄》後皆有異同。就其「同」而言，第一、出處皆作劉斧《摭遺》，⓫至於今本收於《青瑣高議・別集》中，李劍國以為乃南宋書賈重編，自是合宜的推測；第二、嚴、吳二氏皆作〈烏衣傳〉，曾慥則題〈烏衣國〉，惟曾氏《類說》引文未必採用原題，當以嚴、吳二氏所錄為是；就其「相異」而論，則得吳書作「王謝」，嚴、曾二氏作「王榭」，故李劍國比對劉禹錫原詩作「王謝」以為《類說》乃鈔寫之訛。謹按：劉禹錫詩以六朝王、謝兩家的興衰寄寓感嘆，本作王謝自無置辯，不過據蔡夢弼《杜工部草堂詩話》引嚴有翼《藝苑雌黃》，有「比觀劉斧《摭遺》小說，又曰：王榭，金陵人。」及「劉斧乃改謝為榭」兩段文字，即嚴有翼所見《摭遺》皆作「王榭」；⓬其次，王

---

❿ 據郭紹虞云：「《藝苑雌黃》原二十卷，嚴有翼撰，佚。今有十卷本，亦題嚴有翼撰，偽。別有輯佚本，專輯其論文之語。有翼，建安人，生平不詳。據《書錄解題》知嘗為泉、荊二郡教官。」參郭紹虞：《宋詩話考》（北京：中華書局，1985年），頁174。

⓫ 宋・吳曾《能改齋漫錄》作《摭遺集》，亦同。

⓬ 今據宋・蔡夢弼撰，民國丁福保點校：《杜工部草堂詩話》，《歷代詩話續編》本（北京：中華書局，2001 年），頁 210-211。胡仔《苕溪漁隱叢話》引嚴有翼《藝苑雌黃》由於刪節太多，李劍國復據之，以致誤以為嚴氏所見《摭遺・烏衣傳》作王謝，又復採王楙《野客叢書》卷二六〈劉夢得烏衣巷詩〉裏引《摭遺》小說作王榭，有「後觀吳曾《漫錄》、《藝苑雌黃》所說，時與僕合」語（見宋・王楙撰，程毅中等點校：《野客叢書》，《宋人詩話外編》本（北京：國際文化出版公司，1996 年），頁 1115），作出「不

謝典故本為文人熟悉，嚴有翼、曾慥竟皆誤作王榭，不合常理；輔以之後書商重編《青瑣高議》也作王榭，原《摭遺》本當如此，若將責任皆推予手民，此說難以服人；對照嚴氏於同書裏曾對劉斧《青瑣高議》將《麗情集》裏將陳陶的故事改為陳圖南⑬，又隨意更易詩句文字，〈流紅記〉又合二事為一傳都嚴厲批評，自然也會對於自己亦認定是〈烏衣傳〉作者的劉斧，妄改典故及詩句的行為不假顏色了。⑭要之原書《摭遺》本作王榭，錢易為文本多狡獪:〈烏衣傳〉裏就有借烏衣國主之口道出自創「漢梅成遊燕子國」的典故，又將烏衣巷之名出於當時人知王榭曾遊烏衣國，故「目榭所居處為烏衣巷」，那麼錢氏在「引證」時隨意牽合、改動詩句，在本來已似真亦是假的故事下再留虛實伏筆，也不在人意料之外。今觀嚴、吳二人對〈烏衣傳〉大發議論，其原因即在於引用〈金陵五詠〉竟妄改詩句又合王謝二家姓氏為人名，認定為「可笑」、「虛誕」，其論既根據劉禹錫的詩句，其意在辯正詩中的原意，在欲作比對為前提下，自然會針對「王謝」改為「王榭」予以匡正，或引文時更正「謝」為「榭」，皆合情合理，因此後來著眼於「故事」者像《六朝事跡編類》作「王榭」、聚焦於「詩」者像《詩話總龜》便為「王謝」了。⑮至於由此欲對虛誕無憑據的小說予以正

知原本作王謝，特訛作王榭耳」的誤判。或導因於此，程毅中仍用「王榭」名篇，未用「王謝」。

⑬ 按應為唐僖宗時人，名摶。

⑭ 見郭紹虞輯本《宋詩話輯佚》，頁 564-565。

⑮ 《詩話總龜》及《六朝事跡編類》所節引〈王榭〉故事，皆自注採自《摭遺》。按二書皆有轉引他書的情形，故所摘錄〈王榭〉事雖與撰者年代相

名，恐怕已失小說作者造作的原意。

故知今題名〈王榭〉收於《青瑣高議·別集》者，乃㈠文出劉斧所輯《摭遺》，原作者為北宋錢易；㈡原題乃為〈烏衣傳〉；㈢故事主人翁宜作王榭，非王謝。

第三節　變化或同化：人與異類之定位

究之〈王榭〉所述故事，雖採似六朝及唐五代遇仙故事的情節，不過其演論基礎之所以吸引文人目光，在於取納了家燕的生活習性。要之家燕為人類居所習見的鳥類，在候鳥中最為特異者在於春天來時乃是依於人居而築巢上，為人所熟悉、親暱，與大雁動輒為人弋獵的待遇不同；⑯而秋至飛往南方避寒，去處則無可究詰，⑰燕子雖是人習見又熟悉不過的禽鳥，卻每年前往一不可知的地域，自予人既熟悉又陌生的感受——由燕子與人親近的特質，反映

近，仍無法確認引自《摭遺》原書。今乃鑑於二書主要的不同在性質上：詩話皆需比照原作，因此引詩的文句若與原作不同，當照原詩或直予糾繆，其它像類書或注文的引用，便毋須如此，故無論其來源如何，不影響摘引的方式，今仍列作輔證。

⑯ 中華文化裏對燕子具有特別的情感，甚至產生具有制約力量的民間禁忌，禁止傷害燕子更遑論捕食。詳說請參陳勤建：《中國鳥信仰》（鄭州：學苑出版社，2003 年），頁 231-246 頁。

⑰ 中國的燕鳥除臺灣、海南及雲南地區為夏候鳥外，其餘皆在秋至時前飛往海南及雲南地區越冬，詳說請參鄭光美、張詞祖主編：《中國野鳥》（北京：中國林業出版社，2002 年），頁 26-27 頁、頁 162，那麼〈王榭〉以為燕子飛往海上的說法，也是基於眾人未能詳究燕子南飛處的生物知識而來。

在那不能得知歸處的地方：一個同於人類家國具社會體系的他界。換言之，人類在經驗世界可以明白、證實著故事裏燕子遷移的生物特質（即前文所指稱的「徵信」），至於其中燕子國的他界觀雖屬想像（即為「恢奇」），則又建立且融入在燕子秋時固定南飛裏人不可察證、明白的歸處，轉化了原本單純冬去春回的候鳥移居，營造成人間與燕子國間具真實感且富饒意趣的往返，此轉化乃建立在一般人對燕鳥的既有觀念，一如本文引錄杜甫〈歸燕〉詩裏對燕子的描述般，才能得到讀者下意識的接受與理解。因此故事裏必多作「人」、「燕」與「人間」、「燕子國」的環結與比對，同時強調著故事的真實性與特異性。就角色而言，必須將兩者的身份予以定義，方能進一步詮釋人類入於燕子國當如何自處、燕歸國土又何以安居；次就他界來說，又就其空間的營設以明瞭其特質，進一步方能交待人、燕在進出兩種區域的方式及手續。先就燕子在故事裏的定位，略陳於下：

一、燕之定位：近似人類地位的生命

燕亦稱玄鳥，殷商人以為族徽，[18]在當時傳說甚至視其為遠

---

[18] 上古時各民族以圖騰為標識，以利分辨，商朝採「燕」為族徽。張啟成即指出：「玄鳥為商民族的重要圖騰之一，玄鳥婦三字合文的含義，是指與玄鳥圖騰結合的婦人，非指『玄鳥圖騰的婦人』，因玄鳥圖騰是族別的標誌，古代嚴禁同族相婚，同姓相婚。所以商代金文中玄鳥婦的三字合文，乃是有娀氏簡狄吞燕卵而生契的重要佐證。」燕為商人的標誌，具有避免同族、同姓相婚實質的功能，其後又漸生簡狄吞玄鳥卵生殷祖契的感生神話。文見張啟成：《中外神話與文明研究》（北京：學苑出版社，2004年），頁168。

祖，能與天神相比況，[19]其後雖與青鳥、朱雀等祥禽並列或混為一談，然上述祥禽皆不及亦淵源上古的鳳凰能集神性及超越性，之後皆貶為凡鳥；檢宋以前故事中能成為仙禽、仙家的鳥類，僅有作為西王母使者的青鳥脫穎而出，復據段成式的描述，乃是「足青，嘴赤，黃素翼，絳顙，名王母使者」[20]，又杜光庭亦提及為南獄夫人使者的青鳥，乃「有一青鳥，形如鳩鴿，紅頂長尾」[21]，與燕子無關。故知燕只有曾經在上古神話裏身為神禽，入周朝以後便不復具神祕性，像《詩經．燕燕》即云：「燕燕于飛，差池其羽；之子于歸，遠送于野。瞻望弗及，泣涕如雨。」[22]借用燕子南歸，寄寓離情，《禮記．月令》亦載：「（仲春）是月也，玄鳥至。至之日，以大牢祠于高禖，天子親往，后帥九嬪御。」「（孟秋）盲風至，

---

[19] 袁珂指出玄鳥（即燕子）乃東方民族崇拜的神鳥，作為族徽。《詩．商頌》即有〈玄鳥〉篇記簡狄吞燕卵生契的感生神話，後與鳳凰、鸞鳥等祥禽混為一談。袁氏考論甚詳，請參袁珂：《中國古代神話》（北京：中華書局，1960 年），頁 141-146、及袁珂：《古神話選釋》（北京：人民文學出版社，1996 年），頁 199-202。

[20] 唐．段成式撰、方南生點校：《酉陽雜俎》（臺北：漢京文化事業公司，1983 年），頁 155。按青鳥為王母使者，具仙人身份的說法六朝已見，《續齊諧記》及今本《搜神記》皆錄有王母使者青鳥報恩故事，詳考請參王國良：《續齊諧記研究》（臺北：文史哲出版社，1987 年），頁 11。

[21] 文見杜光庭撰，李永晟點校：《墉城集仙錄》，《雲笈七籤》本（北京：中華書局，2004 年），頁 2554。按南嶽夫人即魏夫人（華存），昇天後西王母親自來迎並贈詩歌（見《廣記》卷五八引《集仙錄》及本傳，復按今《道藏》及《雲笈七籤》本《墉城集仙錄》俱未收），此青鳥雖名為魏夫人使者，恐與西王母仍有關係，附誌於此。

[22] 引文據雒江生編著：《詩經通詁》（西安：三秦出版社，2000 年），頁 61。

鴻雁來，玄鳥歸，群鳥養羞。」㉓僅援引燕每年春來秋去固定的遷移習性，來計算季候，擬定禮法，即便燕子於鄉譚中雖間有變化，㉔乃是沿續物老為魅的觀念，非燕子所特有的能力。職故，今僅憑藉〈王榭〉裏烏衣國中人與主人翁互動及對談，比對出在這故事所營設的時空裏，將燕子置放在仙、人、妖甚而僅是物類的地位。就其中人物觀察，結巢於王榭家中的燕子老夫婦與謝之互動，已透露消息，今節引文字如次：

1.（王榭）行及百步，見一翁媼，皆皂衣服，年七十餘，喜曰：「此吾主人郎也，何由至此？」乃引到其家，坐未久，曰：「主人遠來，必甚餒。」進食，□殺皆水族。

2.翁曰：「方欲發言，又恐輕冒。家有小女，年十七，此主人家所生也。欲以結好，少適旅懷，如何？」

3.（王）榭曰：「翁常目我為主人郎，我亦不識者，所不役使，何主人云也？」㉕

㉓ 以上兩段引文據清·朱彬撰，饒欽農點校：《禮記訓纂》（北京：中華書局，1998年），頁228、261。

㉔ 譬若撰成晉·郭氏《玄中記》，《古小說鉤沈》本（北京：人民文學出版社，1999年），頁459已載燕具特者，而謂「千歲之燕，戶北向」，作為傳統物老成魅觀念的例說，唐代對燕的看法相去不遠，《酉陽雜俎》或轉引《玄中記》所錄，雖間錄其他異聞，亦只有「燕，凡狐白、貉、鼠之類，燕見之則毛脫」（頁153）云云，雖語涉怪異，皆未將燕子以神靈、神物、靈禽甚而妖物看待。

㉕ 三段引文據李劍國輯校《宋代傳奇集》，頁116。

燕子夫妻及其女往來在人世與他界間，卻因著在烏衣國裏具備人類的智識甚至社會組織，方才意欲與王榭結為姻親，雖視王榭為主人，相對的也認定自身具備了與人類相同地位，故自謂寄人籬下，其女亦生於王榭家，實又援用他界裏人身的立場自視，但其時間計算若翁嫗及少女等的年歲，蓋與傳統異物所建構的他界性質有關，關於此待後文言他界時另有專節討論。至於燕子就物理上的本質而言，作者所給予的界定，頗近似《搜神記》所錄〈毛衣女〉傳說的解讀，即「天鵝處女」型故事，㉖亦燕子在進入於烏衣國後脫化去羽翼，化為人形才居住在其國土裏，那麼這些在人界被視為鳥類的生物，事實上只是暫具鳥形，本身仍兼有人體的結構——惟就其變化人形的方式又非脫去羽翼，即故事的原型概念並非沿襲自此，只在原理上有其相通處。上述解釋方式雖直接提高燕子的生物身份，然而亦須進一步解釋能永久擁有人身能在動物國即可安居的生物，進入人間的原因。亦即就動物習性而言，燕子南飛為避寒冬，復北飛則為覓食俾利繁衍，此單純的動物習性卻不能被「擬人化」的燕子所援用，即便燕子北返後化為鳥形。何況在〈王榭〉裏也提到與王榭結為夫婦的燕女為不讓夫婿看到她為禽類的外貌，立下不再北返的誓言，故作者應該對此已予留意並詮解，其結果又非如此。其

㉖ 晉尚有《玄中記》載〈姑獲鳥〉傳說，不過已視其鳥為害人之妖鳥，其中亦引有《搜神記》載錄同型故事，然謂豫章人「不知是鳥」，而與之為連理，其身份與《搜神記》已明言為女仙自然不同，故僅以《搜神記》為此傳說之原型。關於故事主題的流衍，請參汪玢玲：〈天鵝處女型故事研究概觀〉，苑利編：《二十世紀中國民俗學經典・傳說故事卷》（北京：社會科學文獻出版社，2002 年），頁 145-175。

原因或為故事思想基礎幾為作者的造作，本缺乏文化的基礎或故事的傳承，作者疏漏、或不以為意下才遺留疑義，但更可能的原因，在於作者本身將燕子定位在與人本質相近的特殊生命：肯定燕子具備獨立的智識，在秋時返回烏衣國過著與人類相同的生活，復返人間後雖採禽鳥的生活方式，不過受到本身具備與人相同的特質影響，故依傍人類而居，相反地，即使化為人形，仍然未脫燕鳥身為動物的天性，如宴客多用魚類，㉗較不受禮教約束㉘等表現。惟兼具兩種生命形態，故作者特別賦予燕子微具仙人的本事，藉此提高燕子的生命地位，來避免讀者以禽鳥為主體來認知故事裏的燕子。

二、燕之特質：具備感通變化的本事

承前說，燕子的地位不僅是其他禽鳥未能比擬，其本質更界定為與人類相近且屬乎智識份子的階層，故能擁有若寫字、吟詩等被視為高雅行為的文人技倆。〈王榭〉又進一步賦予燕鳥更特殊之能

㉗ 王榭入燕子國後用餐皆用水族，即採燕子天性，惟此說乃古人對燕子的錯誤認知。按雨燕會飛至海上，家燕則否，但兩種鳥類皆以捕食昆蟲為生。據 Lourie 及 Tompkins 的分析，馬來西亞雨燕的食物中，以膜翅目昆蟲（蟻類等）及雙翅目昆蟲（蠅類等）為主，鞘翅目昆蟲（甲蟲）次之。 Lourie, S. A. & Tompkins, D. M. (2000). The diets of Malaysian swiftlets. *Ibis* 142(4): pp.596-602. 古人因採集燕巢見其中有水族如魚類，以為燕亦捕食海洋生物，大謬。雖如此說，此亦古人及作者所認定的「事實」，方才採入故事之中。

㉘ 燕子夫婦的女兒慕王謝，據文中敘述乃「翁有一女，甚美色。或進茶餌，簾牖間偷視私顧，亦無避忌」，無女性應有行止，當受動物本性影響。引文據李劍國輯校：《宋代傳奇集》，頁 116，以下引文皆將王謝更為王榭，不復注解。

力與身份，要之有三項，今迻錄原文於下：

> 1.後常飲燕，帷席之間，女多淚眼畏人，愁眉蹙黛。謝曰：「何故？」女曰：「恐不久睽別。」……女曰：「事由陰數，不由人也。」
>
> 2.令侍中（應作兒）取丸靈丹來，曰：「此丹可以召人之神魂，死未逾月者，皆可使之更生。其法，……。此丹海神秘惜，若不以崑崙玉盒盛之，即不可逾海。」
>
> 3.王命取飛雲軒來，既至，乃一烏氈兜子耳。命榭入其中，復命取化羽池水，灑之其氈乘。又召翁嫗，扶持榭回。㉙

以上節引三事，首則言及少女預知王榭必然歸去，判斷基礎為「陰數」已定，並在與王榭結為連理後不斷提及歸期，為預知未來的能力——然其所謂陰數非燕子固定回返人間的習例，方才推得王榭必回故里的結果，畢竟預言乃出於王榭思歸言論之後，與所有仙鄉遊歷母題結構相同，何況少女贈王榭「有使用期限」的仙藥，恰好救了王榭在人間死亡未滿十五日的三歲幼子，非出於偶然；其次則擁有仙藥，來源乃海神之秘傳，既能與神明互動，亦能煉得，其地位又和神仙有關；至末則為烏衣國有化羽池的設施，即具變化身體的知識及方法，皆為〈王榭〉裏賦予燕子的神秘力量。㉚其中前兩項

㉙ 三段引文據李劍國輯校：《宋代傳奇集》，頁116。

㉚ 按〈王榭〉裏燕子的變化乃是依賴具變化功能的化羽池池水，與法力、巫術關係較遠。據〔法〕馬塞爾·莫斯對巫術要素的整理，在「行動」的進行上雖頗為相似，不過〈王榭〉裏變化力量的絕對來源在於「化羽池水」，而非

為仙境傳說習見的母題：預知與贈藥。自然地，仙境裏的居民本為仙人，具預知或贈予仙藥本無可議，至於最末所提及的變化法術，設使移入仙境裏也頗自然，但〈王榭〉乃是施設於燕子的國土，其意涵則可由其故事給予讀者的訊息得以明白，為提昇燕子及其國家的位階而來，排除讀者誤認為妖界的可能。須知早於六朝小說裏本存著物妖魅人的類型，這些化作人形、或僅以魅惑為方法讓人誤認為人身的魅怪，入唐以後仍多以害人為己志，少有變化，[31]這些根深柢固的思想遺傳，讓這些定義為兼具鳥形、人身的物類，不免有淪為物妖變化型故事的疑慮，如此自使近於仙境豔遇的命意初衷，竟成為誤入妖境的不祥遭遇，偏離既有的敘事線索。

因之燕子雖於上古時被視為神鳥，然自春秋以降皆當作一般候鳥而已，盡褪神秘色彩；但〈王榭〉的作者則又認為燕子乃身兼人形與鳥形的生物，遷移於凡世與他界之間，就其身份的界定來說，雖不否認這些燕子確實具有低於人類定位的禽鳥本質，然而卻在烏衣國裏復得人形，表現著與人相同的智識本質及社會性格，又賦予神仙特有的預知、煉藥及窺得神秘力量知識的能力，除了可與物老為魅的精怪予以區隔外，亦有助於將其所居住的他界，賦與近於仙

巫師或儀式。引文參〔法〕馬塞爾·莫斯著（Marcel Mauss）、楊渝東譯《巫術的一般理論》（桂林：廣西師範大學出版社，2007年），頁67-75。

[31] 物化為人後多會傷害、戲弄生人，甚而欲與人交合，即使該精怪並無害人之心，但人與其相處久亦受邪氣影響，受到傷害，關於宋代以前的敘述，六朝請參謝明勳：《六朝志怪小說變題材研究》（臺北：中國文化大學中研所碩士論文，1988年7月）裏〈他物變人的原因〉一節，唐五代請看黃東陽：《唐五代記異小說的文化闡釋》（臺北：秀威資訊科技公司，2007年）中〈物異類：藉由異類反映的人性特質〉一節。

境的意涵與性質。

第四節　誤入與遊歷：他界性質之探討

依照時序為線索，僅可將〈王樹〉分為「誤入前」、「遊歷」及「回歸」三部份，與一般仙鄉傳說基礎結構無別，復據小川環樹所整理出八項仙鄉傳說的母題觀察，〈王樹〉已具備了⑴山中或者海上、⑵仙藥和食物、⑶美女與婚姻、⑷道術與贈物、⑸懷鄉、勸鄉、⑹再歸與不能回歸共計六項仙鄉母題，㉜確實效法著仙鄉故事的敘事規模；其次，仙鄉遊歷且有婚配的故事母題雖大同小異，惟盱衡〈王樹〉裏贈予仙藥救援家中病者的特殊情節而言，卻不多覯。檢六朝以來仙鄉傳說，殆有唐裴鉶《傳奇》的〈元柳二公〉情節規模最為相符。㉝按此事載元徹、柳實誤入海上仙境，後見南溟

㉜ 參日人小川環樹、張桐生譯：〈中國魏晉以後的仙鄉故事〉，《中國古典小說論集第一輯》（臺北：幼獅文化事業公司，1988 年），頁 85-95。

㉝ 此事載於《太平廣記》卷二十五，注謂引自《續仙傳》，然今本沈玢《續仙傳》亦無載。王夢鷗云：「（《續仙傳》）其書上卷載飛昇一十六人，中卷載隱化一十二人，下卷載隱化八人。今稽以《道藏洞真部》所輯，其卷數人數皆合，是自宋元以下，《續仙傳》即無此篇也。《類說》卷三十二，《紺珠集》卷十一，節取《傳奇》之文，而茲篇皆列在內，是南渡之頃，所見《傳奇》有此篇矣。……是以知諸刻本沿誤而注入出《續仙傳》者非是。」考證甚詳，此文確出於《傳奇》。復按《雲笈七籤》裏錄杜光庭《墉城集仙錄》收有〈南溟夫人〉（《道藏》本《墉城集仙錄》則未收此則）其中便綴有柳元二人事跡，文字與《廣記》所收有異，當為杜光庭據《傳奇》輯入並重予編寫。引文參王夢鷗：《唐人小說研究》（臺北：藝文印書館，1997 年），頁 165。又據羅爭鳴考證，《墉城集仙錄》本為十卷，《道藏》六卷

夫人，南溟夫人即以六朝〈劉晨阮肇〉故事與元柳二公相比況，元、柳後思歸，夫人用「百花橋」送二人歸鄉，至家後有黃衣少年持還魂膏送予二人，具「家有斃者，雖一甲子，猶能塗頂而活」的神效，元、柳即用以救活其妻室，其後二人亦成仙而去。或許《傳奇》毋論在情節曲折、文字鋪陳皆勝〈王榭〉，惟就故事進程與母題以觀，錢易實取意於此。㉞

就此雖可確認〈王榭〉與仙境傳說間主題與母題的淵源，卻又因著主人翁所遇並非仙人，故事尚需就空間（即遊歷之他界）的營造與定位、與其誤入者與本居住其間的物類關係重新予以安排與詮釋，方可令誤入者和諧地與烏衣國國民共處、聯姻，僅可在回歸後發現真相，領悟其遊歷的真義。換言之，王榭於燕子國裏必然與其居民具有相同形體，方能在遊歷裏認定乃誤入人間裏不知名的國度而已。觀王榭能安居於燕子國中，其手法相較於宋前已有的舊說皆有異同：採仙境遊歷的舊例，則視燕子國為仙界，誤入者無須變化，即單純地仙境遊歷；若誤入處為妖界，誤入者就必須化為獸形，或者維持原形卻受妖魅蠱惑而未寤；設使燕子國僅為動物的居

本為殘卷、《雲笈七籤》本係節錄，是知《集仙錄》確收有〈南溟夫人〉。詳見羅爭鳴：《杜光庭道教小說研究》（成都：巴蜀書社，2005 年）第三章〈墉城集仙錄研究〉。

㉞ 程毅中疑王榭故事乃以《太平廣記》卷四六二〈烏君山〉引《建安記》為藍本，但檢〈烏君山〉故事，乃載道士徐仲山入山後遇化為人形的鳥精，並與鳥女為親，後因村人入山畋獵，群精著羽衣化鳥飛去，徒留道士而已。此故事之原型當與前引「天鵝處女」型傳說關係較近，與仙境遊歷的系統不同，母題又亦多不符，恐與王榭故事較無關涉，今僅附誌於此備考。程氏文見其程毅中：《宋元小說研究》，頁 74。

所，王榭須以神魂來探訪，身體處於睡眠或昏迷狀態。上述三種宋前所盛行的他界遊歷類型，皆與〈王榭〉存有扞格。本來燕子國非仙人居所，燕子國民乃是經由「變化」為人的手續，才安居其中，至於妖界遊歷與〈王榭〉故事在性質上歧異更多，畢竟〈王榭〉裏燕子在離開烏衣國時方才化為鳥形；最後一項王榭乃是肉體進入，與入夢的方式全不相類。細繹〈王榭〉的結構，可知採取了前述仙鄉故事的敘事策略，調整原有「仙鄉」運作的方式及其本質，除了兼容動物國遊歷的概念，並刻意排除妖界遊歷故事型的影響；即考量了人與動物間產生的變化衝突、亦參酌動物國所擁有的特質——以求取此新建構起的他界規模，能符合眾人集體意識的期待。

一、烏衣國民的變形意義

〈王榭〉乃設定燕子進入烏衣國後，其形體就變為人身，如此則可合理解釋王榭進入他界並與居民互動，仍相信進入了由人組成的國度。至於燕子如何由禽鳥變為人身、及離開時又回復禽鳥的外形，僅能根據王榭欲返人間時，烏衣國主命王榭置身於「飛雲軒」裏——一種黑色毛皮所製的交通工具，並取「化羽池水」灑在飛雲軒上，復由身為燕子的翁嫗扶持則可返故鄉等敘述，窺見一二。顧名思義，「化羽池水」乃指能使燕子變化為人形、或逆向地讓已變成人形的燕子復生羽翼，「化」當有生成及褪化兩種解釋。觀王榭在藏身在飛雲軒裏，並灑以化羽池水後，才能得到與燕相當的飛翔能力，對照烏衣國王「亦可令君跨煙霧」的允諾可知，王榭並非化作燕子，而是乘坐著飛雲軒凌空飛行；其次，羽池水足以「化羽」，對象僅限於燕子，其功能自然能使燕子回返烏衣國時褪去羽翼，以人身於國裏安居，進去時灑上池水中又回復燕形，以利北返。可見烏衣國是建立在物理上的事實，且排除人類與動物同化的可能；亦即王榭進入了全然與人類相同的國度，而由人類目為禽鳥的「燕子」所建立，如此方才能夠與唐代已出現又膾炙人口的動物王國遊歷加以區隔。故有人以為〈王榭〉與唐傳奇〈南柯太守傳〉的意義相近，其說雖是，卻以為〈王榭〉乃建構在主人翁的真實經驗，後者則是虛幻夢境上又有不同，實為誤解。[35]

進入動物王國型的他界遊歷，並非虛幻，乃是真實的活動。今便以造作此例的〈南柯太守傳〉為說。事載主人翁淳于棼亦以進入、遊歷、回歸三種時程遊歷蟻國，並在故事末繫有一長文，載錄淳于棼查證夢境真偽的手續，今僅摘引其中一節為釋：

> （按或衍「眾」字）驚駭，因與生出外尋槐下穴。生指曰：「此即夢中所經入處。」……二大蟻處之，素翼朱首，長可三寸。左右大蟻數十輔之，諸蟻不敢近，此其王矣，即槐安國都也。又窮一穴，直上南枝。可四丈，宛轉方中，亦有土城小樓。群蟻亦處其中，即生所領南柯郡也。……中有一腐龜殼，大如斗，……即生所獵靈山也。……中有小土壤，高尺餘，即生所葬妻盤龍岡之墓也。追想前事，感歎於懷，披

---

[35] 此乃蕭相愷語，他認為：「它（〈王榭〉）與〈南柯太守傳〉〈桃花源記〉有某些相類，卻有大不相同。這裏所寫並非夢境，而是王榭航海的一次親身經歷，怪異性更強了。」語見蕭相愷：《宋元小說史》（杭州：浙江古籍出版社，1997年），頁348。

閱窮跡，皆符所夢。[36]

唐人大凡以為夢境乃生魂遊於外的經歷，夢裏接觸事物皆為物理上的真實存在，[37]故〈南柯太守傳〉所載乃淳于棼生魂於蟻國的實境遊歷，當生魂出於蟻國回歸身體後，方能在披尋槐穴等處找到夢裏遊歷的實證；又淳于棼生魂進於蟻國想當然必與蟻同形體，方可使同處的生物及自身未察特異，安然共處，設使有第三者能目睹遊歷中的淳于棼生魂，必然為蟻形，此係與蟻同化，此亦基於唐代流行的氣化理論，可以推得的結果。那麼若能辨分故事裏確然存在「小大之辨」下——包括了空間（人蟻間的形體與人間蟻國的區域）及時間（凡間 ⇦▭▭▭▭▭⇨ 蟻國、人的 一世 ⇦▭▭▭▭▭⇨ 一夢）的顯著差異，就足以寄寓「達人視此，蟻聚何殊」的人生智慧於其中。惟上述「南柯一夢」自形成了既有的故事模式與人生道理，影響後世文學甚鉅，設使〈王榭〉採生魂入於動物國，僅得進出烏衣國的敘述方便，卻必掣肘於既有寓意，又須處理「小大之辨」的原理解釋。故錢易方才將燕子定位在與人智識相似復擁有靈異能力，且又兼備人、禽兩種形體的物類，燕子既然地位與人相近，因此直接地在烏衣國裏置設化羽池水，方便王榭（人）及其國民（燕）出入他界，除了可確認王榭乃是人身遊歷烏衣國外，也免除了質疑烏衣國為妖界的目光，將

[36] 文據王夢鷗點校：《唐人小說研究二集·異聞集遺文校補》（臺北：藝文印書館，1973年），頁206。

[37] 唐人將夢境視為個人生魂遊於外的真實經歷，夢裏接觸的事物皆屬事實，詳說請參拙文〈唐人小說所反映之魂魄義〉，《新世紀宗教研究》，第5卷4期（2007年6月），頁1-30。

其定位成與人間相同甚至有凌越可能的他界。

二、人間同軌的時序進程

錢易既認為燕子在三月迄九月以鳥形居於人間，在九月南返烏衣國變為人形居住迄隔年三月，建構下頗為弔詭的生命形態：在人類社會以鳥形生存，又當和人間懸絕後反而轉換成人形又以人類的禮法與習性生活。尋繹「燕子與人相親」的單一思考線索並予以推衍，可得燕子一方面好以人形過著與人相同的生活，另一方面又喜與人親近同住，但礙於化羽池僅在與人界懸遠的燕子國裏的現實，在冬天將屆不堪居住的實際考量下，復返於烏衣國，可供作前文所提及兼具人形身份的燕子北返的唯一理由。基於此思考理路，可將真實世界裏燕子遷移習性作具智識的解釋，那麼燕子依照人間四時變化而進行固定的遷徙，在他界裏的時間變化，自然務與人間同軌，不容有差異。

故前所提及〈王榭〉已自覺地與妖界分別，亦有意與仙境加以區隔。若定義為妖界，其間人物自然皆屬於妖魅，為威脅著個人生存的存在，關於此前文已闡釋，此處不再贅言，惟與空間性質有關者，在於時間的換算上。所謂的時間乃是計算變化與生滅的過程，此概念本無感性上的意義，但自文明漸開之下，時間儼然成了推動萬物變遷的形上象徵，對生物而言，亦化身為所有含識的無形威脅。故比對人及動物的年壽長短，便轉化為二者間的時間換算，其理同於凡人與仙人的對照，亦即仙境傳說習見的時間母題。若前引淳于棼的蟻國遊歷，便有人蟻間形體大小有別與壽命脩短或異的比照[38]，換算於蟻國裏便形成了在蟻國數十年，在世方才一日的強烈對比，此情形本不見容於欲和人間及烏衣國時間同步調的要求，故入於燕子國裏便不可採行魂入、與同化兩種方式，其理亦在此。至於不可成為仙境遊歷的原故，又與多置入「時間」母題的傳統有關：在仙境一日，世上已條忽數年，所以文中一方面給予與燕子少女預知、贈藥等仙女的本事，然而卻刻意地扣減其能力，像少女雖能預知冥數，卻僅能悲泣而已，至於贈予的仙藥藥力僅能拯救死亡不滿一個月者，與前文引《傳奇·元柳二公》裏南溟夫人的還魂膏具「一甲子」藥力期限相較，相去不啻千里計。此處理之用意在於避免讀者誤認烏衣國為妖界外，亦不可當作仙境，使其性質游移在人境與仙鄉之間。即使作者思慮縝密，仍不免留下了疑義：在自然界古人亦可觀察出燕子的壽命，至多不逾十三年，然而作者如此界定烏衣國的性質——位於人類無法以其智力到達又與凡世幾近全然相同的他界，便與事實不合，燕子又焉能活至十七歲（燕子少女），更遑論七十餘歲（燕子老夫婦）？設使燕子年壽乃比照上引人類與動物（蟻國）的換算，則人間與烏衣國的時間就非同軌，其身份與領土又須貶為精怪與妖界，悖於作者的設想，留下更多的問題與矛

[38] 古人或稱蟻（螘）為蟲蟻、蟻螻，視為生命輕賤、卑微的代表，卻又因著蟻具有近似人類社會的組織，有蟻王及其臣民的區別，視為具靈性的生物，復為佛道兩教引用，作為人生無常、短暫的譬喻。然后蟻（為雌性，非蟻王）可活 13-15 年，職蟻（工蟻），即古人所說蟻國之臣民可活 4-7 年（據 Wheeler, W. M. (1910). *Ants: Their structure, development and behavior*. New York: Columbia University Press. pp. 2.），古人的觀察與螞蟻生態實則略有扞格，然今既以古代認定的事實為據，故仍用中國傳統的舊說。

盾。此矛盾的存在本可歸源於小說家言本謬悠而無事實，但無妨且視〈烏衣傳〉乃文人將烏托邦的希望寄予秋去春來的家燕，所作一次將仙境世俗化、具體化的嘗試，而無暇處理在會合仙境、動物國度時所產生的疑義，不免成為仙境小說系統裏的歧出；然亦因此創造出一起自成體例的仙鄉傳說，再次描繪出當時人們嚮望中的烏托邦，[39]成就了一則文學故實的新題。

第五節　結　論

肇自六朝興盛於唐五代的仙境傳說，由於多被道教徒有意識的引證與創造，與仙傳關係密切，而富含宗教色彩，也在其教義的指引下，合乎道教的文化及理論，至於其他不具道士身份的文人，在撰寫及記錄仙鄉故事時，也依照原來的敘寫模式，少有逾矩。然宋初錢易的〈王榭〉故事，複合了仙境傳說的基礎意識以及燕子遷移的自然景況，並自造了漢人梅成曾造其境的故實，及挪用了劉禹錫

[39] 胡萬川指出樂園（仙境）乃反映著人們對安頓生命的期望，他說道：「樂園的理想是人類為安頓生命所能夠有的一個基本的、深致的寄託，如果人們真的認為樂園世代只存在於永不再回的過去，那麼人類面對的便是一片『絕望』的日子。人類是需要在『希望』的滋潤中才能生活得自在的。」已深刻地道出人們造作仙境的心理因素，見解甚為精要。那麼〈王榭〉以人能安居且更具存在感的燕子國，取代傳統僅為仙人棲止專設的仙鄉，亦符合了胡氏所指陳人們設想樂園（仙鄉）的集體意識，為當時人們期待與希望裏的烏托邦。引文見胡萬川：〈失樂園——一個有關樂園神話的探討〉，胡萬川：《真實與想像——神話傳說探微》（新竹：國立清華大學出版社，2004年），頁47。

〈金陵五詠〉王、謝家的熟典，由置入歷史例證與自然事實為方法，讓燕子不僅確然進入所有人不可否認的人間，又翩然飛入了作者幻設的他界之中，將那不可接觸、明白而近於仙境烏衣國的消息，在那北返時似已帶入了人世，作為二地間的真實傳遞。這獨具匠心能兼容真實與想像的他界豔遇記，雖然為配合這創作理念，致使在他界性質及人燕間變化的詮解上，皆與舊有仙鄉傳說的原理不同，成為傳統仙譚的歧出，但也因此跳脫出傳統仙境故事的窠臼，成就了一則自成體系的仙鄉傳說，富涵原創性及民間性，廣傳於宋明。惟〈王榭〉雖開創仙鄉遊歷的新例，文人甚至視作典故引用，卻因著文化意涵與原有的仙譚不同，後世小說與戲曲的創造者仍好用舊例，幾未見改寫或再造王謝故事，誠為仙鄉傳說中的異數。觀魯迅僅由〈王榭〉借唐劉禹錫〈烏衣巷〉裏詠懷王榭兩家事之一端，作出「改謝成榭，指為人名，且以烏衣為燕子國號，殊乏意趣」[40]的斷言，或許在考量作者對故事經營的努力、小說新題的創造，以及作品感染讀者的力量，也該循例重予評價。

---

[40] 見魯迅：《魯迅小說史論集》（臺北：里仁書局，1994 年），頁 487。

中篇　心理投影的神格

——偶像人格形塑的世俗化傾向

延續對英雄或聖賢的崇敬心理，群眾除了用祭祀表達內心的敬意外，也多隨之將此偶像的生平傳奇化，以孚對已被神格、神聖化的人格期待。然而此習見建立偶像崇拜的法式，在宋代信仰中有著極為特殊的反例：一是南宋極度流行的五通信仰，重置了五通原屬精怪的位格，廁身於祭祀的行列，二是淨慈寺的濟顛禪師，因行事違逆禮法，倒置聖俗常識也聞名於當時。無論是具有精怪身份的五通，抑或狂行聞世的濟顛，皆違背傳統對崇奉偶像有著神聖人格的預設，竟能得到群眾熱烈的回響，自能反映出中華文化裏，群眾祭祀更深層的心理活動與思維方法。本篇擇以「記實」為法的《夷堅志》以及濟公信仰主要依據的《濟公全傳》為文本，用以考察兩種信仰形成與發展的歷史脈絡，進而解析其中的宗教原理與社會思維，嘗試去理解群眾所形塑出有別以往「神聖人格」的社會基礎與心理。

第一章　利益的崇奉
——由《夷堅志》考述
南宋五通信仰之生成及內容

第一節　引　言

或多受限於文人對民間信仰既有的鄙薄和疑慮，鄉里間宗教的有關活動除少見官方史志記錄外，❶也甚少被正式的文字載記，卻見容於文人率意所記錄下的筆記小說，一個無需端正意念，直筆寫

---

❶ 民間未受官方認可又未能交代崇拜對象歷史來源的祭祀已受文人輕視，多稱為「淫祀」外，已成宗派甚至有教團組織與活動更受到朝廷疑慮而被取締，以致少見史書載錄。馬西沙云：「由於歷代統治者視『邪教』為洪水猛獸，必欲盡斷根株而後快，不僅剿滅其組織，焚毀其經書，即便載於史書，亦多寥寥數筆，意在抹殺其存在。唯明、清兩朝，時接近代，故有關的官書、方志、筆記、雜錄等史料，特別是檔案史料與諸教經書又浩如煙海。」道出明清前能撼動統治者的宗教活動皆不被史書詳實記載，更遑論民間的崇拜活動。引見馬西沙，韓秉方：《中國民間宗教史》（北京：中國社會科學出版社，2004年），頁9。

下己身聽聞異事的文體。復因記錄者未刻意刪汰、造作文字，今人更能從這文人視閾重建當時的社會氛圍。那麼肇洎六朝且後世仍沿用舊有體製與命意的志怪小說，❷也以筆記的體例直書當時各種靈異事件與神秘力量，成為推求各時代對超自然場域的想像的重要媒介。洪邁（1123-1202）《夷堅志》動筆於紹興十二年（1142），迄嘉泰二年（1202）年洪氏卒方才輟筆，❸歷時六十年，成書共四百二十卷，為宋代規模最大亦影響最遠的志怪集成之作。書序言及撰書取用莊子〈逍遙遊〉中「齊諧者，志怪者也」❹的寓意，表呈著自身對異想世界的濃厚興趣與偏好外，又特別強調「夫齊諧之志怪，莊周之談天，虛無幻茫，不可致詰。逮干寶之《搜神》，奇章公之《玄怪》，谷神子之《博異》，《河東》之記，《宣室》之志，《稽神》之錄，皆不能無寓言於其間。若予是書，遠不過一甲子，耳目相接，皆表表有據依者。謂予不信，其往見烏有先生而問之」❺之

---

❷ 就內容而言，六朝志怪小說是以記錄超自然現象最為大宗，可視作神話和傳說的遺緒；至於體製則大抵簡短、交代出處，且有文字質樸、結構單純等特色，此內容與體製上的特色大凡為後世志怪小說所承繼而自成一系。上引六朝志怪小說的特點，本文依據王國良：《魏晉南北朝志怪小說研究》（臺北：文史哲出版社，1984 年），頁 7、75-82。

❸ 關於《夷堅志》撰寫起迄時間，本文用王年双：《洪邁生平及其「夷堅志」研究》（臺北市：國立政治大學中國文學研究所博士論文，1988 年 7 月），頁 135-142 之考證；至於其生平則用凌郁之：《洪邁年譜》（上海：上海古籍出版社，2006 年）。

❹ 見清・王先謙集解，劉武點校：《莊子集解》（上海：中華書局，2008 年），頁 1。

❺ 見宋・洪邁：《夷堅志・夷堅乙志序》（北京：中華書局，2006 年），頁 185。

撰述初衷與規模，意謂著所寫雖為志怪書，卻承繼自如干寶及其後等記錄實事的傳統。其中所記無不有其來歷，無怪《夷堅志》的行文近於史傳中的五行志之屬，微具史官述而不作的特色，❻就其來有自了。也因此書中諸多故事乃採集自當時的傳說與新聞，便具有第一手記錄的價值和特質，足堪作為研究當時社會文化的基礎文本。五通信仰流衍於江南地區、且於宋代始盛，與洪邁撰《夷堅志》的區域和時間相合。因此，本章擬以考察《夷堅志》的內容，藉由洪邁一人所蒐羅具有崇拜活動和心理反應的五通故事，建構起此信仰的崇拜規模，並還原當時人對五通神的詮解方式，就此當能觀照和釐清佛、道兩教對於此信仰的影響外，也能用以探求五通神後來獨興、和民間「淫祀」盛行不替的核心原由。對於五通信仰的興起、流變和原理，提供更寬廣的解讀視角與方法。

第二節　五通能力與性格：用「精怪」為思維基礎

「五通」一詞，始見於佛經。姚秦時所譯出的《大智度論》曾釋「五通」，據其所言乃分指：如意足通、天眼通、天耳通、識宿

---

❻ 此特質為程毅中所提出，他以為：「偏好的是奇見異聞，天下的怪事奇物，都在收羅之列，即使是道聽途說，語焉不詳，他也要筆之於書。洪邁曾當過史官，承繼的還史家紀實的傳統，一般只是述而不作，不作藝術加工，……所以書中有的記事十分簡略。」已將此書近於史書特點「述而不作」及其原因予以說明，其說可采，今從之。引見程毅中：《宋元小說研究》（句容：江蘇古籍出版社，1998 年），頁 131。

命通及他心通；❼另唐譯《阿毘達磨大毘婆沙論》也分別述及五通的內容，計有神境智通、天眼智通、天耳智通、他心智通、宿住隨念智通等五項，❽與《大智度論》的記載相近，修習佛法可得此五種神力。❾具有這五種神力的修行者，則稱為五通仙人。若《百喻經》云：「昔有一人，入山學道，得五通仙，天眼徹視能見地中一切伏藏種種珍寶。」❿又《毘耶娑問經》載：「佛言阿難，於此世界有五通仙，名毘耶娑。」⓫佛經中頗為習見。此詞傳入中土後，文人則與傳統的仙人相比況。北周甄鸞引道教書即云：「又《文始傳》：老子在罽賓彈指，諸天王羅漢五通飛天俱至，遣尹喜為師，得道菩薩為老子作頌。」⓬更甚者像梁劉勰所謂：「若乃神仙小道，名為五通，福極生天，體盡飛騰；神通而未免有漏，壽遠而上

---

❼ 後秦·鳩摩羅什譯：《大智度論》，《大正藏》本（臺北：新文豐出版社，1983 年），卷第五，頁 97 下-98 中。

❽ 唐·玄奘譯：《阿毘達磨大毘婆沙論》，《大正藏》本（臺北：新文豐出版社，1983 年），卷一百四十一，頁 727 中。

❾ 佛經中尚有五通婆羅門、五通外道、五通梵志等名稱，知五通雖非佛教特有，不過仍是修習佛法必經之路。詳論參鈕衛星：〈「五通仙人」考〉，《上海交通大學學報（哲學社會科學版）》，第 15 卷第 5 期（2007 年 10 月），頁 37-44。

❿ 南朝齊·求那毘地譯：《百喻經》，《大正藏》本（臺北：新文豐出版社，1983 年），卷第二，頁 548 中。

⓫ 元魏·瞿曇般若流支譯：《毘耶娑問經》，《大正藏》本（臺北：新文豐出版社，1983 年），卷上，頁 223 下。六朝時譯有五通神或五通神仙的佛經甚多，若《毘耶娑問經》、《大般涅槃經》、《大乘寶雲經》、《樂瓔珞莊嚴方便品經》等皆有，足見此概念確存於佛教思想中。

⓬ 見唐·釋道宣輯：《廣弘明集》，《大正藏》本（臺北：新文豐出版社，1983 年），卷第九引北周甄鸞〈笑道論〉引《文始傳》，頁 151 上。

能無終；功非餌藥，德沿業修。於是愚狡方士，偽託遂滋。張陵米賊，述記昇天；葛玄野豎，著傳仙公。」⑬以為所謂神仙乃佛教中的五通，屬正道的枝末，將佛道的兩種概念，予以等同。道教亦有五通之名。六朝古道經《上清大洞真經》亦謂：「浩觀太無，濯煉五通」，又：「五通七合，俱生上元」，⑭另《大洞金華玉經》亦言：「迴元五通，禳除世殃，上福七祖，身致神仙。」⑮由「濯煉」、「迴元」等修習鍛煉五通，後能得致仙體，造就成五通大仙。就此而言，六朝時佛道兩教對五通的看法頗為相近——即使對佛教的詮釋已與教義存有扞格。那麼在一般文人的觀點中，五通成為泛指五種神通或特殊能力的代稱，五通仙就指稱具備上述能力的修鍊者。此看法可從「五通仙人」初次出現在志怪小說中即劉義慶的《幽明錄》得以驗證：「海中有金臺，出水百丈；結構巧麗，窮盡神工，橫光巖渚，竦曜星漢。臺內有金几，彫文備置，上有百味之食，四大力神，常立守護。有一五通仙人，來欲甘膳，四神排擊，遷延而退。」⑯一個微具佛教、又沾染道教概念的模糊形象。入唐以後，無論是道士有五通的令譽，⑰還是鬼物具備五通為祟的

---

⑬ 引用梁·劉勰著，王更生注：《文心雕龍讀本·滅惑論》（臺北：文史哲出版社，1995 年），頁 405。

⑭ 分引自六朝·古道經：《上清大洞真經》，《正統道藏》本（臺北：新文豐出版社，1985 年），卷三、卷四，頁 815 下、820 下。

⑮ 六朝·古道經：《大洞金華玉經》，《正統道藏》本（臺北：新文豐出版社，1985 年），頁 296 下。另《无上秘要》卷七十四亦引此語。

⑯ 南朝宋·劉義慶著，魯迅輯：《幽明錄》，《古小說鉤沈》本（北京：人民文學出版社，1999 年），頁 175。

⑰ 王溥於〈尊崇道教〉中記「五通觀」條云：「安定坊。隋開皇八年，為道士

本事，⑱都顯示人們無論對佛道兩教五通或五通仙的說法，未能有相對應的理解，只是採用了此名詞的模糊概念。故知宋以前即令有五通等各種詮解，與宋代所流行的五通神關係不大，只將五通視作具有大能的形容詞。此時五通也未單指特定人物，和民間信仰皆有足以稽考或是附會出具有名號的宗教神佛或者歷史人物，用以接受民間香火和崇敬不同。因而形塑出具體的神格與重建起神祇的歷史，成為單一信仰傳播時當有的過程和經歷。先就力量的內容觀察，入宋後已可見其趨向和內容：

一、有限制性的能力：以能掌控攸關個人權益爲範圍

五通一詞的內容，由六朝迄唐已漸變化：從兼具表徵宗教意涵與神通力量趨向於單一的意涵，僅泛指高明的力量，五通神亦僅稱具備此能力的鬼神。此一趨向在五代禪師釋延壽為讓佛教的五通觀能和道教及世論所稱有所區隔，將佛經中《大智度論》有關三智五通重新詮解的作為發現此涵意變遷。他說道：「夫神中有智，智中

焦子順能役鬼神，告隋文受命之符，及立，隋授子順開府柱國，辭不受。常咨謀軍國，帝恐其往來疲困，每遣近宮置觀，以五通為名，旌其神異也。號焦天師。」顯然單純地用五通一詞來表彰焦天師的神秘力量。引文見宋·王溥：《唐會要》（北京：中華書局，1985 年），頁 876-877。

⑱ 柳宗元曾記〈龍城無妖邪之怪〉事，而云：「柳州舊有鬼，名五通，余始到不之信。一日，因發篋易衣，盡為灰燼，余乃為文醮訴於帝，懇我心，遂爾龍城絕妖邪之怪，而庶士亦得以寧。」已易人（仙）為鬼，概念與入宋後的五通神頗近，但由五通的發展看來，當用此詞的觀念而已。引見唐·柳宗元：《河東先生龍城錄》，《叢書集成新編》影印《百川學海》本（臺北：新文豐出版社，1985 年）卷上，頁 60。

有通。通有五種，智有三種。何為五種通？一曰道通、二曰神通、三曰依通、四曰報通、五曰妖通。妖通者，狐狸老變，木石精化，附傍人神，聰慧奇異，此謂妖通。何謂報通？鬼神逆知，諸天變化，中陰了生，神龍隱變，此謂報通。何謂依通？約法而知，緣身而用，乘符往來，藥餌靈變，此謂依通。何謂神通？靜心照物，宿命記持，種種分別，皆隨定力，此謂神通。何謂道通？無心應物，緣化萬有，水月空華，影像無主，此謂道通。」⓳已將鬼、妖及道教具有大能力者即五通予以囊括外，並突顯和提昇原來佛教五種神通的意涵，意欲重新整合並貶斥與佛教無關的各類五通說法，其理論雖與佛教義理未能相合，但足以反映此概念入宋前的內容。北宋有關五通神的記錄雖然少見，但由南宋初在筆記中習見五通神推知，此信仰於北宋已然流傳，南宋時香火極盛。至於《夷堅志》中載記的五通神，係指徽州新安郡（即婺源）的地方信仰。對於此神的神力，頗與上述佛道兩教的說法有所區別，約而言之共有四項：

㈠具驅鬼與治病的力量

早於兩漢六朝民間相信罹病肇自於鬼魅為祟，故請巫師驅鬼便成為治病的要法之一。⓴時入宋代，此概念也未見更易，民眾至廟宇也多請求神明代為治癒疾病。故五通被視為具有大神力的神明，民眾也當能向他求告，驅逐為祟的疫鬼。《夷堅志》亦記有治病

⓳ 見後周·釋延壽：《宗鏡錄》，《大正藏》本（臺北：新文豐出版社，1983年），卷第十五，頁 494 中。

⓴ 關於漢及六朝對於疾病的概念，頗以為乃鬼為祟所造成，需要巫師以巫術禳除疫鬼。詳論參林富士：《疾病終結者——中國早期的道教醫學》（臺北：三民書局，2003 年），頁 56-62。

事，在〈劉樞幹得法〉條記錄下書生劉樞幹招五通神事，而云：

> 忽光景滿室，病者見五通神，著銷金黃袍，騎道而去。劉出，病者酣寢，及旦起，洒然如常人。㉑

劉樞即賴五通神力驅趕疫鬼來治療疾病，另〈毛氏父祖〉也闡言五通神有驅逐他鬼的力量，㉒其義與前引文所述相同。五通神具備足以讓他鬼折服的大能，相反地亦能攝人魂魄，令個人神魂不全、精神不濟。至於五通施展救治或為祟的作為，大凡和其具目的性的意志有關，見後文詳述。

㈡知過去與未來的因果

中國傳統的定命觀，係以為上天已決定個人一生的境遇與榮祿，而交付與鬼神執行。故參與執行命運工作的鬼神，當知悉個人的命運。由此衍生出具有神力的鬼神，便可憑恃一己的力量與權威，去關說或理解人的命運內容，㉓成為治病之外民眾對鬼神祈求的另一要項。北宋時李覯已記下五通神能預知個人得病後的能否痊癒，㉔至於《夷堅志》也有〈吳二孝感〉事，錄五通神在夢中預告

㉑ 宋·洪邁：《夷堅志·夷堅三志》，頁 1484。

㉒ 宋·洪邁：《夷堅志·夷堅甲志》，頁 134-135。

㉓ 有關中國命定觀的形成歷程和運作方式，參黃東陽：〈由命定故事檢視唐代命定觀的建構原理〉，《新世紀宗教研究》，第 4 卷 3 期（2006 年 4 月），頁 148-166。

㉔ 李覯於〈邵氏神祠記〉錄下在景祐年間因其母染大疫，後以擲竹杯珓問於五通神，告知病將瘉事，後果如其言。事見宋·李覯：《盱江集》，《文淵閣四庫全書》本（臺北：臺灣商務印書館，1986 年），卷二十四，頁 211 上。

吳二將於特定日子為雷所擊斃，後果有發雷卻未被擊殺，是夜復夢五通前來告知因孝免禍，此預言自非虛假；㉕又〈古塔主〉中的五通也能知見過去、未來，㉖皆說明此神已能符合一般信眾祭祀時的基本期待。

㈢能賜屬乎命外的財富

上述兩項，尚且屬於一般祭祀習見的內容。然而給予錢財甚至致富的允諾，頗能表現五通神特有的能力。只是五通神在令人致富的方法上，並非去干預或增加上述對個人生命中金錢的數量命定，而是直接用自己的能力干預結果。〈五郎君〉就記云：

> 河中市人劉庠，娶鄭氏女，以色稱。庠不能治生，貧悴落魄，唯日從其侶飲酒。鄭饑寒寂寞，日夕咨怨，忽病肌熱，昏冥不知人，後雖少愈，但獨處一室，默坐不語，遇庠輒切齒折辱。庠鬱鬱不聊，委而遠去。鄭掩關潔身，而常常若與人私語。家眾穴隙潛窺，無所睹。久之，庠歸舍，入房見金帛錢綺盈室，問所從得，鄭曰：「數月以來，每至更深，必有一少年來，自稱五郎君，與我寢處，諸物皆其與，不敢隱也。」庠意雖憤憤，然久困於窮，冀以小康，亦不之責。一日，白晝此客至，值庠在焉，翻戒庠無得與妻共處。庠懼，徙於外館，一聽所為，且鑄金為其像，晨夕瞻事。俄為庠別

㉕　宋·洪邁：《夷堅志·夷堅丁志》，頁 667-668。

㉖　宋·洪邁：《夷堅志·夷堅支癸》，頁 1295-1296。

娶婦。……五郎君竟據鄭氏焉。㉗

五通神令劉家暴富，出於數日間的來訪，將金帛錢財直接給予鄭氏，而非給予劉庠或是鄭氏未來獲取功名或利祿的應許，未採行習見變更定命的法式。另〈孔勞蟲〉、〈獨腳五通〉等，亦敘寫五通神直接賜與實質財貨的故事。

㈣以作祟為方式的回覆

直接賞賜財貨為五通信仰所特有，此外五通神尚且會取人魂魄、搬移物體、施行幻術、甚至偷取食物不一而足的作為，讓人感到困擾或畏懼，亦是此信仰的特質。《夷堅志》中五通為祟的記錄頗夥，最為曲折者當屬〈九聖奇鬼〉中又名九聖、山魈的五通神，為報復薛季宣不像郡人恭謹祭祀五通而與男巫沈安串通，施行幻術、和群鬼作祟以訛騙薛氏令其來拜。㉘另外像〈鄧興詩〉中亦記鄧興和鄧女被五通攝走魂魄後雖放回，未久亦卒的異事。㉙上述皆道出五通神對於人世間的物項具有相當地掌控力量，以此為力量的特徵外，也用這能力向民眾表達己身的想法和要求。

故知五通神具備的能力，除了含括了一般祭祀擁有的治病和知悉個人過去未來的本領——代表著擁有解決與提點眾人當下苦痛和人生迷惑的大能外，又擴展一般神祇的職務，兼容了賞賜財富的權力，且在人們不予尊重時便會作祟予以報復。亦即五通的法力雖受

㉗ 宋·洪邁：《夷堅志·夷堅支甲》，頁717-718。

㉘ 宋·洪邁：《夷堅志·夷堅丙志》，頁364-368。

㉙ 宋·洪邁：《夷堅志·夷堅支甲》，頁765。

地域限制，力量也往往被劃限又存在著有效性，以致於有時難與正神對抗，卻因著掌握著人們最為關心的若身體、命運及財富等議題，且用此作為力量的主要內涵，而能廣徠信徒，存續香火。

二、雄性精魅的性格：拓展既有動物本性欲求爲方向

由於五通具備的能力被定義在解決人間疑難外，複加上並非以應許而是直接授予財貨的能力，以及受一己情緒及想望的引導去侵擾民眾，令原本屬乎造福群眾治病的行為，和占知他人過往未來以指點人生迷津的正面力量，成為五通神控制民眾的工具，性格中缺乏為人解厄的可能本質。要言之，五通神施展法力的原因，多與維護五通自身的利益有關，具備以己身權利為首要考量的神格特質。洪邁於統說五通神來歷和個性時已多有詮釋，其云：

> 江以南地多山，而俗禨鬼，其神怪甚佹異，多依巖石樹木為叢祠，村村有之。二浙江東曰「五通」，江西閩中曰「木下三郎」，又曰「木客」，一足者曰「獨腳五通」，名雖不同，其實則一。考之傳記，所謂木石之怪夔罔兩及山魈是也。……或能使人乍富，故小人好迎致奉事，以祈無妄之福。若微忤其意，則又移奪而之他。遇盛夏，多販易材木於江湖間，隱見不常，人絕畏懼，至不敢斥言，祀賽惟謹。尤喜淫，或為士大夫美男子，或隨人心所喜慕而化形，或止見本形，至者如猴猱、如尨、如蝦蟆，體相不一，皆趫捷勁健，冷若冰鐵。陽道壯偉，婦女遭之者，率厭苦不堪，羸悴

無色，精神奄然。……。[30]

洪邁明指五通就是山精，援用六朝物魅為妖，能通人語的舊題。五通也並非專指特定的物類，[31]故可得猿猴、黃鼠狼皆有化身五通的案例。與洪邁同時的項安世也說：「按《澧陽志》：五通神出屈原〈九歌〉，今澧之巫祝，呼其父曰太一，其子曰雲霄五郎，即東皇太一、雲中君、山鬼之號也。」[32]將五通繫於〈九歌〉或近於曲解，但亦認為五通乃山鬼即山精。另葉廷珪《海錄碎事》於「佛家奴」條下也說：「施肩吾寺宿，為五通所撓，作詩云：『五通本事佛家奴，身著青衣一足無。』」[33]雖連繫起五通神與佛教的關係，但主要在調侃它山精的原形，與佛教的五通無干，是知二者之意與洪邁所指相同。山精性格和化為人形的物妖無異——總是將「作祟」當作終身職志。故將五通定調在物妖所化，那麼就不免聯想出負面的性格。據之可引申出二種性格：

---

[30] 宋・洪邁：《夷堅志・夷堅丁志》，頁 695-696。

[31] 山精係為山中精怪的集合名詞，延伸物魅精怪的概念而來，《夷堅志》所敘述的五通在名詞定義、外形（一足）描述皆與六朝山精相合，可見其原來構想和物老成魅的舊說相同。另外《夷堅志》所記錄五通神能力亦有高下之分，法力強大者能挑戰公權力（正神），低下者又懼於城隍神力或道士法術，此力量的差別決定於化為五通的精怪品類，此亦合定義五通為山精的看法。關於六朝山精的內容和界定，請參謝明勳：《六朝志怪小說故事考論》（臺北：里仁書局，1999 年），頁 126-144。

[32] 見宋・項安世：《項氏家說》（北京：中華書局，1985 年），頁 89。

[33] 宋・葉廷珪撰，李之亮點校：《海錄碎事》（北京：中華書局，2002 年），頁 721。

㈠不受約束的動物本能

因物妖依循著自身原來的本性而生活，令《夷堅志》所記五通雖能賜與人財富，卻又有「微忤其意，則又移奪而之他」的任性行徑。此性格在稍早志怪書張師正的《括異志》中已予表述：五通神因著祭祀自己專用的豬隻被鄰家羅紹父截去一耳，僅聽祭祀者的片面之詞，便令羅父所生二子皆缺一耳為報復。[34]後來至《夷堅志》中所記，更加深五通神物妖的本性。若〈獨腳五通〉中依賴五通而致富者的家中婦女不遂其意，便將金錢直接帶走作為示警；另像〈五通祠醉人〉中有人醉入祠中避雨被五通神驅趕而未果，五通便用雷火攻擊，全無作為具備較高身份神明應有的器量，予人不易捉摸，精神燥動的觀感。其人格的建立，當受將五通神定位於物妖格調的思維影響，令他具有近於人的欲念，實被動物（生物）的本性所左右及引領。於是就動物本質而言，除了尋求生存（血食）外，便只剩下性欲的滿足，何況上述五通神主要來自於山中成魅的生物，於中華文化中已存在著魅怪尋人交媾的主題，[35]因而衍生出好淫的可能，亦在合理的範圍之內，方能於《夷堅志》中尋檢到五通尋獲女性交歡的主題群。

㈡放恣性欲的生物傾向

據上文所描述五通神的人格特質，尚有好淫一項。此看法另在

---

[34] 引見宋·張師正撰，白化文、許德楠點校：《括異志》（北京：中華書局，2006年），頁99。

[35] 早於魏晉南北朝志怪小說中習見的精怪變化中，多見化為人形後尋人交媾，詳考請參王國良：《魏晉南北朝志怪小說研究》，頁229-233。

吳曾《能改齋漫錄》和郭彖《睽車志》中已有記述，㊱但《夷堅志》的記錄更為詳盡。《夷堅志》所記乃認定五通乃為男（雄）性，具有強烈的性徵和需求，好佔據女性以逞其欲望，於後並附五通逼淫或誘姦民女十一則的主題群為例證，頗能表現當時人對五通神性淫的看法。以下便摘引三事為例說：

> 翁一八郎妻虞，年少，乾道癸巳，遇男子，每夕來同宿。夫元不知，雖在房，常擲置地上或戶外，初亦罔覺，但睡醒則不在床。虞孕三年，至淳熙乙未秋，產塊如斗大，棄之溪流，尋亦死。㊲

> 建昌軍城西北隅兵馬監押廨，本吏人曹氏居室，籍入於官。屋後有小祠，來者多為所擾。趙宥之之女已嫁，與夫侍父行，為所迷，至白晝出與接。不見其形，但聞女悲泣呻吟，手足撓亂，叫言人來逼己，去而視之，遺瀝正黑，浹液衣被中，女竟死。㊳

㊱ 吳曾在〈伍生遇五通神〉中記下伍生於五通神處借宿，驚見於室中禁囚婦人、嬰兒和囚犯；另時間稍晚的郭彖亦記靳瑤偕同妻子至后土祠，因遇五通神為祟而妻死事。兩事皆記人妻與婦人，當與五通好淫有關。引文分見宋·吳曾：《能改齋漫錄》（北京：中華書局，1985 年），頁 456-457、宋·郭彖：《睽車志》（北京：中華書局，1985 年），頁 47-48。

㊲ 宋·洪邁：《夷堅志·夷堅丁志》，頁 696。

㊳ 宋·洪邁：《夷堅志·夷堅丁志》，頁 696。

陳氏女未嫁而孕，既嫁，產肉塊如紫帛包裹衣物者，畏而瘞之，女亦死。[39]

首則記下虞氏被化為男子的五通神迷惑且與其交媾，其夫則渾然不知復被拋至床下，虞受孕產下肉塊未久死亡。此敘事與六朝受惑於精魅的故事相近，但突顯出五通神在性欲的尋求與獨佔的欲望。第二則更直接點明屋後小祠的五通神是以侵擾女性為常例，不顯其形便可迷惑女性，強迫與其野合，致使趙宥女後來死亡。相較於首則，更強化五通神恃強凌弱的特質。至於末則只言陳氏未嫁卻產下肉塊，卻能據此斷定此事必是五通所為，五通性淫的看法，已為當時的普遍觀感。綜合上述，五通神乃眾所周知好強暴、性至淫的神祇，形塑出以暴力誇人並滿足自身性欲的男性樣貌。

可知南宋對五通神個性的理解和建構，乃延展著山精放任物魅本性（動物性）而活動的想法。為得到血食、掌握資源而施展法力，採行和動物相同用爪牙的暴力求取存活的方法，復用同樣手法在已得生存後強取性欲的滿足——屬乎動物的基本需求和行動方法。正因著將五通神視為具有侵略性、攻擊性和暴力傾向與性欲需求的存在，甚至可能要求血祭，[40]不僅讓五通神皆為男（雄）性外，在原來的生物形態上，也以與人近似且兼有攻擊性，居於山上

[39] 宋·洪邁：《夷堅志·夷堅丁志》，頁 696。

[40] 按由於五通神為妖神，在《夷堅志·夷堅志三補》中的〈護界五郎〉條竟出現血祭，當為加深五通妖異偏邪的形象，以明此信仰乃屬淫祠。

已有擄掠婦女前科的物種猿猴最為大宗，[41]已建立起深具男性暴力形質和動物本質的五通神格。

第三節　崇奉活動之情形：以「立約」作思考核心

將五通神解讀為具有掌控與解決人世主要苦痛與欲求的大能，卻在行事上有著暴力和嗜欲等人格缺陷的神祇，卻在南宋最為盛興。意味著無論藉著巫覡或祭祀者直接與五通神的互動模式，能深深吸引民眾嘗試去換取五通神的賞賜。就信徒（祭祀者）和五通神（被崇拜者）的關係觀察，五通神並非單純地接受信眾的請託，而是相對甚至主動地向信徒要求回饋。這些故事中的五通神或主動向民眾顯現，或被動地接受信徒祭祀，在意義上雖略有不同：未得供奉的五通為求祭祀，會向示現的民眾口頭承諾賞賜，後者則屬於已得香火和居所的五通被動接受信眾請託，但對於供養的內容而言差異不大，無非要求祭祀和遂其淫欲。至於崇拜方法，在〈獨腳五通〉中頗敘明五通神對供奉內容的要求、溝通的方法和最後事件的結果，由此可釋五通信仰的模式：

---

[41] 猿猴取婦人以適己的故事於六朝已頗見，唐宋小說則更興盛。李劍國便列舉歷代小說有關於「玃盜婦人」主題的故事群若《焦氏易林》、《吳越春秋》、《博物志》、《補江總白猿傳》、《稽神錄》等皆有記述，足見此主題的流行與思想的淵源。引參李劍國：《唐前志怪小說史》（天津：天津教育出版社，2005 年），頁 206-261。

> 吳十郎者，新安人。淳熙初，避荒，挈家渡江，居於舒州宿松縣。初以織草屨自給，漸至賣油。才數歲，資業頓起，殆且巨萬。里落莫不致疑，以為本流寓窮民，無由可富。會豪室遭寇劫，共指為盜，執送官。困於考掠，具以實告云：「頃者夢一腳神來言：『吾將發迹於此，汝能謹事我，凡錢物百須，皆可如意。』明日，訪屋側，得一毀廟，問鄰人，曰：『舊有獨腳五郎之廟，今亡矣。』默感昨夢之異，隨力稍加繕葺。越兩月，復夢神來曰：『荷爾至誠，即當有以奉報。』凌晨見緡錢充塞，逐日以多，遂營建華屋。方徙居之夕，堂中得錢龍兩條，滿腹皆金。自後廣置田土，盡用此物，今將十年，未嘗敢為大盜也。」邑宰驗其不妄，即釋之。吳創祠於家，值時節及月朔日，必盛具奠祭，殺雙羊、雙猪、雙犬，并毛血糞穢，悉陳列於前。以三更行禮，不設燈燭。率家人拜禱訖，不論男女長幼，皆裸身暗坐，錯陳無別，踰時而退。常夕不閉門，恐神人往來妨礙。婦女率有感接，或產鬼胎。慶元元年，長子娶官族女，不肯隨群為邪，當祭時獨不預。旋抱病，與翁姑相繼亡。所積之錢，飛走四出，數里之內，咸有所獲。吳氏虔啟謝罪，其害乃止。至今奉事如初。[42]

上引文字交代了新安人吳十郎信奉五通神的原因、過程和結果，依照故事進程，可分為三項加以解讀：

---

[42] 宋・洪邁：《夷堅志・夷堅支癸》，頁1238。

一、供奉之始——訂立契約

此故事由五通神主動在夢中向吳十郎示現，並提出供奉它的請求，相對地將送予巨額財物為報酬。吳大郎於夢醒後果然在屋後發現五通神廟又加以繕葺，後神來謝並送予金錢予吳十郎。由過程來看，已含括了㈠要約、㈡承諾及㈢履約等要項，合乎訂立書契的程序。此立約的形式和現實相同，也要求當事兩造同意後便屬有效，那麼五通神親臨受訪者或稱約定者，就成為五通故事中神人間互動的主要方式。不過在契約訂立後，卻可能發生兩造中有人不履行約定的情事：多為個人或其家人不遵守約定。若然，就受到五通的直接處份。像故事中十郎長子婦不願祭拜邪神，旋即和父母相繼病亡；不過就約定的本身而論，五通神可任意追加或認定自己應當享受的權利，若祭祀時要男女老幼裸身雜坐一處，又任意在家中姦淫婦人，使其受孕。顯示五通神對於契約內容，擁有片面增刪及取消的權力，成為供奉者不履約的主要原因。〈孔勞蟲〉中由黃鼠狼化身的五通就許諾劉五郎能建祠祭祀，便讓他畢世鉅富，其後五郎與五通在生活中發生齟齬後，五通就認定五郎不守約定，並片面毀約而於家中作祟。[43]得見五通在與民眾的互動中依恃己身力量，在得到血食後便可能擴張自己的權利範圍，並視為當然；至於群眾或為求金錢的利益必須概括承受，或者自尋具有更強大力量的道士、神明加以驅除。是知五通信仰雖建立在合約的訂立，卻並非全然公平，僅約束民眾而已，對於五通並未有當然的強制約束力。

---

[43] 宋・洪邁：《夷堅志・夷堅丁志》，頁 646-647。

二、供養方式——互利原則

即使合約對信奉者而言未盡公平，不符合互信的原則，但仍擁有互利精神。須知五通能得到生存（祭祀）與滿足（欲求），供奉者也在得到財物後，延伸出與五通相同的利益即生存保障和欲求順遂。於是當五通對個人示現時，便說明「汝能謹事我，凡錢物百須，皆可如意」的應諾，餘者若前文提及〈孔勞蟲〉，或是如〈江南木客〉、〈五郎君〉等無不點出五通能帶來金錢的利益，此意味著五通及讀者皆明瞭金錢代表著生存及享樂的給予，就五通神和供奉兩造來說，所得到的利益其實無別。若知如此，再去解讀引文中五通神能片面毀約，增加一己的權利內容時，就仍屬於合理的要求範圍內：無論是當五通神擴張或主張自己的權利，以致引發祭祀者及其家人的不快，衝突或是恭敬不足，卻可視作對五通神在求取生存後欲望滿足的折損，難免運用神通予以警示。五通為祟除了根源自動物的本能反應外，亦著眼於兩造皆能得到生存和享受權力的合約公平性，那麼五通要求心理上得到尊崇與生理上性欲能夠宣洩，一個由精怪概念所形塑出的本能性格，便成為理所當然。如此，適能合乎人們心理對五通神個性的想法與期待。

三、信奉原因——淫祀本質

五通神缺少正神當有的品格，而是微具人性與欲望強烈的妖神。五通利用人們嗜欲與好財的本性，用財貨作為誘引，求取血食和享樂，竟能盛行在理學極盛的南宋，甚至後世也多從事祭祀，自反映當時民間文化的氛圍。驗諸五通的神格塑造，實將當時人們心理對命運、財物及信仰的集體意識，投射在五通信仰上。今復就此細繹其中信奉的心理與初衷，以明此信仰產生的原委：

㈠民衆心理——求取現世利益

由於命定觀已深植民間，人們相信個人的財富與利祿已被上天所決定。受限於既定命運又意欲取得命定之外的財富，就不免被視為非分之想。因而五通神並非用改變個人命運乃是直接給予金錢為法式，一種不在命中的財富，無怪洪邁便作出「或能使人乍富，故小人好迎致奉事，以祈無妄之福」㊹的斷語，認定乍富屬乎意外的福份。當人們在現實中本嘗親見或聽得暴富的新聞，更肯定在命定之外的財富受到非正神的掌控，正是五通神所具備的特質。㊺此乍富的祈願至關個人現實利益，卻因屬於並非本份當有，便不能對正神祈求，卻可對五通神一個本身亦具有強烈欲望和需求的妖神請託。故即令五通神尚且具備救治疾病，驅趕鬼怪和知悉過去和未來的本事，卻未被突顯和重視，恐與這些能力能被道士、和尚、巫者甚而正祀的神祇等取代，未突顯特色有關。輔以民眾在心理本不易跳脫對金錢的執著，總將此心理寄託在號稱能攫取意外財富的妖神上，期待著能在現實中遇得五通神的親臨，換得當下生存的保障和

㊹ 宋・洪邁：《夷堅志・夷堅丁志》，頁 695。

㊺ 理查德・馮・格蘭由金錢表述個人心性中貪婪的破壞性面，與五通的惡魔形象能夠契合，此說可與本文所論互證。詳參理查德・馮・格蘭（Richard von Glahn）著，陳仲丹譯：〈財富的法術：江南社會史上的五通神〉，韋思諦（Stephen C. Averill）編：《中國大眾宗教》（南京：江蘇人民出版社，2006年），頁 143-196。

生活的品質，表彰著宋代民間信仰上的實用性格。[46]此具有契約意涵、互利原則和功利傾向信仰，甚符合商人的工作項目，及其思考方式和預想期待，無怪多成為徽州此地商家信奉的對象。[47]

㈡信仰思維——依循現實推論

惟民眾所認識的五通實為妖魅，未有正神的道德意識，因而相信五通必會要求和強調代價與利益間的對等關係。無怪五通信仰乃建立在類似契約的關係上——用己身現實的想法，投射在五通神的形塑上：求取生存和享樂。令個人對暴富及之後所獲取歡愉的期待愈多，相對地在思維中也不斷地堆疊換取此期待的籌碼，令五通神欲望的強烈和需求不斷被增飾和夸寫。當五通的應許更靈驗時，性格也會趨向更加詭譎，皆由現實生活經驗逐步推理而得。這在平日生活中習以為常的交易模式和概念，也讓五通神微具「人性」，也更加真實。

因著五通信仰契合了群眾在命定觀影響下對金錢與意外之財的企求心理，以契約形式的崇拜也貼合當時人們的生活經驗和心理感受，令南宋盛興後便未曾衰頹，甚至知識份子亦甚禮敬。身在家鄉婺源且處於當時氛圍的南宋大儒朱熹曾對這追求利祿，違背良俗的風氣用半嘲弄的語氣予以指謫。他說道：

---

[46] 劉黎明論述宋代五通信仰時指出：「宋代民間對淫祠的信仰，主要是出於一種實用的目的。」頗為道出五通崇拜的特點和民眾的期待。文見劉黎明：《宋代民間巫術研究》（成都：巴蜀書社，2004 年），頁 74。

[47] 徽州商人信奉五通之考述，請參韓森（Valerie Hansen）著，包偉民譯：《變遷之神：南宋時期的民間信仰》（杭州：浙江人民出版社，1999 年），頁 141-142。

> 風俗尚鬼，如新安等處，朝夕如在鬼窟。某一番歸鄉里，有所謂五通廟，最靈怪。眾人捧擁，謂禍福立見。居民纔出門，便帶紙片入廟，祈祝而後行。士人之過者，必以名紙稱「門生某人謁廟」。某初還，被宗人煎迫令去，不往。是夜會族人，往官司打酒，有灰，乍飲，遂動臟腑終夜。次日，又偶有一蛇在堦旁。眾人鬨然，以為不謁廟之故。某告以「臟腑是食物不著，關他甚事！莫枉了五通」。中有某人，是向學之人，亦來勸往，云：「亦是從眾。」某告以「從眾何為？不意公亦有此語！某幸歸此，去祖墓甚近。若能為禍福，請即葬某於祖墓之旁，甚便」。又云：「人做州郡，須去淫祠。若繫敕額者，則未可輕去。」[48]

不僅一般民眾相信五通能「禍福立見」，出門必入廟祈祝，士人竟自稱門生謁廟，已使朱子反感不已。朱子之後甚至被族人迫往仍堅決不從，後飲酒不慎致腸胃不適，又被族人舉作當時不謁廟得到報應的明證外，更使他難堪的是竟有讀書人勸他當從眾祭拜五通神，無怪朱夫子當下確認此屬於淫祠的五通廟當即除去，以免貽害後世。從中除了記下五通在南宋時的流行與民眾的崇拜盛況外，適將此信仰被歸於淫祠的癥結予以託出——人為獲得意外利祿的投機心

---

[48] 宋·黎靖德編，王星賢點校：《朱子語類》（北京：中華書局，1999 年），頁 53。另約和朱子同時的姚寬亦記下：「紹興府軒亭臨街大樓，五通神據之，士人敬事。翟公巽帥越，盡去其神，改為酒樓。」可知當時甚至士人亦禮敬五通神。引見宋·姚寬：《西溪叢語》（北京：中華書局，1999 年），頁 35。

理，甘於向鬼怪求告的錯謬。然亦不能諱言這正是五通神得以廣傳，以及其他神祇難以取代的主要原因。雖不被以修身為要的大儒所接受，卻深孚隱蔽在多數人心中的卑微想望。

第四節　結　論

統合上述，南宋所流行的五通神信仰實與佛教的五通或五通仙人未有承襲關係外，與道經亦不甚相關，僅取用了此名詞與約略的概念。入宋以前已釋五通為多項超自然的力量，至於具有此能力的鬼神，便泛稱五通鬼、五通神。惟《夷堅志》所敘述的五通神原指具妖魅本質的山精，因而除了具備與一般神祇皆有治病，預知過去未來的能力外，尚且依循魅怪本性好為祟的本質，並具備直接贈予財貨令人致富的本領，成為五通至為重要，也最具特色的應驗內容和力量。只是五通神畢竟是魅怪，多依循原有動物的本能以暴力為手段，要求生存（祭祀），以及繁衍（淫欲），達成滿足動物的原始需求為目的，以強勢態度達成欲望滿足的目標，令五通神也以男（雄）性為形象來示現。然復因五通具有的精怪身份，在強調道德理念的《夷堅志》中不免判定精怪與人交媾受孕不合天理，令故事中受孕婦人多生出死胎或產後未久嬰孩即死亡，令五通欲繁衍後嗣的目的未能達成，予人五通好淫的單純印象。至於其信仰的方式，是始於由五通和個人訂立類似契約的思維和形式而開展，但五通神具有增加約定中自己利益的權力，並在祭祀者未能力行或心生不滿時片面毀約。此看似不對等的立約內容，卻可用五通神以承諾給予金錢換取自己生存與欲求滿足兩項觀察：個人在獲取金錢後亦由之獲取生存的保障，與生活品質的提昇即欲望的滿足，那麼兩造皆能得其所需，互蒙利益。由之更可發現當時民眾的心理：在傳統命定觀的影響下，認定個人的財祿已被限制，故期待著獲取在命定之外的財貨，成為人們求告五通神的心理因素——一個無法向正神請得的心願；當人們對暴富和之後得取歡愉的期待愈大，就會增加換取利益的代價，直接造成形塑五通神時夸寫其強烈的欲望和需索的無度，以及強調五通的靈驗，與性格的詭譎，令五通神成為個性扭曲，極度好淫的神祇外，亦強化了他在賜予金錢上的特質。此皆合乎人們的心理期待，而兼攝了偏財神與淫神的雙重身份。㊾五通神看似與一般地方神祀相似，實則它僅以維護己身權益作為施展大能的前提，未有護境、驅鬼等護佑境內百姓的作為，存在著根本性的差異和區隔。㊿

也因著五通信仰的盛興，在道書中便造作出制伏五通的多種法術，安撫對五通心生疑懼的民眾。51但更多人為得利祿而自愚，投

㊾ 劉燕萍亦用《夷堅志》考察五通信仰，揭櫫五通神「具備兩個身份，一為偏財神，一為淫神」，反映著人們「嗜利」與「淫慾」的心理傾慕，連結起五通神的形塑和群眾的心理關係，甚有見的。文請參劉燕萍：〈淫祠、偏財神與淫神——論「夷堅志」中的五通〉，《淡江人文社會學報》，第 35 期（2008 年 9 月），頁 25-54。

㊿ 據王斯福指出，中國地域性神明有較明確的管轄範圍，工作內容主要在於當瘟神、雨神巡訪其區域時予以陪同，或當魔鬼來侵擾時就需抵禦，已簡要地將中國地方神的特質予以表述。詳說參王斯福（Stephan Feuchtwang）著，趙旭東譯：《帝國的隱喻》（南京：江蘇人民出版社，2008 年），頁 72。

51 南宋將五通視為妖神，當時已令人心生畏懼，故於北宋末年出現的道書如《太上助國救民總真秘要》便在「獄內驗鬼跡法」中明載：「若是狂猛凶惡鬼神，即見本相。……似人跡，大小五通；似貓鼠狐跡，山精；似人手足麤

入崇拜行列，求取那虛設又非份的財富想望，以致於五通信仰竟能吸收同在新安卻內容不同實為正祠的五顯，[52]在五通、五侯及五郎

大，猛惡山神。」又陳作祟情形時，亦謂：「當院據某家狀稱某月日，具述事件。鬼神千變萬化，妖怪、山精、五通、群鬼作陣，無術制伏。」皆將五通列入為祟鬼怪的行列；稍晚的《高上神霄玉清真王紫書大法》中亦有：「已上十將在本司聽候差使，或捉邪祟，行公文差使，頻祭即靈素果茶酒供養後，三將軍專治五嶽山魈、五通、半天飛空遊奕不止邪鬼。」又有符咒可制「大治山魈、五通凶惡」，可知道教將制伏五通納入制祟的名單中，適能反映民眾有視五通為妖神的心理。引文參宋·佚名：《太上助國救民總真秘要》，《正統道藏》本（臺北：新文豐出版社，1985 年），卷九、卷十，頁 172 下-173 上、頁 185 下；宋·佚名：《高上神霄玉清真王紫書大法》，《正統道藏》本（臺北：新文豐出版社，1985 年），卷四、卷五，頁 360 下-361 上、372 上。又上引兩種道經的時代考證，據任繼愈主編：《道藏提要》（北京：中國社會科學出版社，1995 年），頁 968、960。

[52] 《夷堅志》中有收錄〈宣州孟郎中〉（《夷堅乙志》卷第十七，頁 327-328）及〈李五七事神〉（《夷堅補志》卷第十五，頁 1692-1693）、〈胡十承務〉（《夷堅支戊》卷第六，頁 1098-1100）等則所記乃五侯（五顯）與五通神發源地同為徽州（今江西）婺源，只是崇祀的對象為靈順廟五顯宮太尉。檢宋·潛說友：《咸淳臨安志》（臺北：國泰文化事業公司，1980 年影印錢塘汪氏振綺堂刊本），卷七十三，頁 4557 上：「靈順廟：即婺源五顯神祠，於近郊者凡七。」另於卷七十四、七十六各記有五通祠和五顯祠，明白地區別五通和五顯；又宋·陳耆卿《赤城志》：《文淵閣四庫全書》本（臺北：臺灣商務印書館，1986 年），卷三十一，頁 860 上：「五顯靈觀王行祠在栖霞宮後山，嘉定十四年建，即婺源神也。」可知五顯（五侯）確然五通不同，但宋·祝穆：《方輿勝覽》（北京：中華書局，2003 年），頁 288 有記：「五通廟。在婺源縣，乃祖廟。兄弟凡五人，本姓蕭。」可見五顯亦稱五通，但與五通神不同，由《夷堅志》中提及五顯、五侯曾制止瘟神入境與保護境內生靈的作為，本質與前引地方神祇的特徵相合，自與五通信仰相去甚大。然而至少在明·陸粲：《庚巳編》（北京：中華書局，2007 年），頁 51 已記云：「吳俗所奉妖神，號曰五聖，又曰五顯靈公，鄉村中呼為五郎神，

等名號外的再增別稱。或許記敘者洪邁或在亟寫五通神反覆無常及需索無度中，寄寓人當安於本份，不應為求取意外之財而事邪神，卻不能掩抑人們大凡對金錢不能稍減欲望的事實——難以自拔於對金錢的執著，和必競逐功利的本性。

蓋深山老魅、山蕭木客之類也。」五顯、五聖竟成為五通神的異名。今人皮慶生論宋代信仰將五通、五顯、五侯混為一說，恐不確。賈二強對五通、五顯信仰的差異亦有深考，成果可採。上引內容分見皮慶生：《宋代民眾祠神信仰研究》（上海：上海古籍出版社，2008 年），頁 224-237、賈二強：《唐宋民間信仰》（福州：福建人民出版社，2002 年），頁 346-372。

附錄　《夷堅志》所記載五通神之崇奉、應驗及其行為*

篇名／卷帙	供奉方法	應驗	五通神行徑	頁碼
五郎鬼**／夷堅甲志卷第十一	祭祀	預言	—	97
劉樞幹得法／夷堅三志卷第三	祭祀	驅趕他鬼（治病）	為祟	1484-1486
毛氏父祖／夷堅甲志卷第十五	祭祀	驅趕他鬼	—	134-135
九聖奇鬼／夷堅丙志卷第一	祭祀	—	為祟	364-369
孔勞蟲／夷堅丁志卷第十三	祭祀	給予財貨	履約 後取消並為祟	647-648
吳二孝感／夷堅丁志卷第十五	祭祀	給予財貨	履約	667-668
江南木客／夷堅丁志卷第十九（按後附十一則五通淫人婦女例）	祭祀／淫欲	給予財貨	為祟、履約	695-697
五郎君／夷堅支甲卷第一	祭祀／淫欲	給予財貨	為祟、履約	717-718
鄧興詩／夷堅支甲卷第七	祭祀／淫欲	—	為祟	765-766
王公家怪／夷堅支甲卷第八	祭祀	—	為祟	773-774
會稽獨腳鬼／夷堅支景卷第二	祭祀	—	為祟	890
古塔主／夷堅支癸卷第十	祭祀	預言	護佑	1195-1196
五通祠醉人／夷堅三志卷第八	祭祀	—	為祟	1364
五色雞卵／夷堅三志卷第六	祭祀	給予財貨	為祟	1427
花果五郎／夷堅志三補	祭祀／淫欲	—	為祟	1802
護界五郎／夷堅志三補	祭祀(血祭)	—	為祟	1803-1804
連少連書生／夷堅支癸卷第五	祭祀	驅趕他鬼	護佑	1255-1256
吳長者／夷堅志三志辛卷第五	祭祀	給予財貨	致富	1418

* 本表內容依據北京中華書局於 2006 年 10 月出版由何卓點校之《夷堅志》為底本；又表列全書有關五通神的記錄，「—」號代表未提及或記錄，多因故事主旨有所區隔令疏略有異；另書中有記五顯、五聖信仰，與五通不同，不列入。

** 此篇未言明為五通神，不過篇名及內容頗近似，今附此，供學者參看。

第二章　顛狂的真相——由《濟公全傳》推溯濟公「狂行勸喻」之思維模式及其社會意義

第一節　引　言

伴隨著城市經濟的極度興盛，明代在小說、戲曲與說書等諸多的閱聽活動也得到長足的發展，❶這些以「展演故事」作為主體的

❶ 上述小說、戲曲與說書等藝文活動，雖未必然是識字者所專有的娛樂，然其傳播卻仍有著依賴書籍（文字）作為主要媒介的限制。明代商業的發達，帶動著有市場價值的書籍印刷蓬勃的發展，也促成此類作品銷售市場的版圖。此即卜正民所指出的：「商業以超乎很多士紳所可能體會到的具體形式（比如說書籍），入士紳文化習俗的圈子。……儘管如此，正是商業的發展，不斷地促成書籍的出版，從而在為考試和消遣而閱讀的人們之間流通。」明代商業引動著各類書籍的印行，除了當然暢銷的考試用書外，也包括了消遣的作品。引文見卜正民（Timothy Brook）著，方駿等合譯：《縱樂的困惑：明朝的商業與文化》（臺北：聯經出版社，2004 年），頁 175。

多種商品，在題材與體製有著相互借鏡、承襲、仿傚的情況，就內容與表述手法上亦貼近著城市居民的想法與需求，已見市場供需導引著諸多說唱創作的內容，城市居民與商品供應者形成了集體的意識，在探討此類型創作的意涵時，已不僅是對作者本身的瞭解，往往能投映當時尤其居住在都市居民的心理意識與文化氛圍。就當時的小說而言，其中已呈現出頗為弔詭的宗教取材：仙佛傳記或顯聖的故事盛行於明清，形塑著德行兼備的完人形象，❷又盛行以僧尼作為色情小說、笑話的主角，在小說中觸犯著各類社會與修行的財色禁忌；❸前者肯定著仙佛的真實與神聖，後者又否定著修行者欲

---

❷ 明代多見傳述仙佛專傳或顯化的小說，主角皆以聖德兼具的形象面世。就道教來說，李豐楙已指出明人鄧志謨、余象斗編寫的諸多道教小說，可視作祖師聖傳的世俗化版本，故謂：「固然教團內部所誠敬恭撰的祖師聖傳，乃是教內修道者的修真指南，其中所使用的語言、文體及敘說方式，都帶有神聖而神秘的聖者行跡的『聖跡』的風格。不過世俗化的版本卻也在白話的凡俗、通俗語言中，較生動地刻劃了一位聖者的活潑形象，它流傳廣、影響深入，也早已成為道教內部的共同資產。」以宗教意識造作的小說，自形塑出神聖高潔的神仙樣貌；至於佛教也有像明時出現的《南海觀音全傳》、《達磨出身傳燈傳》等作品，用通俗的語言補述兩位佛教聖人的證道經歷，也被形容成擁有莊重、聖潔品德與言行的聖者。引文參李豐楙：《許遜與薩守堅：鄧志謨道教小說研究》（臺北：臺灣學生書局，1997 年），頁 10。

❸ 僧尼在明清的色情小說中嘗為不可或缺的要角，甚而有如《僧尼孽海》的「專書」出現；至於笑話書更自宋代起，以「性」作為取笑對象的題材，也必然有這些修行者的蹤影，明清時期亦然。此即陳益源所提及的：「（明代）但因當時佛學思想一蹶不振，又因僧侶數量激，素質低落，故而僧尼的敗德言行自然見於明代的各種史料與平民文學中。……到了清朝，佛教僧侶素質似乎也還得不到太好的改善。」已中小說（含笑話書）多挖苦僧尼的群眾心理。引文參陳益源：〈歡喜冤家的和尚形象及其影響〉，《古典小說與

達此境界的可能，透露著當時閱聽者對仙佛在心理上的敬畏及懷疑，社會中共存著對立與矛盾的概念與想法，具備「狂歡」意識又欲承認和肯定社會規範的「神聖」地位。❹檢明代及其後出現的諸種小說，濟公（濟顛）系列小說竟能兼容上述兩項衝突的思想：一方面以傳體記錄南宋初期一位降世羅漢於人世的遊化經歷，傳遞著明清小說中最為常見「正統修辭」的儒家信念，❺另一方面在行為上故意觸犯各式的社會規範，由此矯正違背社會秩序的惡人，將正義代言人的脫序狂行合理化，實複合了仙佛傳錄與僧人犯戒兩種概

情色文學》（臺北：里仁書局，2001年），頁142-143。

❹ 濟公個人狂顛的表現形式頗合於巴赫汀所提出「狂歡節」、「狂歡化」的文化理論——反神學、反權威、等級權威都在可笑的相對中、對神聖事物充滿褻瀆和歪曲、上下倒錯與卑賤化等特徵，然而較令人感到特異者在於：濟公在狂顛行為之後所給予世人的勸喻、啟示，反而是正面肯定濟公自身所嘲弄如上引神學、權威、等級等的存在意義，思維上頗為弔詭。上引巴赫汀文化理論乃用劉康：《對話的喧聲——巴赫汀文化理論述評》（臺北：麥田出版社，2001年），頁267-277。

❺ 所謂「正統修辭」係指明清小說中宣揚儒教價值觀的敘事策略，此觀點為艾梅蘭提出，他以為：「小說中用來宣揚儒家行為的修辭和圖釋法都取自理學的象徵符號與道德邏輯。請注意，這些符號和道德邏輯又受到佛家善惡報應故事中那種嚴密的敘事邏輯、象徵主義和主題的深刻影響。除了某些懲戒性的或歌功頌德的作品外，正統儒家修辭很少是純粹抽象的；為了顯得新穎並吸引讀者，它必須讓混亂造成的恐懼持續出現在讀者心中，它得描述社會道德秩序的崩潰，並且表現儒家的實踐如何靠重建秩序而解決了危機。」濟公故事亦以貌似佛教的論述來宣傳儒家信念，強調社會秩序的必要及必然性，於故事中排除混亂的危機，意欲重建社會秩序，契合艾氏所指出明清小說的特點。引文見艾梅蘭（Maram Epstein）著，羅琳譯：《競爭的話語：明清小說中的正統性、本真性及所生成的意義》（南京：江蘇人民出版社，2005年），頁13。

念相違的思維。濟公諸種傳說自明代出現後就廣受民眾歡迎，除了僧傳已有載錄外，各種文藝若小說、戲曲皆採濟公遊戲人間、救濟蒼生的命題作為腳本，讓他不再僅是杭州西湖地區的傳奇人物，入清以後，以濟公作為主角的各式繼作層出不窮，成為中國諸多仙佛中的熱門人物。濟公之所以能與中國諸多仙佛區隔，復能脫穎而出，實賴於他以狂顛的言行達成勸善懲惡的濟世作為。質言之，濟公傳說雖亦描繪出一位善惡有報機制的執行者，履行著明清神佛傳記式小說中共同的職志，然其在達成此目的的方法上卻有著鮮明的特殊處，即「狂行」：帶有戲謔趣味性質又違背著社會認知、規範的行徑，藉此讓意欲行惡甚至已行惡事的個人重返社會秩序之中。無論是大眾對宗教的矛盾認知，抑或濟公傳說自身的概念衝突，當可在小說中的演繹與詮釋中尋求解答。今即以撰成於清光緒郭小亭撰成的《濟公全傳》作為論述文本，它不同於濟公小說初期頗拘執於傳記本事的記錄，也與後來續作偏離濟公行跡，甚至自成主題不同，而是取摘原有濟公傳說原型的身份與性格，經融合後回饋予群眾，以達成、回應沈潛在集體意識中濟公禪師的應有形象。本章藉著濟公外在行為特徵的「狂行」，考述具有醒世與救贖果效的「勸喻」，還原濟公信仰的思考方式及核心價值，揭示沈潛在中華社會中傳續不歇又隱微不顯的文化真相。

第二節　濟公故事於民間傳衍之文獻考察

就現今可得文獻而言，南宋時已有濟公生平的專傳，但之後濟公事跡僅賴口傳，以致在明代中葉濟公生平被再次記錄為文字時，於寺志、僧傳之外，亦得筆記、小說與戲曲等體製，內容自甚駁雜，真偽難辨。因之今先囿別傳志與小說的體裁區隔，並依時代先後，分予討論：

一、濟公歷史的身份

濟公的出身以南宋釋居簡（1164-1246）〈湖隱方圓叟舍利銘濟顛〉的記錄最早，今節錄於下，以利與之後所引文獻比對：

> 舍利，凡一善有常者咸有焉，不用闍維法者故未之見。都人以湖隱方圓叟舍利晶瑩而聳觀聽，未之知也。叟天台臨海李都尉文和遠孫，受度於靈隱佛海禪師。狂而疏，介而潔，著語不刊削，要未盡合準繩，往往超詣，有晉宋名緇逸韻，「信腳半天下，落魄四十年」，天台雁宕、康廬潛皖，題墨尤雋永，「暑寒無完衣，予之尋付酒家保，寢食無定，勇為老病僧辦藥石。」游族姓家，無故強之，不往，與蜀僧祖覺大略相類，覺尤詼諧。它日覺死，叟求予文祭之，曰：「於戲吾法以了生死之際，驗所學，故曰生死事，大達大觀為去來，為夜旦顛沛造次，無非定死而亂耶！譬諸逆旅，宿食事畢，翩然于邁，豈復滯留？公也不羈，諧謔峻機，不循常度，輒不踰矩，白足孤征，蕭然蛻塵。……。」叟曰：「嘻！亦可以祭我。」逮其往也，果不下覺，舉此以祭之，踐言也。叟名道濟，曰湖隱，曰方圓叟，皆時人稱之。嘉定二年（1209）五月十四日，死于淨慈。邦人分舍利，藏於雙岩之下。銘曰：「璧不碎，孰委擲？疏星繁星爛如日，鮫不

泣，誰汎瀾？大珠小珠俱走盤。」❻

濟公卒時釋居簡四十五歲，勅住淨慈寺，所載自然可信。與居簡年代相同的釋如淨（1163-1228）也曾用「濟顛」為題寫詩一首，詩云：「天台山裡五百牛，跳出顛狂者一頭；賽盡煙花瞞盡眼，尾巴狼藉轉風流。」❼傳述濟顛以狂行著世，又未能掩抑蘊藏於內高深的禪法修為，其意與居簡的記錄相同。明中葉後出現記載濟顛幾種的僧志與寺志，所記已與居簡及如淨兩位禪師所述有異：吳之鯨撰《武林梵志》，補述了濟公剃度時為十八歲、以及預言淨慈寺大火、感應太后助重建淨慈寺等神異事，❽釋傳燈《天台山志·濟顛禪師》又多了濟顛母夢吞日而感孕，也談到剃度時為十八歲，❾釋

---

❻ 見宋·釋居簡：《北磵集》卷十，《文淵閣四庫全書》本（臺北：臺灣商務印書館，1971 年）。

❼ 見宋·釋如淨：《如淨和尚語錄》卷下，《大正新修大藏經》本（臺北：新文豐出版社，1990 年）。按此詩的「天台山裡五百牛」句，柯玲以為：「『牛』在佛教或禪宗中有象徵大力、生死自在、本具圓成佛心的意思，可見，在天童如淨的眼中已將濟顛歸類為羅漢之列，把濟顛看作天台山五百羅漢轉世投胎的，這表明在當時已有將濟公為羅漢轉世的轉說，而非學者所說是後代小說的神話。」所見甚有見的，只是詩亦可能止於比附義，即濟顛為天台人，故用天台五百羅漢與濟公的修為相對，況明代較早的僧傳皆未提到羅漢轉世的內容，今且未用此說，附誌於此供學者參考。引見柯玲編著：《濟公傳說》（北京：中國社會出版社，2006 年），頁 14。

❽ 見明·吳之鯨：《武林梵志》卷九，《文淵閣四庫全書》本（臺北：臺灣商務印書館，2005 年）。

❾ 見明·釋火蓮：《天台山志》卷五，《光緒甲午重刊》本（臺北：丹青出版社，1985 年）。

明河《補續高僧傳·二顛師傳》更確切地記錄下濟顛壽七十三。❿上引除釋傳燈有交代資料即出於明代小說《濟顛語錄》外，餘者未詳其據。按郎瑛《七修類稿》曾提到西湖當時盛傳濟顛顯聖的新聞，而云：「濟顛乃聖僧，宋時累顯聖於吾杭湖山間，至今相傳之事甚眾，有傳記一本流於世，又有小石像於淨慈羅漢堂。」⓫又田汝成《西湖遊覽志餘》也說：「（濟顛）始出家靈隱寺，寺僧厭之，逐居淨慈寺，為人誦經下火，累有果證，年七十三歲，端坐而逝。……今寺中尚塑其像。」⓬細繹之可推得上引三種明中葉僧志、寺志載錄濟公的原因及資料的來源：濟公被佛徒正視與被記錄的主因，乃受當時濟公盛傳的實況所影響，至於資料來源乃參考與酌取當時的濟公傳說以及《濟顛語錄》；另外，濟公在世時未得聲名，身後方得記傳形式的小說《濟顛語錄》一種行世，明代已有人視此書乃濟公的「傳記」。若能知此，觀清以降的佛徒諸多的濟公記錄，若釋際祥《淨慈寺志》、⓭孫治《武林靈隱寺志》、⓮釋自融《南宋元明禪林僧寶傳》、⓯性統《續燈正統》、⓰聶先《續指

❿ 見明·釋明河：《補續高僧傳》卷一九，《卍續藏經》本（上海：上海古籍出版社，1997 年）。

⓫ 見明·郎瑛：《七修類稿》（上海：上海書店出版社，2001 年），頁 338。

⓬ 見明·田汝成：《西湖遊覽志餘》（臺北：世界書局，1963 年），頁 275。

⓭ 見清·釋際祥：《淨慈寺志》卷三，《錢塘嘉惠堂》本（臺北：明文書局，1980 年）。

⓮ 見清·孫治撰，徐增重編：《武林靈隱寺志》卷三下，《錢塘嘉惠堂》本（臺北：明文書局，1980 年）。

⓯ 見清·釋自融撰、釋性磊補輯：《南宋元明禪林僧寶傳》卷四，《卍續藏經》本（北京：中國藏學出版社，1993 年）。

月錄》、[17]釋超永《五燈全書》、[18]釋火蓮《揞黑豆集》[19]大約都前後相因，記錄內容也不出上引明代僧傳、寺志。故今僅能據最原始記錄濟公生平的資料，得到以下結論：南宋初確有一位宦門弟子李道濟受度靈隱寺的佛海禪師（即佛海瞎堂禪師），個性狂疏直率又能潔廉自守，以游戲的態度視生死大事，與另一狂僧祖覺相類，卒後火化因得如雨下般的舍利，證明了他在佛學上的修為，以致有名於當世，人稱濟顛，在嘉定二年五月十四日卒於淨慈寺。至於明中葉起受到濟公傳說盛行影響，佛徒復將他納入僧傳，雖然撰寫的態度較為謹嚴，不過畢竟已上距濟顛死後近 400 年，資料恐已擇用了些許當時新聞與《濟顛語錄》，今人用以作為考據所資，不免流於徒勞；至於視濟公或虛設人物，全然否決濟公的真實性，甚而上推到六朝的釋保志，自矯枉過直，推求太過了。[20]

---

[16] 見清·性統編輯：《續燈正傳》卷六，《卍續藏經》本（北京：中國藏學出版社，1993 年）。

[17] 見清·聶先編集、江湘參訂：《續指月錄》卷一，《卍續藏經》本（北京：中國藏學出版社，1993 年）。

[18] 見清·釋超永：《五燈全書》卷四十六，《卍續藏經》本（北京：中國藏學出版社，1993 年）。

[19] 見清·性統編輯：《揞黑豆集》卷一，《卍續藏經》本（北京：中國藏學出版社，1993 年）。

[20] 關於濟公的真實身份，一直存在取材自梁慧皎《高僧傳》中所記釋保志的說法，而並非真有其人，若陳東有即採此說。濟公若已確定歷史身份，此類說法就不足取，再予駁論，便無此必要。論見陳東有：《濟公系列小說》（瀋陽：遼寧教育出版社，2000 年），頁 87-93。

二、小說戲曲的傳承

濟公因著民間盛傳而再被人們所重視，只是當時對濟公的認識亦多出於傳聞內容，已令僧傳的載錄多有差異外，更遑論小說戲曲更增以創作上的想像，變化更為多端。以下臚列明清專演濟公主題的小說及戲曲，以明濟公故事的流傳梗概：

㈠《錢塘漁隱濟顛師語錄》（簡稱《濟顛語錄》），日本內閣文庫有明隆慶己巳年（1569）年刊本，題「仁和沈孟泮述」。書不分回目，另有明崇禎刊本；日本京都藏經書院編《卍大日本續藏經》（即《卍續藏》）於禪宗類之諸宗著述部也收此書。㉑

㈡《三教偶拈》，收〈濟顛羅漢淨慈寺顯聖記〉。墨憨齋（馮夢龍）編，有明天啟刊本，今日本東京大學東洋文化研究所雙紅堂文庫有藏本。㉒

㈢《西湖佳話》，卷之九收〈南屏醉蹟〉，即述濟公故事。題古吳墨浪子搜輯，今有康熙間刊本。㉓

㈣《濟顛大師醉菩提全傳》（簡稱《醉菩提傳》）二十回，題「天花藏主人編次」、「西湖墨浪子偶拈」，此書亦稱《濟

㉑ 本文討論乃據路工、譚天編：《古本平話小說集・濟顛語錄》（北京：人民文學出版社，1999 年），頁 1-62。

㉒ 本文討論是書依據明・馮夢龍編：《三教偶拈》（上海：上海古籍出版社，1993 年）。

㉓ 本文討論依據清・墨浪子編，袁世碩等點校：《西湖佳話》（南京：江蘇古籍出版社，1993 年），頁 141-160。

顛大師玩世奇跡》、《濟公傳》、《濟公全傳》、《皆大歡喜》、《度世金繩》。天花藏主人的活動年代在明末迄清初，此書也當撰成於此時。㉔

㈤《新鐫繡像麴頭陀濟公全傳》（簡稱《麴頭陀傳》）三十六則，每則下皆演繹個別故事，與回相同也擬有題目。又題《新鐫繡像濟顛大師全傳》、《麴頭陀新本濟公全傳》。署名「西湖香嬰居士重編」。香嬰居士即王夢吉，順治迄康熙間人。㉕

㈥《醉菩提》傳奇三十一齣。張大復作，清初民間戲劇創作者。㉖

㈦《評演濟公傳》一百二十回、《評演接續後部濟公傳序》一百二十回，據兩書前序，作者皆為郭小亭，書成於光緒年間，後合為一書名曰《濟公全傳》，共二百四十回。此書在上海出版後造成熱潮，多家書店皆刊印此書外，標榜《濟公傳》的續書數量甚為驚人，㉗然續書中卻不易見到主人翁濟

㉔ 各種異名乃來自書商的更題，請參孫楷第：《中國通俗小說書目》（臺北：木鐸出版社，1983 年），頁 200；本文討論依據清・天花藏主人編次，蕭欣橋校點：《醉菩提傳》（北京：人民文學出版社，1999 年）。

㉕ 本文討論依據清・香嬰居士編次，于文藻校點：《麴頭陀傳》（北京：人民文學出版社，1999 年）。

㉖ 本文討論依據清・張大復撰，周鞏平校點：《醉菩提》（北京：中華書局，1996 年）。

㉗ 《濟公傳》及其續書於清末尤其在上海地區造成風潮，顧啟音指出：「《評演濟公傳》前傳後傳的全面推出，無異於推波助瀾，使得全國又掀起一次濟公小說出版熱潮。在此熱潮中，上海的出版商當仁不讓地占據了主流地位。

公身影，內容也十分雜蕪，[28]濟公續書已經名存實亡。今坊間印行的《濟公傳》有二百八十回本，後四十回乃摻入《再續濟公傳》，已與郭小亭無涉。

上引諸種文本今日得之甚便，卻對釐清明末迄清初濟公故事在小說戲曲中的淵源與變革助益不多，若以最早的文本《濟顛語錄》作為主要對照，時間略晚的〈濟顛羅漢淨慈寺顯聖記〉與此本差異甚微，可確認兩書的傳承關係外，《醉菩提傳》情節僅有大致符合、〈南屏醉蹟〉僅似節選、《麴頭陀傳》與戲曲《醉菩提》與此書內容關係甚遠，欲析分源流，不免落入困境：[29]一方面各種作品的載

在清末民初的幾十年裏，介入其中的有章福記書局、普新書局、江左書林、有益齋、簡青齋、錦章書局、振華書局、煉石書局、大成書局、啟新書局、廣益書局、校經山房、掃葉山房、大達圖書供應社、文化書局、世界書局、大文書局等幾十家大大小小的出版機構。」投入《濟公全傳》刊行的書局之多，反應了此書的消費需求；至於自續書《濟公後傳》後，共續四十次，每本續書大約皆有四十回，數量有一千六百回之譜，甚為驚人。引文見顧啟音：《濟公傳・前言》（北京：中華書局，2001 年），頁 8；統計資料參王清原、牟仁隆、韓錫鐸編纂：《小說書坊錄》（北京：北京圖書館出版社，2002 年）及江蘇社會科學院明清小說研究中心編：《中國通俗小說總目提要》（北京：中國文聯出版公司，1990 年）。

[28] 關於《濟公傳》的續書品質與內容，林辰云：「就總體來說，續濟公傳諸書，已經脫離了清初以前的救危、濟貧以善惡為中心內容的濟公本色，而是擴大到扶正鋤邪以忠義為主線；眾續書中，除了濟公是一貫穿始的人物，其餘的人物，這一續中有，那一續中無；時而武俠加濟公，時而仙俠加濟公；風流人情，俠義公案，無借濟公名色，製造奇異以炫世。」道出這些續書在內容上的駁雜，故事間也無連貫性的情況。文見林辰：《神怪小說史話》（瀋陽：遼寧教育出版社，2000 年），頁 95。

[29] 欲將濟公諸多小說予以系統化多遭遇困難，原因在於異大於同，同中又存在

記內容差異頗大，另一方面卻又存在著相同主題的特異情況。今檢各書，若濟公夜宿娼家、濟公預知慈淨寺失火後又感化太后捐出鉅款重建寺院事，各書皆有，但僅有主題相同，表述不一。那麼可以推測各書的作者未必都前後相續地沿用他人作品，乃多根據各自聽得的傳聞再自行撰寫，以致所收故事異中有同，同中亦有異。若然，由此推測明晁瑮《寶文堂書目·子雜》收有《紅倩難濟顛》話本一種，[30]可能只是以濟公夜宿娼家、與娼妓對答互動為主軸而撰成的話本，[31]一個當時人熟悉的主題，《醉菩提·醒妓》一齣本以對答為主要文體，可能多少採用了此佚失話本的內容。

著甚多差異。若胡勝雖已將這些作品分為語錄、二十回本及十二卷本及三十六則等三種體系，卻又不免再次交代：「《麴頭陀傳》既不是全同於《濟顛禪師語錄》，也不全同於《醉菩提》，而是作者在『舊傳』——《醉菩提》基礎上重創的翻案之作。可以說有繼承，有發展。」反而含糊其說，辨分源流的困難，從中可見。文見胡勝：〈濟公小說的版本及流變〉，胡勝：《明清神魔小說研究》（北京：中國社會科學出版社，2004年），頁176。

[30] 明·晁瑮撰：《晁氏寶文堂書目》（上海：上海古籍出版社，2005年），頁129。

[31] 對於《紅倩難濟顛》內容，周純一引《濟顛語錄》中濟公在劉行首家娼一事，推測「這段經過說話人的嘴必定精彩萬分，進而成為獨立的話本，被有心人鈔錄下來，亦是極可能之事。」按上引前六種小說皆有提到濟公宿娼家與妓女互答一事，但陳述的內容多有出入，不過仍能見出此一主題在明末迄清初受到讀者的喜愛，至於明末色情小說好用僧人犯姦題材，由此突顯濟公狂顛又能臨色不亂，頗具話題性，皆可證明周氏的推想，今引用其說。復按此主題至郭小亭《濟公全傳》則變為濟公入勾欄院救被賣入煙花的官家女，並在遊覽時對勾欄多予批評，作者當刻意劃清濟公與女色的界線，立意與立場皆有顯著的轉變。引見周純一：〈濟公形象之完成及其社會意義〉，《漢學研究》，第8卷1期（1990年6月），頁543-544。

但明末迄清初的濟公諸種故事雖已涉神異，卻仍屬於張皇聖僧神通能力的傳記，保留了濟公以說解佛法為主要工作的闡說主軸，與濟公信仰具有相當的扞隔，惟郭小亭的有意造作，確立了濟公在中華文化中玩世不恭與神通濟人的制式形象。先就人物而言，已讓濟公廣收徒弟，計有綠林豪客雷鳴、陳亮、楊明，道士孫道全、褚道緣，及最為特殊法名悟禪的飛龍精，皆為濟公差遣的固定要角，至於寺僧、道人、俗世朋友等亦有吃重的戲份；其次，重建新的劇情，用三項主題即㈠捉拿盜匪華雲龍、㈡圍捕以邵華風為主腦的邪教集團薰香教、㈢濟公遇八魔的劫難作為主脈絡，除了記錄下濟公在處理上述三件要事、及過程中又順手處置其他瑣事外，且利用「此書交代」的說明，順帶講演其他故事，至於舊有的傳說亦不拋擲，安插在上述的脈絡之中，形成龐大、冗雜又予人片段零碎的故事規模。可知《濟公全傳》以增添主要人物及改變故事結構的手法，更替原有的記傳體製，讓整部書展演至二百四十回的鉅製，亦提供與解決後世不斷增寫濟公本事的口實及限制。更重要的是將濟公轉變成以游戲、顛狂以達成救助世人職志的形象，不僅合乎人們對濟公的心理期待，更成就了今日眾人印象與信仰中的濟顛禪師。

第三節　狂行能達到勸喻目的之思維原理

濟顛和尚既是南宋初期信而可徵的歷史人物，且以狂行——一個結合宗教（禪學）與社會（規範）意涵的特徵有名於世，且漸成為箭垛式人物，宋以降濟公度世救人的行蹟在民間愈演愈烈。唯細繹此形諸於外的狂行，本是一種違逆社會規範、應予制止與處罰的作為，竟被看待成聖僧的特點與證明，本當探究。此思考方式應出於宗教思維，才可逾越社會的價值規範，令所有悖離社會秩序的種種言行，劃規在濟顛的禪師身份中。《濟公全傳》認定著這位羅漢降世的禪師能深解佛法，在狂行的烘託下表呈與闡釋難以言喻的佛法真理，兼能達成醒世勸喻的世俗功能，扣住了狂行與佛法的兩下關係。其詮釋的方式，由細繹此書的故事結構，可以得見端倪：

一、禪學印象——以脱序表彰修爲的精深

《濟公全傳》多制式地以濟公與當事人相遇互動、處理事件、事件得解、當事人認識濟公的大能等情節組構故事，在濟公出面施展神通下，再棘手的困難亦能迎刃而解，由此建立和確認他與佛法的關聯，即令是違逆常情的狂行，在這樣的敘事結構中也獲得了正當性與合宜性。所謂「狂行」，係指濟公在應對時，多有超乎人們依照社會慣例所預期的動作與言語，令聽者無法接納而判定濟公的言行屬於顛狂，又在事情迎刃解決後將他的狂行，歸附在佛法之中——暗示此作為有著更深層的啟示及意義。若將此類作為解讀成「難以情測」的佛法開示，正能合乎濟公所歸皈佛教宗派禪宗的傳法特色。禪宗由慧能創立，倡「明心見性」，晚唐五代的禪宗五家延續此義，「機鋒」、「棒喝」等教法興起，取代初期樸素的直指心性。[32]此後記錄此類啟發心性的例證及方法，成為後來禪學重視

---

[32] 立論主要據郭朋及賴永海的說法。請參郭朋：《壇經校釋・序言》（北京：中華書局，2004 年），頁 1-17 及賴永海：《濟公和尚》（臺北：東大圖書公司，1997 年），頁 143-148。

的「燈錄」、「語錄」、「公案」等體製，也成為人們認識禪門的途徑。[33]此類公案在言語意涵及動作表達有著「矛盾」、「不可說」的特徵，已使研習佛學者不易參悟，至於禪門外的一般大眾，更難捉摸其中欲傳達的消息，僅得到言語及行為的難以理解、和其中必有機鋒的既有印象。濟公的言行在此印象下被聯結和解讀，可由初期講述濟公故事便有《濟顛語錄》的書名可得佐證，傳達著當時民眾對濟公的觀感。《濟公全傳》除了讓濟公自言：「我們出家人，講究三規五戒。三規是規佛、規法、規僧。五戒是戒殺、盜、淫、妄、酒」[34]，說明他並非不知佛教戒律，而在於「佛祖留下詩一首，我人修心他修口；他人修口不修心，惟我修心不修口」（頁4），用以自解他偷竊、吃酒肉等不守戒律的舉動；況濟公言行，又與禪宗的公案體製相類，或為禪師教誨的另類行徑。濟公與人的回應多有答非所問及違逆人情的特色，讓聽者心生疑惑或不悅，這些看似非理性的言語本不易發掘甚至未必有禪機存在其中，但若濟公於行為後註解禪義時，便能肯定了當中禪義的存在，讓讀者可予思索。像第十六回記下濟公向員外化緣修廟時向二人開示禪理，道出他對佛法的認識：

---

[33] 五代以後「燈錄」、「語錄」、「公案」等體製已確立，成為研習禪法的主要依據。其淵源請參杜繼文、魏道儒：《中國禪宗通史》（南京：江蘇人民出版社，2004 年），頁 397-403。

[34] 見清・郭小亭撰，楊宗瑩校訂：《濟公傳》（臺北：三民書局，2001 年），頁 129；又本文引《濟公全傳》皆據此本，後引文據註頁碼，不復列注。按此本原題「李夢吉等著」，但本書除了為郭小亭撰成已如前述外，在故事取摘上實與天花藏主人所編的《醉菩提傳》較近，故逕刪去此誤題。

> 濟公不慌不忙，睜開二目說：「眾位施主來了，來此何幹？」就聽那穿白的員外說：「弟子久仰聖僧大名，特地前來拜訪問禪。」和尚說：「你饞了，吃一塊狗肉罷！」那員外搖頭說：「我不吃。」那邊穿藍的員外說：「我也是久聞聖僧大名，特地前來請問禪機。」濟公道：「飢者，餓也。餓了吃一塊狗肉。」那員外說：「我二人原本是來問禪機妙理，並非是饞飢。乃音同字不同。」濟公道：「這二人原來問饞飢二字，我和尚可知道。」那二位員外說：「只要師傅說對了，我二人情願蓋大碑樓，如說不對，善緣不巧，我二人往別的廟施捨去。」濟公道：「你二人聽著！山裏有水，水裏有魚，三七共湊二十一，人有臉，樹有皮，蘿卜筷子不洗泥；要往東，他偏要向西，不吃乾糧盡要米，這個名字叫饞雞。」二位員外一聽，連忙搖頭道：「我二人是問的佛門中奧妙，參禪之機，天機之機。師父說的這個一概不對。」和尚道：「這二人好大口氣，也敢說佛門奧妙！禪機！好好好，我和尚說對了怎麼樣？」那二位員外道：「對了，我二人助銀子修蓋大碑樓。」和尚道：「你二人且聽來。」和尚便說道：「須知參禪皆非禪，若問天機那有機？機主空虛禪主淨，淨空空淨是禪機。」二位員外一聽，拍掌大笑道：「羅漢爺的佛法，頓開弟子茅塞！來，監寺的看緣簿伺候。」（頁56-57）

濟公有意地將「飢」與「機」字音相同的關係，聯結、比況「飢餓」和「求食」，與「迷惘」和「求禪機解惑」的義理相似性，故先講「飢餓求食，故予狗肉」的概念，以證與「欲得禪機，便賜禪語」的概念並無二致，只是員外們仍執泥在求得禪「機」的想法中，令濟公再次用和「禪機」全然無關的「鑱雞」一詞予以點化世人勿落入自傲（對禪法內容的理性預設）及執念（對禪機的欲求）中，員外仍將濟公所言視作瘋語，因而濟公才直言所謂的「禪機」內容。前兩句乃就參禪的方法來說：心中若有參禪的意念，便不免心生執念、欲求，反而不能參得禪理，次兩句乃就禪的內容而言：般若即空，空本無名相，亦不能道出禪的究竟，所以濟公自喻已體悟禪機，明白「空」為參禪之法，亦是禪的內容，將此事實昭示予二位員外，二位員外方才體悟禪法而心中折服。此兩句恐取意《壇經》中六祖「心是菩提樹，身為明鏡臺，明鏡本清淨，何處染塵埃」[35]的著名偈語，也沿襲了其中對「空」義及心的見解，由此足見《濟公全傳》確然扣住了禪宗中核心思想的般若觀，又掌握住禪師公案多欲破解人們以理性求見佛性的執念與傲慢，不斷地用狂行（非理性）打斷理性的言語及思維，令人能從中參透隱匿在無法情測言行中的禪機，[36]復由濟公常信口胡唱山歌的舉動，歌中也多反覆說明

---

[35] 引文據唐・慧能著，郭朋校釋：《壇經校釋》（北京：中華書局，2004年），頁16。

[36] 阿部正雄指出禪宗公案的原理有扼要的說明，其云：「如果心是覺悟的主要障礙，而且作為障礙的我的傲慢就理性的話，那麼透過令人困惑的、以公案形式出現的、連續不斷的心智困境，將可用以破除理性。所謂公案是把以前覺悟的『謎語』固定化，讓修行者參悟，這些難解的『謎』不必依理化解，是要能快刀斬斷。」濟公的言行確有阻斷理性的功能與企圖，合於此處對公案說解。文見阿部正雄著，張志強譯：《佛教》（上海：上海古籍出版社，2008年），頁43-44。

「空」義的舉動來看，[37]即令《濟公全傳》中濟公於狂行後闡釋禪理的描述雖然甚少，卻已傳遞狂行與禪理間確然存在關聯的訊息，也可單純地提供濟公狂行的理論依據。

若第二回記董士宏家貧又欲盡孝道，典當女兒到顧進士家作使女十年，十年後積存六十兩贖金又被偷去，無計下欲自縊時濟公出現，然濟公胡謅故事自言也需要白銀五兩救濟，否則也要自殺，士宏心善贈給僅剩的銀兩與濟公，但濟公先嫌白銀成色不足，後來又問士宏尋死的決心，因為濟公認為：「你要是真死，我想你作一個整人情吧！你身上穿了這身衣服，也值五六兩銀子，你死了，也是叫狼吃狗咬，白白蹧塌；你脫下來送給我吧！落一個淨光來淨光去！豈不甚好？」（頁 6）此一敘事在《濟公全傳》中頗為典型，濟公的答語違逆了聽者的心理期待：常人在得到他人的協助時，當用感激的語言回應，濟公卻兩次否定此互動的關係，一般人多會像主人翁士宏般氣得渾身發抖，然此一形式頗與禪宗公案的說法方式

---

[37] 《濟公全傳》中濟公常於情節銜結處信口狂歌，這些歌詞大凡直接說明濟公自身對佛理的看法和解釋，其中常提及與禪學有關的即「空」義：或與人生境遇對照，或詮釋其義。譬若第二回濟公唱著山歌便有：「身外別有天合（和）地，何妨世上要髑髏。天不管，地不休，快快活活傲王侯；有朝困倦打一盹，醒來世事一筆勾。」（頁 7）又像八十三回：「南來北往走西東，看得浮生總是空，天也空，地也空，人生杳杳在其中。日也空，月也空，來棟往往有何功？田也空，土也空，換了多少主人翁？……人生恰是採花蜂，採得百花成蜜後，到頭辛苦一場空！夜深聽盡三更鼓，翻身不覺五更鐘；從頭仔細思量看，便是南柯一夢中！」（頁 294）歌中反覆扣住空與人生的關係，自然是勸喻人們不應執著必然變遷的人世總總。餘者狂歌以此為命意者甚多，不贅引。

相類，從違逆、反省、修正常識，讓聽者明白「空」的真義。[38]只是濟公所道出的「淨光來淨光去」可尋得人世皆空的佛理，然叫士宏心理對濟公由嗔而敬的轉折，在於濟公提出讓他和女兒團圓的保證，前所引雖可能藏有智慧在其中的話頭，亦可能只是單純的狂言而已，未有深意。不過當濟公的狂行已不斷地被暗示乃出於佛教的理論時，即使濟公（或作者）未予詮解自己奇異舉止的意涵，至少也告知讀者其行為是具備合理性——出於佛法，甚至有禪機蘊含其中。故禪宗說法中矛盾與不可說的印象，提供了濟公狂行的理論依據，以及形塑形象的思維基礎。

二、闡說空觀——能匡正人世價值的錯謬

由動機觀察濟公的狂行，往往有著挑戰及否定世人所倚賴、自豪的權位與才能的意味，復收監督與促成善惡報應能正常運作的現實果效，教育群眾天地間確然存有不可違抗、逾越人間所有權勢的力量，支持著報應不爽的機制。所以看似瘋顛不適宜的舉措，卻應當視作一種點化和矯正個人情性的手法，這也是濟公在教化的過程

---

[38] 禪宗說法的特徵，本文據楊惠南所拈出「矛盾」與「不可說」為本。其云：「所謂的『矛盾』，實際上只是『不可說』的另一種表達；……而它們的『不可說』，並不是因為日常語言的缺陷，也不是一般邏輯的限制，而是因為它們所要指稱事物是不存在的——『空』的。……相反地，只要我人採用經過反省和修正的常識與推理，即可肯定：一個『空』的（不存在的）東西，確實是無法描述的（不可說的）。」因「空」乃不可說，闡釋時的方式亦不合常識，在預設濟公必然在狂行中釋予「禪理」的前提下有著極為類似處，本文所指即此。引見楊惠南：《禪史與禪思》（臺北：東大圖書公司，1995 年），頁 276-277。

裏，若將遇到能看到其金身的修鍊者時，必先閉合佛法身顯示的原因——以免影響勸喻的任務。濟公藉由特異言行施行的教誨，要點有二：一是忽視自己的形體，以對照世人因貪生畏死衍生出對保養形體的錯謬作為，二是否定形體賴以生存的社會對個人具有價值，兩項皆基於佛教基本教義而發揮，惟賴狂行以釋而非單純說理，就必出於濟公信仰。其思考進路，分說於下：

㈠直指形骸為次要，須戡破生死

濟公長年身著敗敝衣裳、偏嗜酒肉，對衣食的絕對放肆，也並非僅能視作修心不修口（行）的實踐，亦傳達著內心對身形的輕忽。原來佛教就以為人死後便在輪迴中流轉，惟有超拔在輪迴之外方免除此苦，對於暫居於此世界的身體，本不必看重。故濟公便曾信口說道：「想當年，我剃度，捨身體，洗髮膚，歸於三寶做佛徒，松林結茅廬。妄想除，餘思無，真被累，假糊塗。臉不洗，手不沐，無事笑泥沽。走陸路，游江湖，好吃酒，愛用肉。不管晨昏香焚爐。混寄在世俗，風霜冷倒穿葛布，天氣熱倒披裘服。為善要誅惡，濟困要扶危。」（頁 512）故不重形體，應解釋濟公已體悟生死如一的佛理。此概念頗藉濟公救世之要項治療世人生理的病痛過程中，㊴予以托出。在六十三回所記濟公治病的制式情節中，不僅

㊴ 《濟公全傳》常記濟公妙手治病，然是書所治的「病」，除了一般定義生理上的病痛外，對人生的迷惘（宗教的）和心生的惡念（道德的、社會性的），是被濟公歸納在應予治療的「病」，在二十四回便揭「自身有病自心知，身病還須心藥醫；心若正時身亦淨，心生還是病生時」的醫療病理（頁 86），故如一百五回濟公以「一肚子陰胎鬼胎」回答許先生問他得何病症（頁 369），一百七十五回酷吏陸炳文則判斷他得了「一肚子陰陽鬼胎」，

交待治病的過程，見更進一步說解著身體與生死間的真正意涵和關係，其云：

> 李平為叫他兄弟保養身體，叫他在舖子住著，焉想到病體越發沉重？今天和尚一瞧，李平說：「和尚，你能瞧不能？」和尚說：「能治，我這裡有藥。」和尚掏出一塊藥來。李平說：「甚麼藥？」和尚說：「伸腿瞪眼丸。」李平說：「這個名可不好。」和尚說：「我這藥吃了，一伸腿一瞪眼就好了。告訴你，我這藥是：『此藥隨身用不完，並非丸散與膏丹；專治人間百般症，八寶伸腿瞪眼丸。』」和尚把藥擱在嘴裡就嚼，李安一瞧，嫌和尚髒，直說：「哎呀！我不吃。」和尚把藥嚼爛了，用手一指，李安的口，不由的張開，和尚「呸」的一口，連藥帶吐沫粘痰啐在李安嘴裡，咕嚕把藥嚥下去。工夫不大，就覺著肚子咕嚕嚕一響，氣引血走，血引氣行，五腑六臟透爽暢快，四肢覺得有力，身上如失泰山一般！清氣上升，濁氣下降，立刻說：「好藥，好藥！如同仙丹。」坐起身來就要喝水；喝下水去就覺著餓，要吃東西。李平一瞧，心中甚為喜悅，說：「師父這藥，果然真好，就是名兒不好聽。」和尚說：「我這藥還有一個名兒。」李平說：「叫什麼？」和尚說：「叫要命丹，你兄弟是已然要死沒了命，吃了我這藥，把命要回來，故此叫要命丹。」（頁225）

要開藥方打下（頁612）。此處乃單指身體的疾病。

一般人本會拘執垢淨的相對概念，以潔淨養身，務去污穢，就行為而論，濟公治療與用藥極為骯髒，直接顛覆了藥為潔淨、病乃污穢的既有觀感，如此也否定了世俗的原有想法，令人從這實例中再思索如何養生去死；唯濟公復以就名號（言語）再予顛覆此一理性的推想：將治人病痛、救人性命的藥物，喚作「伸腿瞪眼丸」、「要命丹」，倒置與混淆了生死的觀念及界線，已將禪學中「生死不二」、「垢淨不二」[40]的觀念帶出，欲消解世人由貪生畏死衍生對形體的保護與重視。如此，使得狂行不僅是脫序的作為，更寄載著佛教對於個人生命的特有觀察及智慧，讓世人能匡正源自社會氛圍的錯誤認知。

㈡社會構成無自性，並無真價值

除了否定個人形骸的價值外，濟公亦不以為由人組成的社會具有真正的意義。要之社會為人所組構的有機體，按照層級相互合作，各司其職。面對社會因分工而賦予個人的權利和義務，濟公也多次以倨傲的狂行對待。對此，可由秦相——《濟公全傳》中最具社會權勢的代表為說，明瞭濟公對社會中一切權力代表的解釋。第十七回記下了濟公與秦相府第一次的接觸：濟公事前占知相府中豪僕欲拆靈隱寺牌樓蓋相府閣天樓，決定和秦丞相相鬥（頁 59），當相府管家到時，濟公便先用胡言和他們瞎纏，其後又當面指謫丞相強拆佛門的錯誤，要他們轉告：「你回去告訴他，就提我老人家說

[40] 禪宗哲學有「不二法門」，「垢淨不二」乃指斷絕垢淨（包括了像苦樂、毀譽等相對意識）觀念的對立，「生死不二」為禪宗對生死一如的感悟：生命本會自然遷謝，應知個體自性與法性圓融一體。以上解釋請參吳言生：《禪宗哲學象徵》（北京：中華書局，2002 年），頁 309-315。

的，不准」（頁 61），全然漠視秦相的權威。管家心中不平卻因濟公施法無可奈何地回府稟告，秦相大怒遣人抓濟公至相府，展開兩人間第二次精彩的接觸場景：

> 濟公到來立而不跪。秦丞相在裏面往外一看，原來是一窮僧，在上面拍桌案說：「好大膽的瘋僧！我派家人到廟來借大木，借是人情，不借是本分；膽敢施妖術，打了我的管家。從實說來。」和尚就應該照直說來，怎麼要拆大碑樓，我不叫拆，怎麼打起來的；濟公並說這個話。和尚說：「大人，你還問我？你官居首相，位列三臺，應該行善積德作福。今無故拆毀佛地，我和尚越說越氣呀！把大人拉下來給我打四十板子再問。」秦丞相在上面一聞此言，勃然大怒，說：「好大膽的瘋僧！竟敢欺謗大臣？來，左右將瘋僧拉下去，給我重打四十竹棍。」（頁 67）

秦相以一般世俗的觀點認定自身尊貴的地位及身份的絕對性，由此目光檢驗眼前這位衣衫藍縷的和尚，得到否定濟公價值的答案，反映著一般人的思維反應與評斷標準，只是濟公則以仙佛的高度及眼目看待秦相，可否決、顛覆國家賦與秦相的權力，倒轉了兩人在社會身份的位置；質言之，秦相所擁有的權勢，對濟公而言並無意義，因在濟公的目光下，此權勢依附的社會也一如個人形體，是無自性，存在僅是不能計數時間中的一瞬而已，豈能視作真實？故濟公多次在狂歌中反覆申說這個道理，而有：

人生百歲古來少，先出少年後出老；中間光景不多時，又有閒愁與煩惱。世上財多用不盡，朝內官多做不了；官大財多能幾時？惹得自己白頭早。月過中秋月不明，花到三秋花不好。花前月下能幾時？不如且把金罇倒。荒郊高低多少墳，一年一度埋青草。（頁 59-60）[41]

堪歎人生不悟空，迷花亂酒逞英雄。……仔細思想從頭看，便是南柯一夢中。……夢醒人何在？夢覺化無蹤。……睜開醉眼運窮通。看破了本來面，看破了自在容；看破了紅塵滾滾，看破了天地始終。只等到五運（蘊）皆空，那時間一性縱橫。（頁 409-410）

客觀地看待個人生命，至多只有百年，貪戀世界財勢只是耗損有限的生命而已，言此與道教的看法相去不遠，然在第二個引文中，濟公說解了追求財勢必歸徒然的原由，在於未能識破個人及世界乃是「空」的真相，令人執著財勢的求取：個人相較於賴以生存的世界，不過是過客，且個人的形體與存在的世界皆無自性，必然流轉在物理變化的定則下，既如此，又何必視形體為真我，亟力佔據必然流動變化世界中的社會資源，當體悟此理，不再沈迷其中。至於用胡亂不成曲調的狂歌，寄寓個人形軀必屈就物化鐵則的沈重事實，也可看待成濟公因著體悟至理，識破世人的迷思，方能以輕忽的方式與口吻，點出這人類最為深層的疑懼，亦寄寓著世人所稱的

---

[41] 按此歌在一百十五回中又再出現，文句略有不同。

人生，如同這首狂歌般短暫，宛如遊戲一般。

三、人性探針——以神通證成狂行的必然

狂行雖然足以提示、點撥個人對俗世的既有成見，亦可作為測試性格良善的探針，只是目睹與聽聞濟公狂行、狂言之後，仍有人繼續沈迷其中不願改變，對於此，濟公就採取強制的力量予以扭轉，施行定身法、神行術，又慧眼觀瞻過去、未來，拘鬼喚神，讓人不得不承認法力的真實，自願或被迫信從濟公。職故，法力在勸喻成敗中實是關鍵，令狂行與施展法力的情節必然或前或後地接續，成為《濟公全傳》習見的故事鋪陳。譬若第五十二回所記《濟公全傳》中的勸喻習套：當人遇見不能自解的問題倉皇無計時，濟公適時施展大能予以救助的事件。事件的主角傳有德乃一位清官的家僕，在歸途中遇少年被下藥迷昏，醒來後用來安頓主人家眷的十二錠黃金果然被盜，情急下尋短卻早被濟公預料而搭救，其後只得跟著濟公，濟公又施折肱之手醫好王忠，王忠感念濟公救其性命，願捐助六百兩給傳有德作功德，對此兩全其美的處置濟公卻予否定，唾罵傳有德。而記云：

> 濟公一看，照傳有德臉上，「呸」啐了一口說：「你真好沒根由。我給你找不著十二錠黃金，你再要人家的銀子，你認識人家麼？」鬧得博有德臉上一紅一白，又把銀子給送到屋裏。自己一想：「倒莫如我一死！」和尚說；「傳有德，你的十二錠金子被誰偷了去，你可知道？」傳有德說：「就是那少年拿繩子的偷去。」和尚一撩衣襟，說：「你來

> 看！」……和尚叫傳有德瞧瞧：「是你的銀幅子不是？」傳有德一看說：「是。」濟公說：「你看這十二錠金子，是你的不是？」傳有德說：「是。」和尚說：「是不是我和尚偷你的？」傳有德說：「我也沒敢說你老人家偷我的。」和尚用手一指說：「你來看，偷金子的人來了。」傳有德抬頭一看，見外面一個少年的男子，穿的衣服平常，後面跟定一個婦人，傳有德說：「果然是樹林子給我藥吃的人。」那人兩眼發直，直奔天興店而來。……見馬茂兩眼發直，自己打了自己一個嘴巴，說：「眾位，我今天是報應臨頭。」一邊說，一邊跑，剛到面前一個水坑，「撲咚」落水下去；冒了兩冒，即時身死。（頁 198-200）

唾面、質疑傳有德接受錢財救助等皆屬於狂行，但在施行千里取物、遙控盜金者自來並陳述一己的犯行，又自投水中受溺得報，此等就屬於濟公所擁有超自然的力量即法力所促成，狂行若無法力的支持，狂行自失去勸喻的可能及教誨的意義。因著法力，讓濟公對事件發展具有絕對的掌控權，力量的絕對性也使得濟公不能允許世俗的折衷作為，故傳有德若接受王忠的饋贈，公正、公平便無法彰顯，務使偷者歸還黃金，並且受報，方能證明善惡有報的機制正有效運作；在法力的對照下，狂行並非出於濟公個人心理的反應，乃是呈顯濟公信仰的核心價值——勸善懲惡。狂行本身是脫離社會秩序的行為，在絕對力量（法力）的助力與對映下，濟公反而能藉此說明遵守規範的必要與當然。故狂行與法力情節的聯結，何以成為全書近於制式的安排，乃肇因於如此的思維底蘊，讓看到濟公施為的人們真誠相信善惡必然有報，以及印證他身份的神聖，又能逆向地證成狂行的必要及地位，如此便可令迷者跳脫思維的困境，罪人斷絕繼續為惡的念頭，兼容了宗教智慧的啟發，以及社會秩序的維護，兩者構成了濟公信仰中的重要內容。

第四節　群衆信從狂行能警世之社會意涵

《濟公全傳》雖簡易地形塑及確認濟公在禪學的修為，不過對普羅大眾來說，恐怕未投注相當的目光在作者所賦與濟公佛學的詮釋上，換言之，清末此書廣受讀者歡迎的原因，仍在於濟公故事所表呈的社會意義。衡諸《濟公全傳》的敘事基調，是先已預設一位已證成佛果具尊貴身份的西方羅漢，為說法、救助世人而轉世人間，用遊戲人間的方式施展法力，聽聲救苦，進行宗教與道德的勸喻。濟公的個性表現及行為模式都準此思考基礎，形成作者與讀者共同的集體意識，繼續形塑與開發濟公的許多作為及事蹟。只是此一與舊有聖賢形象相去甚遠的勸喻行徑，何以能讓群眾信從，甚至逐漸完成「狂行勸喻」即濟公專有且至為鮮明的信仰特色，當續予察考。觀濟公信仰是以佛教羅漢作為崇奉中心，由此開展各類型救護世人的行為，建立起濟公的個人特點，並用此引導、回饋與轉變原本屬於禪門修行者的風格。以下亦以此作為分析的思考進路：

一、活佛不受制約——援用偶像崇拜，藉此建立權威

偶像崇拜為民間信仰中的重要形式及內容。即使佛教傳入、道教興盛後，也大凡用同樣的形式與態度面對這些新的神佛面孔，改

變不多。濟公傳說援用此傳統信仰與見解，自明代始興就朝向建立與發揮偶像的尊貴身份而增益。在《濟公全傳》第一回，就增寫了濟公的神聖來歷：

> 他（李修緣）自己到西湖飛來峰上靈隱寺廟中，見老方丈要出家。當家和尚方丈，乃是九世比邱僧，名元空長老，號遠瞎堂，一見李修緣知道他是西天金身降龍羅漢降世，奉佛旨為度世而來。因他執迷不醒，用手擊了他三掌，把天門打開，他才知道自己的根本源流。（頁3）

另在二百三十四和二百三十五兩回中濟公與八魔鬥法，敘事間再次確認他降龍羅漢的身份外，與降龍齊名的「伏虎羅漢」也聯袂出現在故事中；書中亦稱他作「知覺羅漢」，不過也說明它只是降龍羅漢的別稱，並無不同。「降龍」、「伏虎」乃明以降興起的羅漢名號，濟公雲遊人世、與人民最為親近，由這位被民間熟悉、具有本土性的羅漢擔任降世普渡群迷的佛旨，最為適宜；[42]至於南宋高僧

---

[42] 胡萬川指出明末《羅漢傳》的寫成，不僅讓「降龍」與「伏虎」成為羅漢的代表，亦可視為「羅漢」本土化、普及化的結果，且由歷史演進中點出明末及清初濟公小說雖已明指他是羅漢轉世，但明指濟公乃降龍羅漢（或伏虎）的後身，則至清中葉後出現的《濟公全傳》。其原因胡氏有進一步闡述足以詮解，其云：「因為在民間觀念中的濟公，正有著佛性，卻又不離人間，為人除邪驅惡的羅漢。羅漢而要入世，為民除惡，當然得有降龍、伏虎的手段，不論把濟公說成是『降龍』或『伏虎』羅漢，意義都是一樣的。」此說可由《濟公全傳》對濟公具神通及入世救難的形象得到印證，立說甚確。文見胡萬川：〈降龍羅漢與伏虎漢——從二十四尊得道羅漢傳說起〉，辜美

遠瞎堂元空與濟公雖有師生關係，然元空僅有擊濟公三掌予以點醒、令他知曉自己真正身份與任務，如此處理就能避免讀者誤將濟公對佛學的領悟與各種神通，出於遠瞎堂禪師的秘傳之法，而非降世時就與生俱來，削弱他的神聖身份。民眾對濟公無所不能的期待和其神聖身份的認定，雖無法確認兩種心理發生的次序，卻頗能反映出中國民間信仰中，民眾對救助神祇選擇的心理特徵：神祇皆各有所掌及所長，靈威也有長短，當依照需求的特性及神祇的能力選擇祭祀。㊸當濟公以顛狂救濟苦難的特色，逐漸開發救助的範圍與能力時，補寫原來傳記與傳說所欠缺佛界尊貴的位階，不過是順從群眾心理，一個水到渠成的自然發展；此身份因有宗教一個世俗無法察覺、明白的特質，《濟公全傳》就利用了書中的方外之人、修鍊者甚至妖精來描述佛法身的特殊處：濟公能發出佛光、靈光、金光的三光、展現「身高丈六，頭如笆斗，面如獬蓋，身上穿直裰，赤腿光腳，活活一位活知覺羅漢」㊹的佛法身，由觀看者對此身份

高，黃霖主編：《明代小說面面觀：明代小說國際學術研討會論文集》（上海：學林出版社，2002 年），頁 311。

㊸ 民間大凡將神祇擬人化，雖有降災袪禍的力量，也需要人的祭祀，有著共存的意味。在此思維之下，民眾依照一己的需求，在考量不同神祇的專職與其靈驗與否後，選擇祭祀對象，但各神祇和其專職則會受到民眾認定的靈驗與否有所變化，信眾也隨諸消長，誠為中國民間信仰的特色。關於中國民間信仰的思維方式，請參韓森（Valerie Hansen）著，包偉民譯：《變遷之神——南宋時期的民間信仰》（杭州：浙江人民出版社，1999 年），〈民眾的選擇〉及〈理解神祇〉兩節。

㊹ 見頁 26；又若第一百一回（頁 355）、一百四十七（頁 513）、一百五十四回（頁 541）、一百九十九回（頁 697）等有極相似的描述，於書中頗為常見。

轉譯成具有絕對力量後的極度震懾，側寫出此法身具有超越的意義，得到人間一切皆臣伏在濟公之下的推論。《濟公全傳》提供濟公「降龍羅漢」神聖出身的文本，詮釋濟公法力的來源，令濟公不僅超越世俗權勢，亦凌越了具有超自然能力的任何宗派，有著主宰一切的社會與信仰的高度，也使得濟公的狂顛作為有了充份的法源依據。是知《濟公全傳》的思考進路，是立於傳統偶像崇拜的信仰，用以擴寫濟公的神聖性格，俾利將他敘寫成無所不為大能者，無怪至此濟公已被視為與神佛同位格，盡褪早期濟顛的凡僧形象。㊺

二、建立社會正義——重塑佛教理論，務與道德同調

誠如《濟公全傳》於首回所揭櫫濟公在人間遊走的目的，在於傳播佛法以啟世人迷障的「渡世」任務，唯究《濟公全傳》所述反而多用心於救世：大則抓拿盜匪邪教首腦，懲治貪吏惡官，細則救濟貧苦無告小民，治療病重百姓，頗用心解決社會問題，直接傳述佛法的作為則甚少，與習見以話語點悟世人的傳教方式不同。故濟公應將佛法寄寓在這些特異的行為當中，且相信佛法與社會生活是相即而非相離，個人在親炙後方就能通曉其中義理。要之濟公以為

㊺ 此即日人小野四平所指出濟公故事的發展傾向：「由於得到近代話本作家的參與，在小說形式、語言等技巧方面表現出了相應的效果，然而在內容方面卻留下了重要的倒退痕跡。而且在二十回本以後的各種《濟公傳》中，這種傾向越來越強烈，逐漸帶有了一種靈怪小說的生硬面貌。」口氣雖有貶意，不過所陳指內容的倒退痕跡：將濟公視為羅漢降世，作家不斷地著墨此不凡的身份及引伸出的神通，以致有靈怪小說的氣息，實中濟公小說的發展趨向，今引其說。文見〔日〕小野四平：〈濟顛說話的形成〉，小野四平：《中國近代白話短篇小說研究》（上海：上海古籍出版社，1997 年），頁 164。

社會秩序的運作，是與佛教義理的說解相通，而非相斥，狂行的表現，足以側面反映出社會秩序的真相，即佛理的真義：

㈠社會秩序即佛理內容，必須予以維護

濟公在日常生活中以行動來實踐宗教信仰，認定在社會裏亦能體現佛理。所以他所提示世人實踐的方法，亦沿續此理路而發論：教誨著個人應有的自處態度，以及當對社會盡的義務，頗似政府對公民的說帖。至於盡社會義務焉能與佛理有關，可由以下習見濟公治病的案例得知其思考模式：

在第一百五回中，濟公至趙員外家大言「我和尚專會催生」，要治趙家三奶奶難產，趙家無計下讓三奶奶服下濟公的藥，果然生下一子，趙員外心喜之餘，便提出自己對人生的疑惑。原來趙員外本是奸商，後改過遷善後反而三個兒子陸續死亡、媳婦或改嫁、或死亡，只有三媳在家生得一子，質疑上天無眼，濟公聽後予以開示：

> 和尚哈哈一笑說：「你不必亂想！我告訴你說：你大兒子，原是當初一個賣藥材的客人，你算計他死了，他投生你大兒子，來找你要帳；你二子是給你敗家來的；你三兒子，要給你撞下塌天大禍，你到年老該得餓死。皆因你改惡向善，上天有眼，把你三個敗家子收了去。你這是算第一善人，比如寡婦失節，不如老妓從良！」趙德芳一聽，如夢方醒。（頁 368）

從趙員外以純粹的社會道德評量善惡、以及濟公承認並依循趙員外的看法解釋箇中因果推知，《濟公全傳》的作者認定天理、佛理實指一事，內容即善惡報應的機制，故能在社會中具體的呈現，所以

個人本當按照社會良善的期待而生活，換得善的循環，此心態可視作個人的良心，當予維護，如此便是合於天理及佛理。延展此看法至於國家責任，便可將忠君報國納入天理運行的範圍內。[46]然要求個人盡社會的義務，會令人心繫人世的種種，出家更會兩難在忠孝與修行的困境中，皆與佛教求解脫、識破萬事皆空的教義背道而馳。如何在這兩難中擇選，《濟公全傳》在第一二三回至二二一回安置一個宗教叛亂事件中，已提供作者自認為足以詮釋的答案。以下所引乃是一位沈迷在「邪教」的教眾與其友人「顛倒是非」的自白：

姚殿光、雷天化一看鮑雷大模大樣，二人忙上前行禮。說：

---

[46] 除了濟公自身不斷地提到忠君愛國的必然性外，書中被定義為「正道」的道教徒，也都認定此想法在信仰中的崇高價值。若一百回尚清雲肯定濟公在社會救助的貢獻，拒絕協助同門師兄（頁 353），另二百六回中則有馬道玄遇邪道邵華風，便用三綱、四大、五常的題目勸他勿有自立為帝的逆天作為（頁 721），皆可看出此觀念。誠如葛兆光所指出：傳統小說判別正道（正術）與妖道（妖術）的基礎，並非著眼在修鍊或行術方法上的差異，而是「在古代中國，『妖』常常與『邪』、『淫』、『亂』這樣一些詞語互通，也常常與以下這幾種行為相連，如反叛朝廷犯上作亂、自行祭祀妄立神鬼、違背倫常男女淫亂，這些行為的直接社會後果就是導致秩序之『亂』。『淫』為『邪』、『邪』為『妖』，而『妖』則為『亂』，『亂』之一字，從廣義上說，就是在倫理規範和社會建構被破壞時，家、共同體、帝國中產生的無秩序。」乃以對社會秩序的正負影響，作為正邪判定準則的思考進路。引文見葛兆光著：〈妖道與妖術：小說、歷史與現實中的道教批判〉，《屈服史及其他：六朝隋唐道教的思想史研究》（北京：三聯書店，2003年），頁 120。

> 「鮑二哥一向可好？」鮑雷大不似從前，見了故友，並沒有一點親熱的樣子。說：「原來是你二人，來此何幹？」姚殿光說：「二哥，我二人是由鮑家莊來，我二人原本是去瞧看兄長，聽說兄長沒在家，老太太想你想的病了，甚為沉重；我二人特意找你。你還不到家裡去瞧瞧老太太去。」鮑雷說：「你二人真胡說，我已然出了家，不管在家的事了！」姚殿光說：「兄長你是個明白人，怎麼這樣糊塗了？老娘乃生身的母親，你莫非不要了？」鮑雷說：「我已然出了家，不久要成佛做祖，不管他們在家的事了。」姚殿光說；「兄長你不回家，家中嫂嫂豈不守活寡？再說也沒人照應。」鮑雷說：「那是陽世三間答伙計，不算什麼。」姚殿光說：「哥哥你這話是瘋了麼？至親者莫過父子，至近者莫過夫婦；嫂嫂你也不要了，孩子你莫非也不要了？」鮑雷說：「唉，那是討債鬼，什麼叫兒子！你兩個人全不懂。」姚殿光、雷天化一聽，這番不像話。（頁 652）

鮑雷入慈雲觀修行而棄家人不顧，令鮑母思兒染病，妻兒生活沒有依靠，姚、雷二人本是鮑雷舊識仗義前往勸說，然其所持的論點，無論孝親、夫妻與父子之道，皆是中國社會所賴以維持安定的力量與正道，合乎當時讀者的道德氛圍，相反地鮑雷認為出家後家人便與一己無關、且視兒女為討債鬼，否認自己和原有的社會關係，雖確實與上述的道德觀相左，然此看法是與濟公的主張相合，[47]卻在

---

[47] 濟公在書中亦拋家而去，後在一百四十八回時曾經歸家拜訪舅舅王全及未過

同一書中有著迥然不同的判讀：竟將鮑雷一個同於濟公出家人身份的言行，呈作離經叛道的事證。兩樣的解說，原因在於鮑雷加入教團的教主邵華風，有著推翻大宋自立為帝的意圖（頁 654），認定此教團不重三綱、四大、五常，不僅違法亦逆天（頁 721），故借書中具有絕對權威的濟公之口，明白地指謫此會根本就是邪教（頁 648、679），[48]由之逆向地否定教義的錯謬——即使主張與濟公相同。尋繹作者的思考方法，在於先權威式地斷定包括佛教在內各類宗教的

門的妻子劉素素，濟公以夢境欲度化王全，不過王全不能醒悟，也用不孝、兄友弟恭等道德題目勸濟公還俗，然濟公以「一子得道，九祖昇天」回應，與鮑雷的說法相符；至於將兒子視為討債鬼已見前引濟公為趙員外說明因果，此不復引。

[48] 《濟公全傳》第二部份即以抓拿邪教教主邵華風為主軸，其自創的教派稱為「薰香會」，除了有嚴格的教團組織外，教眾主要由綠林及各種社會低層人物所組成（頁 647），皆合於明清時期被當作非法集會諸多的「邪教」描述。韓書瑞指出明清查禁中有白蓮教的支裔「聞香教」，鳩眾聚會，也曾起兵叛亂，和「薰香會」甚為相似，其云：「王家教派的創建者是 16 世紀一個叫王森的人。他創建了一個叫聞香教的教派。……王森死後不久，一個叫徐鴻儒的門徒利用王森一個兒子王好賢世襲的號召力，在 1622 年宣稱明朝統治的氣數已盡，『大乘興盛』的時代開始，在山東西南發動了一場大規模的叛亂。」又「在清代統治的前 100 年，王家繼續當教主，他們在 1732 年又出現在歷史記錄中。……教派活動包括聚會、誦經、吃素，向教派的神供奉茶，並定期少量捐資。這個教派被政府發現，首領被處決。」《濟公全傳》所自擬的「薰香會」即便未取樣自「聞香教」，但由其宗教組成及活動的描寫、和教眾多來自無正當職業或社會低層以觀，實與明清被視作邪教如白蓮教等的情況相同，可視作當時社會的投影。引文見韓書瑞（Susan Naquin）著，陳仲丹譯：〈反叛間的聯繫：清代中國的教派家族網〉，韋思諦（Stepehn C. Averill）編：《中國大眾宗教》（南京：江蘇人民出版社，2006 年），頁 3-4。

教義，若為正道必不會和社會秩序的理念相違，此概念也不容任何修正，設使有修行者違逆了社會秩序，就可知道他所投身的必是邪教，或者出於個人對教義的誤解，未可就此質疑天理與佛理在社會體現的可能及必然。那麼《濟公全傳》對能凝聚群眾的宗教社團，有著擾亂社會秩序的疑懼與排斥竟與當時政府相同，[49]更突顯著作者對於社會安定的殷切期盼，寄寓在濟公的大能之中。

復以同情看待此書的矛盾說法，仍能予以理解：畢竟濟公乃領佛旨而來，具有絕對的超脫個性，已證成、被承認是位已得果位的羅漢，即便是狂行、不合規範的舉措，皆有暗示佛理的意涵，故作出不合禮教的行為，應該視作個案，當被諒解甚至應予瞭解、深思。他雖指導著世人，然世人卻不能效法他的言行，故聽眾只能被歸類在即書中被指導者的地位，要求聽從羅漢的指令，恪守種種的社會規範。

㈡佛理運作必不受干預，報應絕對施行

《濟公全傳》既認定社會規範是佛理（亦即天道）在社會中的真實呈現，違背社會範就當被看待成阻絕佛理實現的逆天行為，此行徑便不能被活佛所容忍，應予處理。依濟公促使報應應驗的手法觀察，其一為直接落實人間的執法、或是間接促成律法的執行。法律採取「報復」原則，執行法律的官府體系，是一種施行報應的權責機構，那麼當群眾認定有人觸犯法律卻未受制裁時，無論將原因歸

---

[49] 清政府對於邪教的疑慮，來自於他們具有固定的宗教組織，能凝聚與形成共識，潛存著政治叛亂的因子。關於此論點乃據楊慶堃（C.K. Yang）著、范麗珠等譯：《中國社會中的宗教——宗教的現代社會功能與其歷史因素之研究》（上海：上海人民出版社，2007 年），頁 191-196。

咎於權責單位的無能或藏私、為惡者自身的運勢或狡詐，就成為民間看法中最為習見報應無驗的例證。對此習見的疑義，《濟公全傳》多讓濟公用狂行間接地揭發惡行或是詐術技倆，讓官員在觀看他滑稽怪誕的表演後，明白整起事件的來龍去脈，至終作出符合群眾期待的正義判決。若第一百八十一回中，濟公寫出讓眾人驚歎的對聯後，眾人肯定濟公的佛學深厚，卻對他寒苦骯髒的外形有所疑問。濟公對此疑問，有著令人啼笑皆非的回應：

> 和尚說：「眾位別提了，我是叫媳婦氣的。」大眾說：「怎麼叫媳婦氣的？」和尚說：「我娶了個媳婦，過了沒有十天，我媳婦跟人家跑了。我找了半年，把他找回來了。」眾人說：「那就不要他了！」和尚說：「我又要了。跟我在家，過了一個多月，他盡招和尚老道往家裡跑。我說他愛和尚，我賭氣作了和尚，我媳婦又跟老道跑了。氣得我各處找他，找著我決不能饒他。」眾人說：「你媳婦既跑了，你也就不用找他了。……好不好？」和尚說：「不行，我得找她去。」說著話，和尚一擡頭說：「這可活該，我媳婦來了！」大眾抬頭一看，由對過來了一位道姑，長得芙蓉白臉，面似桃花；手中拿著一個小包裹。和尚過去，一把手將道姑揪住，說：「好東西，你跟老道跑了，你當了道姑了！我娶了你，不跟我過日子，我找你這些日子，今日可碰見你了！」道姑說：「呦，你們眾位快給勸勸，我本是自幼出家，我也並沒有男人。和尚是瘋子，他滿嘴胡說！」眾人就趕過來勸解，說：「倒說說是怎麼一段事？」和尚說：「他

是我媳婦，他跟老道跑了，他當了道姑了。」道姑說：「你們眾位聽，和尚他是那的口音？我是那的口音？和尚他是瘋子。」眾人過來說：「和尚一撒手，叫他去吧。」和尚說：「不行。」大眾好容易把和尚拉開，道姑竟自去了。（頁634）

和尚有媳婦、又竟是道姑的自陳違逆常情太過，眾人本會認定濟公為瘋顛，但濟公卻用此當作藉口，拉扯這位道姑至官府打官司，在與濟公施展神通與瘋言瘋語之間，讓這位為行盜方便妝扮成道姑的男人，惡行因此被揭穿，目睹過程的縣令，就能作出正確的判決。協助官府辦案，是《濟公全傳》的常例，惟官府與奸民勾結者，濟公甚至會直接操控官員言行，讓他不能徇私而為（頁 588-616）。濟公無論採取直接或間接的方法讓法律確然執行，其目的皆在使報應的機制在社會中能正常運作，至於在法律未規範處，屬乎道德層次的報應，亦在濟公欲促成報應發生的範圍。

這些未有法律明文規定處份卻違背善良風俗的行為，像借宗教之名賣藥募化錢鈔、心生惡念未付諸行動，都當予以懲治，至於為善未獲旌揚，也應得善果，也是濟公欲成就的工作項目。無論是何種類型，濟公皆採取與常人不同的方式進行。若第八十六回中一個修得人身的蛇精竟亦也生貪念，在地方施放臌症後又於自家的鐵佛寺施藥斂財，濟公識破其惡行親至鐵佛寺故意自拿供佛的水果吃，被寺中人阻止後而有一番解釋：

和尚說：「廟裏有東西就當吃。你們這些東西，指佛吃飯，

> 賴佛穿衣，算是和尚的兒子，算是和尚的孫子。」這個打磬的一聽這話，氣往上沖，過來就要打和尚。和尚用手一指，用定神法把這人定住。（頁303）

濟公用狂行與狂言戳破了鐵佛寺借佛名目聚錢的真相，令寺中打磬的不能忍受，欲打濟公，反被濟公以定身法制止，故事以濟公施法收服蛇精為結，讓正義終得伸張。本來借宗教名目聚財，在法律上不易具體定罪，卻又顯是民眾所認定的惡行，這些逍遙世間法制規範之外的惡狀，難逃掌握世間一切事的濟公法眼，即使是隱微不能察見的善惡行跡，必然得其報應。

故知濟公的狂行能牽引報應的發生，且在濟公所擁有的神威下，除知悉各類事情的整起經過，亦用各類法術控制惡人，督促人世中的報應單位官府能夠按天理而行，也讓人力所無法察悉與處理的各種善惡行為，皆有回應，讓報應的機制正常運作，且作出絕對公平的處置。在此制式的故事結構及思維中，狂行便成為報應將要應驗的預示，也代表著報應及天理運作的絕對性及必然性。

三、尋求他力救贖——輕忽佛理啓悟，著重現實利益

《濟公全傳》所載本來僅是多項的獨立事件，在濟公的參與後令事件前後相續，成為濟公遊戲人間的記錄。這些事件之所以被劃規在《濟公全傳》之中，在於濟公的加入並且突顯他在事件中的地位、處置的方法和最後的結果。此敘事結構與思考方式，造就形塑濟公形象的基礎意識，也使得在狂行下應推展明心見性要義的濟公禪師，搖身變成無所不能的大能者，也為後世說濟公故事的定型，

拋擲了明代與清初濟公小說對他狂行、狂言中寄寓禪思的著墨。關於濟公形象的轉變原因，可由《濟公全傳》的敘事結構和命意中發現：

㈠因：崇拜偶像以致尋求他力的救贖

《濟公全傳》所記雖多是人世的不平事，卻不過是市井的尋常新聞，然而當濟公現身時，就會期待這位降世羅漢有著能扭轉事件的本事，以彰顯他的優越地位。然而濟公在歷史上並無顯赫功業，他所擁有的只有已證佛果的不凡身世而已，止於闡說濟公對禪理的深解，不足以說服群眾相信他具備了神聖地位，即當背負天命的聖賢或君王來到人間，或可用降世時各類祥瑞襯托其不凡，卻仍需要他後來在人世不磨的現實功業來應證，那麼讓濟公有著現實的、可目視的功業，以證明他的身份，只能朝向他對社會秩序的重建，對受苦世人的拯救。此想法引導《濟公全傳》朝向傳統佛教應驗錄的撰寫思維，尤其亦是求告單一神祇的觀世音信仰相類：世人遇見災禍、求告佛名、災難得解的敘事進程和模式。民間本已深習此神靈崇拜的信仰方式，況且濟公也是已得佛果的羅漢，思維上的比附，讓濟公逐漸身兼絕對正義、不受任何人為力量干涉的執法者、救治身體病痛的良醫，和突發意外的救護者，足以拯助世人在生理、心理和外在社會環境所遭遇到任何痛苦災禍。這位活佛已藉行為怪異與觀世音信仰有所區隔，也更為入世，工作範圍亦擴大，讓環環相扣的濟公事蹟，形同佛教應驗記的單元故事，投射著人世對於脫離人生困境的期盼。在《濟公全傳》中見識過濟公神通的世人，當再遇到困難時會再次尋求他的幫助，甚至與他未曾謀面遭到災禍的一般人，也會主動伸出援手，概括承攬事責——以狂顛的行徑促成。

今摘引第十五回一個較為單純的事例為說：

> 濟公是見董平一臉黑氣，按靈光一察，知是他乃世界上第一孝子；我若不救，雷必取他。……濟公問肉挑是哪位的，連問兩聲，無人回言；濟公挑起肉擔就跑。董平一瞧急了，趕緊站起來，扣中衣，邁步就追。剛往前一跑，只聽後面山崩地裂一聲響，原來是那影壁牆塌下半截。董平嚇得目瞪口呆，心中說：「若非是和尚搶我的肉擔，被土牆壓死了，真乃好險好險！」……那想濟公他挑著這擔子，來到熱鬧街上，把擔子一放，拿刀就切狗肉。切完了，和尚用手一點指，這狗肉變的好象有一斤重一塊。濟公喊：「賣六文一塊。」……眨眼就賣了一堆錢。……濟公如此如此一說，叫董平：「你把賣的這錢拿了去作個小本經營。」董平說：「我明天改行，不做這殺生的買賣，我賣鮮果子去。」（頁53）

濟公以搶走孝子的狗肉攤讓他能避五雷中的「土雷」之災，又施法術增加狗肉重量，以訛騙手法讓買肉的人多付金錢，行為怪異也不正當，卻達到拯救孝子性命與實質救濟的結果。濟公的狂行並無啟發佛理的任何暗示、聯想，敘事側重在神通的展示，及救護目標的達成，形塑出一位神仙降世式的「活佛」樣貌。[50]《濟公全傳》意

---

[50] 《濟公全傳》對濟公的敘述，反與神仙極為類似。張忠良除了指出濟公已被列入神仙外，甚至民初丁福保輯《道藏精華錄》下冊收有《濟祖師文集》，

欲證成濟公在現實世界的實質貢獻與濟世悲願，使得這位降世羅漢有如觀世音般有著慈悲、無私的胸襟，及事皆成就的大能，僅在一是顯化、一是顛狂的救護行徑有所區別而已，令此書已形似記傳式的佛教靈驗記。[51]

㈡果：側重現實利益疏略佛性的啓悟

《濟公全傳》已成功地將濟公重塑成尋聲救苦的神佛，在側重現實的救護下，令狂行不再是具備因時制宜、以啟發禪思的方便法門，而是與展現神通的情節結合，成為施行報應前的預示作為，這也是前文所舉的諸多例證，何以狂行必與神通相結合的原由之一。如此，濟公施予的拯救即狂行的內容，並非佛教明心見性後的解脫，乃是定睛在現實下的救助，與佛理傳講的關係甚遠，宣揚佛教的企圖也不顯，換言之，「濟顛」故事至此已然褪去宣揚禪法的重要功能，趨向一般性道德的宣揚。《濟公全傳》在第八十八回中的「書中交代」提到本書的撰寫動機，而謂：

且云：「《評演濟公傳》（即《濟公全傳》）中的濟公，完全籠罩在神魔小說的思維和氣氛裡。筆者以為透過神魔小說的洗禮，濟公實際上已悄悄的被道教化了。」甚中此書將濟公形塑成神仙姿貌的實況。又前文敘及有關濟公對佛教「空」的闡釋，也與道教小說常用仙／俗對照的筆調敘寫相同。引文見張忠良：《濟公故事綜合研究》（臺北：秀威資訊科技公司，2007 年），頁 258。

[51] 「靈驗」為佛道與民間信仰所共表述的宗教現象，不過佛教所表述的乃指佛教徒所尊奉的佛寶、法寶與僧寶，濟公含括了其中佛寶及僧寶兩種，切合了佛教應驗錄的界定方法。上引佛教應驗錄的定義，參見劉亞丁：《佛教靈驗記研究——以晉唐為中心》（成都：巴蜀書社，2006 年），頁 2-3。

> 這套《濟公傳》，濟公為渡世而來，忠臣孝子，義夫節婦，必然遇難成祥。贓官佞黨，淫賊惡霸，終久必有報應。做書人筆法，使看書人改惡行善，勸醒世人。比如忠臣義士遇著難，聽書看書的人，恨不能一時有救！為何亂臣賊子，人人得而誅之？此乃人心公平之處。自古至今一理。（頁309）

> 有分教：行善之人有善終，作惡之人天不容。（頁118）

佛教度世，亦講輪迴報應，然引文以為報應的發生僅限於忠孝節義，未見皈依佛教在報應運作的利益說明，以收傳揚教法的果效，只符合明清最盛的勸善思想。至於濟公在親自說法時也多止於宣傳揚善抑惡的利益權衡，若其狂歌有：

> 行善積福作德，作惡必遭奇禍。（頁81）

> 酒要少吃性不狂，戒花全身保命長；財能義取天加護，忍氣興家無禍殃。（頁142）

又有實例說明，其云：

> 和尚說：「你那是瞞不了我。你休要譭謗僧道！你可知道有兩句話：『心不好，命窮苦，直到了心好命也好，富貴直到老。命好心不好，中途夭折了。』人要做些陰騭事，能逢凶化吉，遇難成祥。當初老道給你相面之時，你是螣蛇紋入

口，主於餓死。你做這兩件陰騭事，你這縢蛇紋通下來，變為壽帶紋。」（頁557）

將一般性的道德守則當作善得善報，惡有惡罰的唯一準繩，此準繩排除了佛教信仰的價值：試觀引文中濟公告誡的「譭謗僧道」，其立論的基礎在於認定被告誡者未知自身因果的來龍去脈，誤判且否定道士宣揚善惡報應的有效性而來，此說明支持社會規範是被上天所認可，彰顯著社會秩序具有宗教及現實上的正當性與重要性，傳揚功過格將物質利益（尤指生活權益）與道德行為相結合的道德成就觀。[52]故知《濟公全傳》藉由具有絕對權威的濟公所說解佛教真理，密合了社會及個人在利益的關聯，疏略對佛理啟悟的解釋，也由之得知此時的民間佛教仍不斷地朝向社會價值靠攏，強調著自身在社會中的作用與意義，將佛理與傳統價值觀結合，再逆向地認為足以統攝傳統價值及道教教義，反而模糊及淡化了佛教在教義上的特殊性，自與佛教義理頗為疏離，呈現的正是當時民間佛教徒及群眾對佛教教義的理解。

---

[52] 明清時善書道德報應的運作原理與基礎，乃具體呈現在功過格中。包筠雅便說：「功過格是這樣一種文獻，它通過特定形式表達出對道德（以及非道德）行為及其後果的某種基本信仰。……功過格從道德上肯定了現狀的合理性：人們得到保證，無論賞罰的實際分配在他有限的現世景象中看起來多麼令人困惑，還是依然存在一種合理的並被神支持的體在起作用，以確保每個人和每個家庭最終獲得他們應得的東西。」已將此信仰模式將道德及生活功利結合的思維模式予以說明。文見包筠雅（Cynthia J. Brokaw）著，杜正貞、張林譯：《功過格：明清社會的道德秩序》（杭州：浙江人民出版社，1999年），頁244。

第五節　結　論

活動在南宋初期的濟顛禪師未能聞達於當世，卻在他身後逐漸傳奇化，經歷明清兩代小說及戲曲的摹寫及再造，底定了濟公狂顛說法的行事基調；惟至光緒郭小亭《濟公全傳》出，更以章回形式取代止於專傳的撰寫體製，讓後來小說撰者不僅得到濟公事跡未完的續寫口實，也讓濟公取材不再拘執在有限的時空及既有的文本，奠定下濟公以「狂行」以達「勸喻」的思維模式及基礎意涵。可知作者已著眼濟公「衣著藍縷」、「違逆世人常情」的疏狂特徵，以建立狂行勸喻的思考模式。濟公以己身不重形體、漠視錢財權位、身為和尚卻又好食酒肉等作為來倒置及扭曲世人的價值觀，破除視人世之權位、利益甚至一己生命為真的普遍想法，並在部份濟公看似反覆、不明事理的話語與行為，打斷人們舊有的邏輯思維，寄寓著佛教中無自性的「空」觀智慧，藉由少部份的例證，意圖將濟公其他未見深意卻又違逆社會秩序的狂行，也劃歸在具有矛盾、不可說的禪法中；惟狂行在當事人無法醒悟的情況下實無意義，令狂行後必然與神通的敘述前後接續，在絕對力量的協助及映襯下，證成狂行在啟悟與試鍊人性上的作用，自具備了必要性。《濟公全傳》主要採行了傳統信仰的偶像崇拜，配以甚具本土意識的「降龍羅漢」作為前身，提高濟公的尊貴身份，筆法則採用群眾甚為熟悉的佛教應驗錄尤類似觀世音應驗；此書也全然接受民間的傳統道德觀，認定天理與佛理為同義詞，將善惡報應的機制視為天理（佛理）的展現，濟公身為掌控一切、監控報應施行的執法者，也必須按照天理運行的內容施行各種報應，無不展現著中國習知的民間道德與信仰，在對照濟公以得佛果之尊親入輪迴而降世，以社會底層丐僧的身份無分等級地接濟民眾後，亦顯其慈悲與智慧，而以游戲、詼諧甚而突兀的方式否定一切權勢價值（狂行），單純地肯定人性的良善面（勸喻），意涵深刻也富含劇戲張力，[53]無怪此書問世後受到民眾熱烈歡迎，所建立起的濟公形象，更成為後來濟公崇拜依循的主要內容。然而在重視實際利益的偶像崇奉下，原本濟公當重明心見性的自我救贖，一個悖離此書及當時社會主流價值的看法便被漠視，使得書中所記下濟公對性空的佛學闡釋，其意義就止於暗示濟公的狂行當有更深的宗教意涵，以及補充說明濟公的聖僧身價而已，若真意欲從此書董理出這位宋代高僧的佛學見解，不免違背郭小亭撰《濟公全傳》的初衷了。

---

[53] 此即劉燕萍所指出：「（濟公）幽默的解困，與可怕的暴力及攻擊，互相激盪而成不調和的色彩。」濟公以脫序與突兀的行為，直接與眾人心中深層警懼的邪惡力量對立和衝突，便能給予讀者一種恢誕的特異感受，發揮著與戲劇搬演時相近的果效與張力。引文見劉燕萍：《怪誕與諷刺——明清通俗小說詮釋》（上海：學林出版社，2003 年），頁 195。

下篇　世俗性格的神道
——屈服於社會意識的神道詮釋

作為一切規律與道德淵源的代詞「天道」，往往因著詮釋者自身的想法與目的，有著不同的解構和說明。小說中亦習見對天道予以詮釋，然皆好與社會的主流思維結合，在解釋中對世俗有所屈服和妥協：道教小說《錄異記》容納與保留民間諸多傳說的原貌，可視作宗教對世俗屈從的代表；世情小說《歡喜冤家》嘗試將女性情欲安置在天道之下，調整了作為純粹道德為體的天道內容；而志怪小說《閱微草堂筆記》更重置和建構起足能詮釋萬物變化的道德與物理法則，意欲將神道設教的淑世內容寄寓其中。上述三書，反映著不同時空背景與個人身份，在折衷於社會主流意識的考量下，對天道闡釋嘗試的概況。

第一章　宗教的屈從
——杜光庭道教小說《錄異記》之聖俗分判及其世俗化傾向

第一節　引　言

或鑒於道教編纂仙傳的既有傳統與回應佛教應驗的傳教威脅，唐末道教領袖杜光庭（850-933）在造作道書之外，亦續寫神仙傳記與編成道教應驗等多種的道教小說，除消極回應有唐一代佛教應驗錄盛傳的威脅外，亦有著積極向道門之外說解及推銷道教義理的功能。這些體例有別的杜氏道教小說著作中，《錄異記》可視作其中的異數：就敘事手法及命意而言，乃遠祧六朝志怪的體例，以直筆記錄下民間傳說既有的樣貌和內容，與標榜宗教目的與使命的仙傳及應驗錄有所不同。❶這意味著經由杜氏選汰入書的傳說或新聞，

❶ 六朝志怪小說具有寫實的意味，於六朝已視作「史」類，迄《隋志》仍繫於雜史之下，由此便見一斑。就內容以觀，六朝志怪以收集超自然現象為大

依其理路所組構起整個世界的樣貌、物理變化的基礎甚而人生未來的歸趨，必然合乎民間的預想，且能證成至少不致悖離道教的主要義理。或因著此書並非像其他道教小說直接闡述道教的真實和神聖，在今日多用撰文宗旨劃分道教小說類別下，不易尋得合適的門類，❷相反地也由此突顯此書在道教小說中確實具有特殊的作用與功能。由《錄異記》的書名觀察，杜氏對於「異」的界定，雖亦指稱人們得見卻無法以既有知識去解釋的事件或現象，❸但卻也可就

宗，除記錄神話與傳說外，頗記當時的異聞；亦因著有「記實」的記事態度，令體製則大抵結構單純，行文簡短無枝蔓，又常交代出處。上述六朝志怪內容與體製的特點，為後世志怪所承繼，《錄異記》本是其裔族，也不例外。按六朝已有佛教應驗錄，佛徒視為「實錄」，但在撰寫命意上實有鞏固信仰及對外宣教的宗教使命，與其他六朝志怪作品有別。此亦是傅飛嵐於歸納《錄異記》文體類別時，劃於神怪文學中志怪類的原由。以上對六朝志怪小說特點描述，據王國良：《魏晉南北朝志怪小說研究》（臺北：文史哲出版社，1984 年），頁 7，75-82；另參傅飛嵐（Verellen, Franciscus）：〈蜀——杜光庭「錄異記」裡的聖地〉，收於林富士、傅飛嵐主編：《遺迹崇拜與聖者崇拜：中國聖者傳記與地域史的材料》（臺北：允晨出版社，2001 年），頁 300-301。

❷ 今日學者多用宗教功能判別道教小說，復尋繹是書的撰寫主旨與目的，作為分類的基礎。若黃勇即依此分道教小說為「濟世體道」、「修道體道」、「游仙體道」、「謫仙體道」和「輔教體道」五類，然按照各類的標目與定義，《錄異記》卻無法尋得適合的類別，此書的特殊，由此略見。引參黃勇：《道教筆記小說研究》（成都：四川大學出版社，2007 年）。

❸ 《錄異記》對「異」的界說，其實即志怪小說的主要精神。莫宜佳指出：「『異』這一概念應成為我們在中國短篇小說的浩瀚大海上航行的指南針。中國古代短篇小說可定義為：跨越通往『異』的疆界。有關奇異、鬼怪、非常、不凡的形象和事件的描寫是它的中心概念。」已清楚地點明記『異』本是志怪小說的撰寫命意及文體特質。引見莫宜佳（Monika Motsch）著，韋凌

此去含括同樣不能揆諸常理又未能眼見的道教傳說與應驗，將它們視作屬乎日常所見異事中的一類，以逆向思考建立道教故事或然可信及真實的思維基礎。故杜氏必以順從已深植民心的思維為法式，去融攝道教理論中與俗世交疊的空間和事物，從中證明此時期道教所營構出世界圖像的真實性。此世界的樣貌與運行的原理，也必然折衷人世規範和傳統思維的取材和解讀，當可視作道教欲統合世俗及向其靠攏的標誌。職故，本章以杜光庭《錄異記》作為研究對象，分析是書在不改變及拆解存續於民間及書籍裏傳說的完整性，且兼顧世間既有的思維和道教發展出的義理等條件下，所開展出的思維基礎與進路，從中抽繹出杜氏所欲就此建立道教的空間觀、物理觀甚而人生觀，推得是書的宗教目的與文體特質。藉此研議，除了可對處於道教義理轉折的唐末提供另一個觀察角度，對於道教小說此一文類的意涵與功能，當可作出更深入與明確的分析與界定。

第二節　重新詮釋：肯定既有世界的價值與意義

作者杜光庭，字賓聖，又作聖賓、賓至，號東瀛子，自稱天台華頂羽人，乃上清道士，為唐末及五代「扶宗立教，天下第一」的道教領袖人物。❹除撰有多種道教理論專書外，也寫成多種若《道

譯：《中國中短篇敘事文學史》（上海：華東師範大學出版社，2008 年），頁 5。

❹ 關於杜光庭的生平已見學界多有記述，且考論皆甚詳盡，不復煩引原典。本文主要參考孫亦平：《杜光庭評傳》（南京：南京大學出版社，2005 年）中

教靈驗記》、《墉城集仙錄》、《神仙感遇傳》、《仙傳拾遺》及《道教靈驗記》等道教小說，《錄異記》即預其一。《崇文總目》始著錄此書，題作十卷，《宋史·藝文志》亦同，不過《道藏目錄》已作八卷，今傳諸本應皆由《道藏》本一系而出，為八卷本，與目錄有兩卷之別。今人李劍國已由《太平廣記》、《類說》等檢得《錄異記》佚文二十八則，可知今本確非完書，也由此獲知此書於宋代尚有十卷；❺惟今所見八卷本乃出於《道藏》，據《道藏》收錄道書或予刪削、然收錄文字與存留篇目在次序及內容不予更動的方式以觀，八卷本皆存有杜光庭自序，且今存分目始於〈仙〉類而止於〈墓〉，其中廁入人物、異事、異物及異地等類別，已包賅天地間事，也暗合道教對個人生命上至升仙、至下死亡的抑貶觀點。況李氏所輯佚文內容，往往也可歸於已有的類目中，因而今雖存八卷，就類目而言，屬於杜氏原書所有外，也推得《道藏》概將各篇目下刪削若干條，而非直接刪去整個篇目和內容。故此，今雖已失兩卷，仍能反映原書概貌。是書的撰成時限，能由本書卷六記焰陽洞乃乾德三年（921）辛巳正月十六日，在對照乾德五年（923）杜氏辭官隱於青城山的史實推斷，❻乃完成於此二年間，當時杜光

〈生平事迹及著述〉一節的考述，另孫氏於書後所附〈杜光庭年譜〉也便於檢索杜氏生平。又上引文可見於宋·李太古集：《道門通教必用集·杜天師傳》（臺北：新文豐出版社，1985年），頁8。

❺ 參李劍國：《唐五代志怪傳奇敘錄》（天津：南開大學出版社，1998 年），頁1052-1054。

❻ 參清·吳任臣撰，徐敏霞、周瑩點校：《十國春秋》（北京：中華書局，1983年），頁674。

庭已七十四歲。今所見《錄異記》的版本除明《道藏》本外，尚得明・沈士龍、胡震享校《祕冊彙函》本、毛晉《津逮祕書》本、民國文明書局出版由王文濡編纂《說庫》石印本、上海古籍出版社印行《唐五代筆記小說大觀》點校本，皆為八卷，所收故事皆同，若再補入李劍國所輯佚文，應可復《錄異記》之舊。另有自八卷本節錄十六條的一卷本，係由重校《說郛》而來，無參考價值。

可知今所見《錄異記》在體例和內容上皆尚稱完整，自能反映杜光庭撰此書的命意及思維。就此書的篇章安排而言，是以道教的主要關懷——人對自我生命的安置及理解為主軸，復將人們所能接觸及聽聞的世界和事物再予系統分類，令本書呈現出具有價值高下判斷的倫序及思維。約而言之，可分由三項予以觀察：其一為人異類，用道教價值觀作為序列人物品類的基礎，故以仙人、異人、忠、孝、感應及異夢為序。毋論是能力、境遇和情感上的特異，適將人世中所能得見的「異」人予以籠絡；其次則是物異類：係以各種已被中華文化視為具靈性的動物甚至傳說生物，闡釋其特殊的特質，及不同於平常的變化；至末為異域類，對於特殊場域若靈地奇域，或已被視為個人生命歸所的墓地皆有陳介。❼此排序呈顯出是

---

❼ 關於《錄異記》類目的擬定及排序，羅爭鳴以為乃杜光庭刻意為之。他說：「僅據殘存八卷的《錄異記》，我們可以看出，全書基本上都是各類『異徵變化』故事，其中神仙變化置於第一卷，實際寓示著這類變化的級別和層次；其次人的感應故事；再次為鬼神變化，動植物的異徵變化，這類變化故事數量最多，處在整部書的最後幾卷，也即最底層。」已對《錄異記》卷目安排具有褒貶及品第的意涵，作出頗見理據和倫序的說明。只是此分法仍嫌過於籠統，若更細緻地由生命品類予以劃分，像人和動物、鬼神中又須再分層級，品類便有所差別，並非如羅氏所述般簡略及絕對。引文見羅爭鳴：

書是以人作為思考核心，肯定與提點著個人所能聽聞與接觸物件及空間的真實及意義，進而讓讀者體悟到自身當如何正確地對待己生命的嚴肅議題——一個合於道教內涵的說法。據此，由此書可細繹出其中對於人世理則的解讀，導引讀者重新調整自已對這世界原有的認知：

一、道的內容：社會秩序亦是天道的呈顯

《錄異記》記錄下各種安頓個人生命的個案，復以人世作為主要論述範圍。藉由人們所熟悉各類型生命方向的尋求，比較出正確／錯謬、應當／否定的人生態度與抉擇。此意味著《錄異記》看似客觀地排列出各類將己生命去服膺諸多行為準則的前例，讓讀者自己去完成比較的思考過程，實則杜氏已主導著讀者如何去認識傳統思維、佛教理論及民間信仰，就此去思索和實現個人存在的意義。以架構觀察，杜氏已將人世主要的行為規範置於卷三，即忠與孝，後附感應及異夢兩類，作為連結卷四所記為天庭管轄及被驅使的生命體即鬼神的關係。仙人、異人也按照道教對生命價值的觀點，放在卷首與卷二，以示層遞。可看出《錄異記》乃就傳統思維所認知的「實況」，去連結與重釋無法目視與實證的異聞。至於其方式，是以肯定世上已有的規範作為前提。若在卷二所存忠義事，僅記政府的表揚和民間的感念，未得仙人靈驗，惟孝行能得感通，所繫三事無不皆然。若載云：

《杜光庭道教小說研究》（成都：巴蜀書社，2005 年），頁 256-257。

> 資州人陰玄之，少習五經，尤精《左》、《史》。父歿廬墓，六時臨哭，常有溪龍山虎助其號聲。久之，亦有鬼神助哭。每夜常有二燈來照墓前，至明乃息。又丁母憂，廬墓凡六年，草庵破壞，終不再葺，處於土穴中，每患冷氣腰腳，聲音嘶嗄而講誦不倦。每謂人曰：「干名求講，非為己身，吾二親俱歿，祿不及養，何用名為？」竟不應舉，貧苦終身，八十餘而卒。[8]

陰玄之為一儒生，言行自是服膺孔教。父母卒時皆結廬守孝，守喪時表現出極度哀戚的情感，以致能感召動物甚而鬼神助哭。其中所陳言的天人感應本為漢時興起的舊題，係由玄之孝心真摯的特「異」，能感召天地力量的奇「異」。至於何以被眾人視作「異」事，在於此類事件並非習常發生——仍著眼在少有玄之至孝本質的個人，令人初睹時感到疑惑與驚奇。由此看來，若能體察萬物變遷之理，便能明白不能用常識理解的事件，其實也屬乎天地變化的常法。《錄異記》中類似的記錄，都可作為個人全然體現道德中至關重要的忠孝題目時，便能使天地感動而得回應的輔證，已將儒家中天人交感的重要觀念，納入在道教思維之中。換言之，杜氏承認社會中忠義與孝行存在的意義，付諸實踐亦屬正當，至於在實踐之後所能換得的報酬，杜氏亦作了真實又現實的解釋。卷二〈忠〉的門類裏，記錄下黃巢亂時多位官職高卑不同的忠臣守節不變事。若以

[8] 見五代．杜光庭：《錄異記》（上海：上海古籍出版社，2000 年），頁1522。

牛公叢、盧謙事為說，已能見杜氏收錄此類故事的原因：

> 光啟二年丙午正月一日壬午，河東兵士入京師。是時車駕已巡幸陳倉，諸侯奔問，相次而至。河東之師搜索都城，諸朝士於新昌井窨中得奉常牛公叢及甥侄三四人與軍將盧謙。將往河東，盧謙方有疾，舍於井畔而去。牛公既至河東，晉王承迎稟敬逾於師資，公亦以忠孝之道、君臣之禮諭之焉。朝廷故實、政理體要，晉王亦時訪之於公焉。是歲六月，僖宗幸褒梁，蕭遘、裴徹立襄王於長安，號曰監國。京輔左右洎江南河北，皆傳襄王教令，以懷撫之，或就加勛爵，或征督貢奉。亦使諫議大夫鄭合敬與中官賫教令官告，以入河東。牛公謂晉王曰：「傳聞聖上駐蹕陳倉，必恐南幸梁、洋。襄王之立，非得眾心，蓋蕭裴輩嫉閹尹持權，不欲扈衛南去，故有此立。有君在外，襄王之教非真命也。」晉王勃然，遂戮其使，焚其教令。月餘，道路阻絕，不復得知朝廷之信。牛公憂戚不懌，因之遘疾，晉王疊命醫藥，或躬詣所居，勸以飲食，不能致損。盧謙疾愈，自西京乞食開道，求公之信息，亦達河東。晉至嘉其誠節，授以右職，謂其左右將校曰：「事主勤盡有盧謙者，吾將脫衣以衣之，均食以食之，豈復惜爵重賞乎！」一旦，醫工忽謂牛公以行路謬傳之信云：「襄王正位，聖主升遐。」公失聲號呼，嘔血而絕，良久方蘇。自草遺表，懇陳晉王忠孝誠節，自言老病不得扈衛奔問，辭旨激切，覽者感動。公嗚咽涕泗移時，絕筆而薨。晉王驚痛者久之，斬醫工以謝焉。乃驛表俾盧謙奉於行在，

上聞於岐府，下詔褒美，贈牛公忠貞公，盧謙授滑州別駕。❾

此事記下光啟二年間事：朱玫等擁立襄王熅為帝，後僖宗籠絡王重榮及晉王李克用謊稱僖宗晏駕以聲討朱玫，玫後被部將所殺，襄王亦為王重榮所害。❿《錄異記》著眼在牛公叢對僖宗忠貞不二的情感之「異」，故收錄此事。就牛公而言，他以自己生命去服膺儒家的生命準則，可獲取僖宗下詔褒美與追贈謚號的「回報」，這是事實，也是常例。同為〈忠〉所記錄另外二則新聞，係賴《錄異記》能留下記錄，意涵也和上引故事相同。但上述人物皆留下儒家所重的身後令譽，卻在《錄異記》有意識排列出仙、異人、忠臣、孝子等有「利己」意涵的生命等次下，著實給予讀者無實質意義回報的觀感。相對於此，也道出《錄異記》係具體、完整地呈現各層次具正面意義的生命品第，及其當予遵守的規範內容。以儒家為主體的傳統道德觀，亦被納入具有高下分別的天道運作之中；於是，即令被道教劃歸在屬乎世俗的規範，亦屬於合理的存在。此詮釋方式已可迴避道教及儒家舊有入山修煉與克盡社會義務間的必然的衝突，以及情感抉擇上的兩難。

二、道的體現：既有世界乃是天意的實現

將已被道教視為必歸於毀滅或改變的社會制度與內容，重新看

---

❾ 見五代・杜光庭：《錄異記》，頁 1520-1521。

❿ 關於此事歷史背景的始末，可參王仲犖：《隋唐五代史》（上海：上海人民出版社，1995 年），頁 803-805。惟史載偽稱僖宗晏駕以討襄王稱帝，計出於李克用，杜氏所記則謂出於行人之謠傳，已有不同。

待成具有正面意義的存在，並置納入天道運作中，《錄異記》說明了現實社會的遷易和存有，皆維繫於上天既有的意志和機制中。令杜氏除了用道教價值觀排列人物和空間外，在敘事時尚且得進一步說明上天與社會甚至個人的關係，證成已存在的社會與環境，確然屬於上天意志執行的結果，構成更堅實的理論結構與宗教說帖。先就個人身處的環境而言，本屬於上天有意志的實現：

㈠肯定社會存在的意義

社會係由群居的個體遵循既定規範與模式分工，使其中個體賴以生存的有機體。此制度依照著居住在各區域人們先天的生存條件與之後形成的習慣而建構，亦依此客觀的環境修正與發展。因而社會乃為人類的生存而創發，它供應個人的物質需求，也安頓著其中個體的心理及情感。對人們而言，社會是客觀、真實又賴以生活具有重大意義的組織制度。然道教在講究個人當超脫於必然消亡的環境與形體時，使得教義中也多以消極甚而否定的態度解釋個人活動區域存在的意義，於六朝及唐代的道教小說已多有著墨。⓫就此而言，已與《錄異記》中的記述方式有所差別。杜氏多未評斷社會本身的價值，乃是聚焦在解釋它存在的原由。對於社會尤其政治實體的出現，可由以下記錄略見：

昌松瑞石文：初李襲譽為涼州刺史，奏昌松有瑞石，自然成

⓫ 六朝及唐代時多將凡世（社會）與仙境予以比對，將其看待成必然毀壞的象徵。詳論請參黃東陽：〈歲月易遷，常恐奄謝——唐五代仙境傳說中時間母題之傳及其命題〉，《新世紀宗教研究》，第 6 卷 4 期（2008 年 6 月），頁 54-60。

> 字，凡一百一十字。其略曰：「高皇海出兩字李九王八千太平天子李世民王千年太子治書燕山人士國主尚汪鍔獎文通千古大王五王七王十鳳毛才子武文貞觀昌大聖四方上下萬治忠孝為善。」敕禮部郎中柳逞馳驛檢覆不虛，并同所奏。⓬

瑞石所記文字，恐係挪借李氏建國時所遺留下的開國神話，以天授神權來說明自身起兵的正當性，再刻意使行文拗口，以弄玄虛。檢內容所指，實淺近而易懂：用直接、具體的文字呈現天意，道出政體的建立與社會的規範，皆出於上天的旨意及預定。⓭除了此類唐代甚為常見的天命故事被此書收錄，更存在著已和仙境福地舊說結合的新型：

⓬ 見五代・杜光庭：《錄異記》，頁 1547。另《錄異記》頗錄上天對當時政治直接指示的讖語，若卷二〈異人〉有長人向百姓的「苻氏應天受命，今當太平，外面者歸中而安泰」的讖語；另卷五〈異龜〉下記有高祖武德三年時得記「天下安，千萬日」六字的龜石；又蜀丁卯年有龜生出背上有金書「王」及「大吉」字的四龜；另《太平廣記》卷一百三十五〈金蝸牛〉記唐玄宗在藩邸時見蝸牛成「天子」字等，皆屬此類。引見宋・李昉編：《太平廣記》（北京：中華書局，2006 年），頁 972。復按此事也見於唐・段成式：《酉陽雜俎》前集卷之一（臺北：漢京文化事業公司，1983 年），頁 2，不過為睿宗，非玄宗，或為傳聞之異。

⓭ 唐時天命觀甚為普遍，甚而政權建立亦受天命所安排。李豐楙指出：「其實唐人之普遍表現其天命觀，不以論理方式出之，而形象化表達於筆記小說，屬於傳統天命、命定說的通俗化，借以解說人間世的諸般現象，代表民間社會的共同意識。」之後並舉唐時常用淺近的文字離合、歌謠來表現，與《錄異記》中多以天命作為政權建立的原由及表現的方式相合。引見李豐楙：〈唐人創業小說與道教圖讖傳說〉，收於李豐楙著：《六朝隋唐仙道小說研究》（臺北：臺灣學生書局，1997 年），頁 344-345。

> 蜀之山川是大福之地，久合為帝王之都。多是前代聖賢鎮壓岡源，穿絕地脈，致其遲晚。凡此去處，吾皆知之。又蜀字若去虫著金，正應金德久遠，王於西方，四方可服。汝當為我言之。⓮

文中乃記下黃齊遇一位預言若神的老人，代他傳達此段闡說政權更迭的理論和實況。其中所援用「政權建立乃承自天意」並雜入五行的觀念，本承自漢時已有的舊題，亦為唐代普遍表現的天命觀。差別在於《錄異記》已將道教洞天福地和人世予以環結，而非僅屬於個人修習道法的場域而已：然個人能賴此處所特有的靈氣修煉，求取事半功倍的果效，但此語乃透露著定都於大福又得金德處即能接掌上天的意旨，有視人間的政權，屬乎上天意志的延伸，適將宗教與政治的概念予以結合。政權與地域關係的建立，就再與已見於道教義理中宗教崇拜和地域結合的概念融合。故於《錄異記》中，也能發現以特定宗教區域即道觀和上天加以聯結的描寫。若卷一記有廬山九天使者托夢予唐玄宗欲於廬山西北置一下宮，上天已備有木石基址，惟尚需人工建築，後果然木石自來，玄宗便遣人置廟；同卷復記道士黎元興欲蓋觀宇，後夢神人引至仙人黃老君前，得其給予所需木材的承諾，後於萬歲池中也得大木而起道觀。上述兩則異聞的發生原由，前者乃肇自太上派遣天使監督血食之神，以免其妄作威福而傷害黎民，次則是回應道士的心願，塑黃老君像崇拜並作修煉處。這些緣於上天意志所建構起的建築，反應出道教對社會的

⓮ 見五代·杜光庭：《錄異記》，頁1516。

具體想法：一方面說明上天對社會、人群福祉有其責任，另一方面又在強調個人當用修煉以達自我救贖，皆用具有宗教內容的場域（道觀）加以連結。於是，政權乃為治理人民與維護社會秩序而存續，此權力的更迭出於上天的旨意；惟上天對於此政權的注意與控制，就須歸於對人民生活（社會福祉）及生命（超脫永生）的關懷。故社會的內容和其存續，皆具有正面的意義及價值。

㈡規範既有人生的內容

社會既是天意貫徹的結果，人們於其中的活動，含括參與或分享社會權力的原因、方式和可能，就可引伸出被上天所決定與控制的預想。對此，杜光庭已借用當時最為流行的命定觀，作為詮解的思維基礎：人的一生已被意志天所決定和操控，交付鬼神來執行。⓯《錄異記》中自可檢得從神鬼的口中探知個人未來功名的習見鄉談，此外，尚且擴展至記錄下人生的各類選擇：修道、習佛或仍選擇於人世中求取功業，實皆操之在上天之手。足見杜光庭對這唐代對人生最習常的想法，已有所發揮及開拓。就功名而言，本是文人關心的要事，若記曰：

⓯ 命運被上天決定且不受外在環境干預的「定命觀」，除與漢代流行的「三命說」有別外，復由闡述此概念之專書大凡出現在中晚唐的情形推斷，此思維的流行已入唐代。其運作的思維基礎，在於個人的命運乃被上天決定，並交付鬼神執行，《錄異記》頗記異人、仙者或鬼神預言事，乃此思維的反映。定命觀的發展、運作法式及意涵，詳可參黃東陽：〈由定命故事檢視唐代定命觀的建構原理〉，《新世紀宗教研究》，第 4 卷 3 期（2006 年 3 月），頁 149-166。

> （段文昌）又嘗佐太尉南康王韋皋為成都郵巡，忽失意，韋公逐之，使攝靈池尉。蒼惶受命，羸僮劣馬，奔追就縣，去靈池六七里，日已昏黑，路絕行人。忽有兩炬皆前引，更呼曰：「太尉來！」既及郭門，兩炬皆滅。⑯

人間任官尤其位高權重的職位受上天授意外，尚且派遣神鬼從旁助成。故上引段文昌雖暫時仕途有阻，然就全知的鬼神而言，已預知段文昌卒時得贈太尉官銜，並盱衡他將出任丞相又復出為節度使等重要的政治身份，自當保護他的人身安全，以免影響上天對他的預先安置。身處人世甚而能擔任要職皆在上天的意志裏，至於欲修道習真，或遁入空門，本來劃歸在操之於個人意志的選擇，相對於以求取仕途順遂的職志而言，便可以視作對自我生命的肯定與安置。就此來說，亦可依個人利祿及人生皆已命定的既有概念，將此置納在天意的決定範圍，此即杜光庭擴充舊有定命觀至宗教信仰的實例。卷二即記云：

> （李）生曰：「某受命於冥曹主，給一城內戶口逐日所用之水，今月限既畢，不可久住。……。」因曰：「人世用水不過日用三五升，過此極有減福折算，切宜慎之！」問其身後生計，生曰：「某妻聘執喪役夫姓王，某小男後當為僧，然其師在江南，二年外方至，名行成，未至間，且寄食觀中

⑯ 見五代·杜光庭：《錄異記》，頁 1526。又《玉泉子》亦載此事，文字大致相同，或為杜光庭所本。

> 也。」先生曰：「便令入道可乎？」生曰：「伊是僧材，不可為道，非人力所能遣，此并陰騭品定。」言訖，及晚告去。……初，先生以道經授之，經年不能記一紙，人之分定，信有之焉，果僧材也。⑰

此中道出個人生命所需若用水皆有定數，由上天差遣的鬼神所控制。文中的李生乃是掌管城中個人用水的冥吏，因豫其事，故能得知定命的規範內容。此事本為典型的定命故事，但又引申出個人被決定的人生，又與其秉質有關的概念——亦屬於天生命定，因此出家為僧、為道也與個人「天生」已被決定的資質有關。由此看來，看似出於個人意志的宗教選擇，其實是被上天所決定、安排，可從掌握並導引世上人生的冥吏，或是具探聽、干預天意的異人口中得知其中消息。杜光庭認為人生的境遇已於出生時已被決定，在人世中習見又看似出於個人意志的出仕、求佛、入道等不同生命抉擇，卻是道徒眼中具有人生境界和生命品類高下的評判，適將活動在社會的群體，置納在上天的預設之中。

㈢說解萬物流轉的原理

社會存續及更迭的原因，與活動其中個體生命的意義，皆非世人所能究詰，而被群眾歸於「異」事。然在杜光庭眼目看來卻是理當如此——因出於上天意志的決定。至於在解釋人為社會的內涵和個人自處之道外，人們身處物質世界的物理組構，亦須加以說解。《錄異記》於自序中已道出萬物變化的原則，而記云：

---

⑰　見五代・杜光庭：《錄異記》，頁 1514。

> 至於六經、圖緯、河洛之書，別著陰陽神變之事，吉凶兆朕之符，隨二氣而生，應五行而出，雖景星甘露，合璧連珠，嘉麥嘉禾，珍禽珍獸，神芝靈液，卿雲醴泉，異類為人，人為異類，皆數至而出，不得不生；數訖而化，不得不沒：亦由田鼠為鴽，野雞為蜃，雀化為蛤，鷹化為鳩，星精降而為賢臣，岳靈升而為良輔，今古所載，其徒實繁。⓲

可知杜光庭襲用陰陽五行災異的舊題，認為萬物皆由陰陽二氣所組構，且依照五行而生成，並具有人事吉凶的意涵。⓳因而人既然亦由氣所組成，自然和異物間並無絕對的區隔，在氣得到變化之下，物我的外形便由此而得到改變。此說與唐代認為個人係由魂（主要意識）和體（魄及外形）組成的集體意識並不衝突，因魂及體魄也為氣的集結，此概念也被此書所吸收。⓴此無新意的物理解釋，除能合於群眾對物理的看法外，對於塵世中能夠觀察到的一切，甚而特殊或令人驚異的人物、物件及天象，都可用因著一般人所無法理解與掌控「氣」的流轉來詮解，就可交代文中所列舉的龍、異虎、異

⓲ 見五代・杜光庭：《錄異記》，頁 1506。

⓳ 勞思光指出以五行作為宇宙萬物的元素，又用陰陽五行以釋人事吉凶，乃出於戰國騶衍；此一樸質的思想，於漢代至為流行，並支配漢儒思想。檢上引杜光庭所引述陰陽五行的理論，實全同於舊說，知杜氏所據即此。引見勞思光：《新編中國哲學史（二）》（臺北：三民書局，1980 年），頁 13。

⓴ 是書中亦記有人死後亡魂仍出沒於墓地的記載，足見杜光庭亦接受人死有魂的概念。至於唐人對於個人形體組成的看法，亦承繼先秦以降的氣化理論，將魂魄分繫於陰陽兩氣，請參黃東陽：〈唐人小說所反映之魂魄義〉，《新世紀宗教研究》，第 5 卷 4 期（2007 年 6 月），頁 1-30。

魚、異龜、異黿、異蛇等稀見生物存在的可能和原因，進一步詮釋著異人及山川仙境等存在的理論基礎。這些生物存在的意義及定位，本依照並比對個人的價值而決定。故若能傷人性命者如蛇、虎便摻入惡的意涵，龍、龜等傳統祥物自有善的色彩，或可依附於陰陽的善惡比對。人既為氣的組成也受其影響，成仙乃生命境界的提昇，等而下者也可能化作生物，再於其中寄寓道德的批評。在卷五所記錄人化為虎的孤例中，說明了人化成異物的原由：

> 吉陽治在涪州南，溯黔江三十里得之，有像設古碑猶在，物業甚多，人莫敢犯。涪州裨將藺庭雍妹因過化中，盜取常住物，因即迷路，數日之內，身變為虎。其前足之上銀纏、金釧，宛然猶存。每見鄉人隔樹與語云：「我盜化中之物，變身如此。」求見其母，托人為言之。每畏之，不敢往。虎來往郭外，經年漸去。㉑

人因竊取道觀財物而化成虎，與唐時風行人化為虎的故事類型有異：並非身被虎皮而立即變身為虎，㉒而是逐漸變化而成，令化為虎者的前足，尚能檢得所盜金銀飾品的痕跡，也成為犯罪的鐵證。

㉑ 見五代・杜光庭：《錄異記》，頁 1532。

㉒ 六朝志怪小說已有變虎的傳聞，惟多因氣變而致使。僅《異苑》所記鄭襲因受社公懲罰而變虎，與《錄異記》此則所記因罪責而化虎的原因相似，然仍用虎皮覆其身體而得變化，並非身體漸化成虎形；至於唐時受罰化虎的故事雖多，也多屬於身被虎皮後得以改變，與《異苑》所記相近，和《錄異記》所記內容及意義關係較遠。

此事乃聯繫起罪行和變化二者間的關係，道出個人行為背後的心性，足能導致氣的變化，其變化或有受到上天的引導而近於道教應驗，然令軀體因此改變，本基於人及物皆由氣所構成的物理觀點。另就生命位階的品第觀察，實將個人置於習見的生物之上。惟異物（尤其靈物）的生命層級，又凌駕在一般常人之上，當予尊重。在卷五記錄下誤食龍子者，被上天懲治的始末：

> 前進士崔道紀，及第後游江淮間，過酒醉甚，臥於客館中。其僕使井中汲水，有一魚隨桶上。僕者得之，以告道紀。道紀喜曰：「魚羹甚能醒酒，可速烹之。」既食良久，有黃衣使者自天而下，立於庭中，連呼道紀，使人執梃，宣敕曰：「崔道紀下土小民，敢殺龍子，官合至宰相，壽合至七十，并宜削除。」言訖升天而去。是夜道紀暴卒，年三十五。[23]

其中透露著人們所身處被視為絕對真實與實際的社會，不過是遼闊無垠宇宙之一隅，其地位亦若是。故崔道紀竟以此不足道的進士身份殺害井龍，干預了更高層次的生命，自被削減人於社會最重視的榮祿和年壽。是書說明了萬物皆由陰陽二氣所組成，也受五行的影響，個人的形體因為由氣所組成，就會因著氣的變異，令軀體產生改變。惟杜光庭告誡居住在人世且視其為真實的凡人，當知自己的生命定位，不可干擾心性以致氣有變異，變化成更低層次的生命形態，更不能對異物尤其靈物侵害其生命，否則便當受罰。此已採用

---

[23] 見五代·杜光庭：《錄異記》，頁 1536。

了眾人皆習知的氣化觀作為物理變化的原理，由此建立起具有層級高上的生命品類，藉此將活動在社會中的生命個體，作出具有價值高下的評斷和定位。

是知人們所賴以存續生命的社會，乃因著上天的許可與控制而存在及發展，諸項存在的禮法和道德內容則是屬於道的體現；至於個人於其中的活動毋論社會階級或宗教信仰的選擇，也劃在絕對權威天意的掌控範圍。此人們所熟知並視作真實的社會形態，仍屬乎未可詳知亦未能究詰「道」的部份體現，處於其中的個人，便可從《錄異記》中所建置的世界圖像，於其中尋繹出個人所身處社會的本質，和思索當下生命的意義，作為比對此書中所認定道教神聖人物及空間的基礎。換言之，《錄異記》中用「道」去容攝人世中現實物質及人為規範，甚而中華文化中所認定的命運即人生活動之規律，亦屬乎道的真實體現：道教的「道」，係一切實體物質和抽象概念的形成基礎。杜氏用正面態度肯定了群眾所認知和理解的現實社會，適能予人遵守既有的道德倫理、社會法制、俗成規範，亦依循道教理則的想法，那麼現實中社會的存在，自有來自上天賦與的意義及價值。至於其存在的意義，當與對照及突顯道教教義及地位有關。

第三節　比對觀照：表呈道教境界的正統及超越

杜光庭雖承認人們身處世界具有存在的意義和價值，然而僅視作個人於超脫之前賴以生存的環境，人仍當戮力於生命品類的提昇和超越，即修仙，以脫離這必然敗壞的社會。鑑於個人活動於人間，難以體察完整的超越空間和事物，《錄異記》敘事策略便不再若過往道教小說著墨於未可目見的天上宮闕和海上山中的仙境，以及傳說久遠且與人世隔絕的仙人，而是個人處於人間當下的所見所聞，營造出親切而具說服力的氛圍與說法，闡明道教於實際修煉時，已在人間有著足能目睹的成果與實證。因而，在人世建構起神聖的空間與形容已有小成的人物，為此書主要的敘事對象：

一、入世的神聖空間：由道教神聖空間概念延伸至世俗環境的建構

唐代沿續六朝以來的仙境說，並將仙境的概念理論化和系統化，容攝於道教的宇宙論中。所以人間與仙鄉有著實質的接壤地點，便是仙境遊歷諸多傳說的入口，甚至明指為道教中可以尋訪的靈山福地，與人間更為接近，盡褪原來的神秘色彩。故處於人間的個人，便可按照記錄予以尋找。《錄異記》自收錄著具有仙境氣象的地域，並於敘事中加以詮釋此處的特質及意義。但民間所傳講諸種具神秘色彩的區域，即使已被認定確為仙境，卻未必屬於道教既存的洞天福地系統。關於此，杜光庭已於卷六〈洞〉中予以收納，明確地認定屬於和人世不同的場域：

> 長安富平縣北定陵後通關鄉，入谷二十餘里，有二洞：一名東女學，一名西女學。……（西女學）其洞門時有人，秉燭可入，行一二十里，兩面有五門，皆各有題記，或通蓬萊及諸仙境。……由是鄉里多隱避蹤跡，難於尋訪。山上有仙人

斗聖，蹤跡極多。

繁陽山麻姑洞，即二十四化之第一陽平之別名也。在繁水之陽，因以為名。……其山據諸鄉帳生張贇等狀稱：繁陽是古跡山，每准敕祭祀，其洞亦是元有，往往閉塞。……其洞本名麻姑洞，山側有麻姑宅基，蓋修道之所也。

壬子歲七月十三日，青城鬼城山因滯雨崖崩，暴水大至，在丈人觀後，高百餘丈。殿當其下，將憂催壞。俄有墜石如岸，堰水向東，竟免漂陷。觀中常汲溪水以供日食，甚以為勞。自此暴水出處，常有流泉直注廚內，其味甘香，冬夏不絕。㉔

上引前兩則皆有隔絕凡世與仙人聚居的特質，為典型的仙境敘事，但僅有第二則是已被正式收入道教仙境體系的靈山福地。杜光庭師承司馬承禎所撰成的《洞天福地嶽瀆名山記》已記云：「陽平化，五行金，節寒露，上應角宿，甲子、甲寅、甲戌人屬。上化彭州九隴縣界四十里。下化新都界四里。翟仙業、張衡白日上升。」又云：「麻姑山，丹霞洞天，一百五十里，在撫州南城縣，麻姑上升。」㉕麻姑是道教著名的神仙，晉時已名列葛洪《神仙傳》中，㉖令唐

㉔ 三段分別節引自五代・杜光庭：《錄異記》，頁 1538、1539、1541。

㉕ 引見五代・杜光庭撰，王純五譯注：《洞天福地嶽瀆名山記全譯》（貴陽：貴州人民出版社，1999 年），頁 93、55。

代已將她傳說中修煉及升仙處視作仙境，所以第二則即或採自民間，卻得以與道書內容相對，可視作道教洞天福地系統說的注解；然首則的地點卻不能在道書中檢得。對照《錄異記》所記名山福地多不見於道書之中，就可得見杜光庭乃採取概括性承認的態度和方式，收納著各類被民眾視作仙境的地域。在統整已被視作仙境的傳說外，杜氏也沿續並結合修煉成功者修道處為仙境及洞天福地的兩項概念，生成第三類的道教聖地：道徒修煉處和道觀，亦即第三則的主要特色。要之道徒當以選擇上天靈氣所鍾的地點即洞天福地為修煉處，以求修習道法得事半功倍的果效，此即前文已述及仙人在未成仙前的修煉處，往往被視作洞天福地的原因——已有修煉成功者，可證成修煉處確為福地。在《錄異記》中，也不乏將道士的修煉處予以神秘化的記錄，其理亦同。故道觀建地的擇選，自然也務求建於名山福地，或者能逆向地證明建地屬於上天所鍾處。是則所記丈人觀的建置，或有考量地點對於修煉上的助益，不過此故事所強調者在於上天對於此觀的護佑，將原本屬乎災難將至的暴水，轉變成自流入廚中甘美的用水，誠為道教應驗故事之一例。它證成道教理論的真實外，當也暗示著原以為屬於世俗建置的道觀，也應視作神聖的區域。

此推想可由《錄異記》另外兩則記錄中得到印證：卷一記下了九天采訪的天使於開元中託夢予唐玄宗，上天欲已備好木石基址於廬山建置下宮，後玄宗果於山的西北發現地基和建材，依上天指示

㉖ 見晉·葛洪：《神仙傳》（臺北：自由出版社，1989 年），頁 96-97；另麻姑亦現身在於〈王遠〉的傳記中。

建成「門殿廊宇之基，自然化出，非人版築。常有五色神光，照燭廟所，常如晝日」㉗的異象；同卷所記黎元所建道觀之所需，也出於上天的指示及賜與。道觀出於上天的意志，包括了建築的本質、形制和淵源，合乎神聖空間的定義：係為人類學家統合出人類信仰中對空間的既定模式及想法，用來標識與界特定區域為「神聖空間」，在此空間中從事宗教活動，而此處正合乎複制神聖空間的手續及思維。㉘由此看來，杜光庭有意識地延展洞天福地的神聖特質至道觀中，一方面認定此處確為道士的修煉處，以說解道士的生命品類與他人不同，另一方面亦為宣揚教義的主要處所，便可視為傳達天意的人間窗口，達到提升道觀在世界位階的目的。杜光庭已就人們耳目所知的範圍，貼合著社會上共同承認的地理觀念及對道教名山福地的看法，㉙就此排比出具有神聖高下次序的區域：與人間

㉗ 見五代・杜光庭：《錄異記》，頁 1508。

㉘ 此說乃用伊利亞德的觀點。他指出「神聖空間」係指標識出原始神顯的地方，此處能切斷與周圍世俗的聯繫，故為神聖，此空間的神聖源頭，來自於祝聖此地的神顯具有永恒本性，而此空間成為「力量和神聖的永不枯竭的源泉，使得人類只要進入這個空間就能分有那種力量，就能夠和神聖相互交流」，且於此所建立起初始構造的原型，「這個原型隨著以後每一個新祭壇、神廟或者聖所的建立而被無數次複製」，顯與杜光庭所欲建立起神聖空間的概念相合。詳參伊利亞德（Mircea Eliade）著，晏可佳、姚蓓琴譯：《神聖的存在：比較宗教的範型》（桂林：廣西師範大學出版社，2008年），頁 3。另黃東陽：〈葛洪「神仙傳」所建構之神聖空間及其進入之法式〉，《新世紀宗教研究》第 9 卷 1 期（2010 年 9 月），頁 167-190 已闢有專節討論神聖空間的原理及意義可參看，此不復贅述。

㉙ 杜光庭對道教名山福地的定義雖承司馬承禎而來，在本質上有其差別。雷聞指出杜光庭對於已有的洞天諸說，重新以中國作為核心，並依從國家祭祀建

接壤的仙境、道徒修煉所（道觀）和人世三種區域，甚至在人世中特為人死後的葬地設立專類，提示著人必物故不容置辯的鐵律，足能建立世人所能接觸、獲知、熟悉以致於足能理解又具示警作用的道教世界。

二、人物的高下劃分：從社會中俗流與異人推知道士及神仙的地位

人世中於百業之外所能得見的「異人」，除了前文已交代在社會中表現出行為中的情感特異外，尚指能探知或者足能掌握神秘力量的個體。此類聲稱具備人們所畏懼和興趣力量的人物，成為《錄異記》主要也意欲規範和定義的類別。就社會中人們所表現出的特異來說，在「利己」的思維基礎上，便可清楚地比較出道教維護己生命既有利益的思維，確然勝過「利他」儒家為核心思考的傳統觀感。㉚因而杜光庭所欲表陳人物品類的層遞，不在於實踐儒教規範類型的異人，而是具有宗教或神秘色彩的個體。依此來定義個人生命的本質和層次，作為判別「異」的標準，由之概可分成三類：

立出「深深打上國家觀念與權威的烙印」的洞天福地說，並使得「國家祭祀在很大程度上貼近了民間社會」，對於杜光庭新的「道教世界」觀頗有深解，今對照《錄異記》中對於洞天福地的說解，也多與雷聞所述相合，此書在地理的解讀，深染入世色彩。引文參雷聞：〈五岳真君與唐代國家祭祀〉，收於榮新江主編：《唐代宗教信仰與社會》（上海：上海辭書出版社，2003 年），頁 35-83。

㉚ 狄百瑞（Wm. Theodore de Bary）著，黃水嬰譯：《儒家的困境》（北京：北京大學出版社，2009 年），頁 59。

㈠有能者：得到部份神秘力量的異人

社會中從事習常職業且佔多數的個體就被歸於「常人」，之外多分在「異人」，作為區隔族群的基礎。擁有常識係謂前述常人的集體意識之外的知識，甚至因而具備與常識相違的能力時，便可證成此人的特異，進而說明其資質和當下的狀態，係已超拔於凡人之上。故外在言行特異的難易高下，成為判定和解讀異人品類尊卑的主要依據。以下節引兩則被杜光庭劃歸在「異人」類下的品類，前者乃可預見個人命運的休咎，後者則是能識世上的異物，由此可知被引錄的主因：

……翁曰：「……然三人皆節度使，某何敢不祇奉耶？」（李）業曰：「三人之中一人行官耳，言之過矣。」翁曰：「行官領節鉞在兵馬使之前，秀才節制在兵馬使之後。然秀才五節鉞，勉自愛也。」既數年，不第，業從戎幕。明年，楊鎮為仇士良開府擢用，累職至軍使，除涇州節度使；李與鎮同時為軍使，領邠州節度；業以党項功，除振武邠涇凡五鎮旄鉞。一如老翁之言。

宣州節使趙鍠，額上亦有肉隱起，時人疑其有珠。既為淮南，攻奪其郡縣，鍠為亂兵所害。有卒訪其首級，剖額得珠而去。貨與商胡，胡云：「此人珠既死矣，不可復用。」乃售與塑畫之人為佛珠而已。[31]

---

[31] 分別節引見五代．杜光庭：《錄異記》，頁 1515、1518。又有關胡人識寶者

首則所記的老翁預言三人得官次序及品秩未差分毫，雖非鬼神，卻擁有探知神鬼工作內容的力量；次則乃唐時頗流行的典型「胡人識寶」故事，胡商能知悉「人珠」的功能和特質。㉜上引二事，對映著人世重視的內容：功名（權力）及寶物（金錢），能使個人在社會中維持己身生命存續及品質的依據和要件。但這些世人所重視亦不易求得的能力內容，卻是可經由學習及經驗得到的技術，尤其胡商得以識寶的概念生成，更是基於他們已給予人們遊歷四方、累積經驗以尋求變賣貨物的既成印象，此類人物的特異不過是見識廣博的經驗積累。由此以觀，屬乎預視關於個人前途及辨識人世物類的才能，因著能力僅限囿在獲取凡世權力及財物的消息，反映在異人自身的資質而言，品類自然不高，惟仍超拔於眾人之上，仍當予以重視。

㈡有道者：雖入道門尚未成功的道徒

活動於社會上確然達到令人驚異其能力的人物，杜光庭採取肯定其本質特異的態度。這些皆限制在獲悉有限未知能力的人物，在比照書中所記已進入道門的修煉者後，得見其中的區隔和高下。尤

尚可於〈異以人〉下得胡商以計取胡氏第五子的人珠，所指識寶人物及寶物的內容與上引同。

㉜ 唐代始興及流行的「胡人識寶」故事，其概念本沿續自六朝的「博識人物」，雖具有商業且又現實的氣息，卻不能掩抑胡人本身所具備的神秘特質，保留著六朝時博識人物的部份特徵，此即《錄異記》對此人物所欲維繫和承繼的主要特色。關於「胡人識寶」的歷史發展及人物類型，分參程薔：《驪龍之珠的誘惑——民間敘事寶物主題探索》（北京：學苑出版社，2003年），頁 101 及王國良：〈唐代胡人識寶藏寶傳說〉，收於中國古典文學研究會主編：《文學與社會》（臺北：臺灣學生書局，1990 年），頁 27-52。

其已名列仙籍在未升仙前所擁有的能力，更有著與仙人相況的品格和法力，已令地方人士及生物甚而神靈敬畏。下引兩則，前者乃升仙前的道士生活，後一則乃記有道者的日常活動，皆見其特異：

> 吉州東山有觀焉，隔贛江去州六十里。咸通中，有楊尊師居焉。師有道術，能飛符救人。觀側有三井，一井出鹽，一井出茶，一井出豉。每有所闕，師令取之，皆得食之，能療眾疾。師得道之後，取之，無復得矣。

> 景知果，亦有道者也。居竇垂山，與虎豹同處，馴之如家犬焉。鴉數隻集其肩臂之上，鳴戲為常。又有巨蛇時出，知果叱而遣之，蜿蜒而去。虎三數頭，於庭中月夜交搏騰踏既甚。知果怒持白梃擊之，遂散去。知果於觀側薙草，兔臥草中不驚。手移於他處如貓犬耳。其狎異類也如此。一旦失所之。㉝

楊尊師除能賴法術以供養自身，更具有飛符救人的濟世本事；景知果也能和被視作害人的惡獸，及易受驚怕的動物，與其自然互動，

㉝　分別引自五代·杜光庭：《錄異記》，頁 1518-1519、1515。另卷二記任三郎預言王郜禍福果得驗事（頁 1515-1516），及《太平廣記》卷八十六〈黃萬祐〉事引《錄異記》乃記修道者黃萬祐於壁間題蜀王建之預言，後果應驗事，前者言個人休咎，後則預知國家未來，行事皆近於仙人。是知杜氏於此書中，是將有道者形塑成神仙形象。引見宋·李昉編：《太平廣記》，頁 558。

甚而加以教化。從中透顯出進入道門且有小成的修煉者，生命本質已近於自然外，尚得操控人們所驚懼的物類若虎豹毒蛇，進而妖魅神靈，也可用道術救濟常人。此類即使尚未真正得道，以致仍於人世或在福地、道觀修鍊的道士，於獲悉生命秘訣及體察與自然同在的過程中，也能逐漸轉變與人世的主客關係，學習成為掌控萬物，供其差使的主人；也依此概念，對待和幫助身處於此必然趨向變動和毀壞循環世界中的人們。就此已能建立超越於世上眾人的超人形象，掌握著時空，成為真理的傳授者，與力量的擁有者。

㈢修道成功者：已成仙的全知全能者

入唐以來諸多和仙人互動的傳說，仍以君主、具仙骨者或道徒為大宗，給予群眾人世間本不易有著和神仙實際互動的既有想法。使得以依從與選擇群眾思維《錄異記》所記錄的仙眾，係以神仙主動入夢和個人遙望仙眾的記錄為主，前者乃宣達上天旨意，後者乃遊歷於人間的地仙，少有實際接觸或偶遇的敘事。以下節引習見於書中的仙人現身方式，予以說明：

> 永平四年甲戌，利州刺史王承賞奏：深渡西，入山二十里道長山楊謨洞在峭壁之中，上下懸險，人所不到。洞中元有神仙，或三人，或五人，服飾黃紫，往往出見。

> 思州大江之側，崖壁萬仞，高處有洞門，中有神仙。

> 盧山九天使者，開元中，皇帝夢神仙羽衛，千乘萬騎，集於

空中。[34]

前兩則皆為凡人遙望仙人，後者則是神人入夢，皆和凡人維持相當的距離。此類未得與人們互動的仙人，殊乏對其本質和能力的具體解說，卻可藉著存在於凡人及凡世難以跨越而接觸的鴻溝中，得到仙人屬於超越存在的印象。其中杜氏更用對照為法，將仙人與前述未若神仙超越的異能者、有道的修煉者相較，無論是楊尊師的飛符救人，憑空得物，或景知果與萬物和諧，驅責猛獸，雖皆非已得仙體的有道者，仍皆有著解除個人時空的限囿及苦難，與無畏於死亡威脅的特質，具備洞悉生命的智慧與解決問題的力量，由此便可推得與及知悉已凌越在有道者的得道者——仙人，一種世人所無法理解和習見的生命形態，惟在智慧及力量上更超越於人們習知的有道者，故對於凡人而言，係近於全知全能的個體。而此印象，亦由群眾所能接觸和認識異人、有道者的能力及資質形塑下，漸近式地推得及認知仙人的超越，建立起似可驗證又頗為親切的仙人形貌。

三、宗教的宣教功能：足能發揮爭取社會群體之肯定與認同的作用

無論從空間概念的建構，或人物品類的說明，杜光庭在《錄異記》中皆以社會作為論述的背景和基礎，極少援用正統道教理論來說明其中所記錄的異人及異事。其撰寫的原由自與杜氏所撰其他道教小說有其差異。若以此書的寫作目的而言，已用正面肯定的態度

[34] 分別節引見五代．杜光庭：《錄異記》，頁 1510、1507。

回應政府立場和群體意識，以期能收傳道的實際果效及利益。就社會群體思維而言，在不違背眾人觀感下方便展示道教的現實意義與作用：

㈠順應群體意識，由肯定文化傳統來突顯道教地位

眾人共同承認的規範，主要含括著以儒家為主的道德意識，以及不成文的傳統信仰。前者多出於智識及理性具社會性的概念，後者屬於感性和非理性傳統的思緒，兩者皆是杜光庭遵循又欲超越的對象。承前述，《錄異記》承認了既有社會和規範存在的意義，看待為天意的完成，又依循群體意識來構築神仙（含入道者）及仙處（含修煉處及道觀）的主要內容，目的即在於使群眾明白其所接觸的一切：由凡世上的俗人，略具特異的個人、修道者與常見的道觀，[35]推求未可目見神仙和仙境，所具有超脫和不可想像的特質。換言之，將一切人們所熟悉的環境和各類社會階層，評定其價值皆在神仙及仙境之下。在少見的說明中，已再透露出此撰文的意圖。故記

[35] 道教在佛教出家制度的影響和刺激下，亦形成與佛教相同的出家制度，以配合政府的「道僧格」，使得道士的修所道觀，成為世俗中習見的場所。李豐楙說道：「道教在唐代完成了出家制，這是在家制道士以靖治為主深入村落共同體之外，另一種被制度化的修道生活。」（參李豐楙：《憂與遊：六朝隋唐遊仙詩論集》（臺北：臺灣學生書局，1996 年），頁 18。）換言之，道觀的建制便不能遠離人跡，方能支持道觀的支出，及維繫出家者的人數；由此，也令道觀乃唐時人們所習知和活動的地點，於文學作品中習見。孫昌武云：「唐許多文人以宮觀為題材來寫詩，是因為隨著道在知識階層的發展、普及，這已是他們生活內容的一部份。」（引見孫昌武：《道教與唐代文學》（北京：人民文學出版社，2001 年），頁 359。）道出文人將生活中的場景，寫入作品中，適見道觀此一空間在唐代建置的普遍。

云：

（胡恬）嘗誡處謙曰：「吾之所學，為身也，非以為人。以子純孝恭謹，故以相教，欲豐終身之給。黃白之術，吾欲言之，足以速子之禍。夫子之命矣，非所惜也。勿以知數而夸誕，輕言以取患。夫人資五氣而生有升降，陰陽有盛衰，五星有逆順，年命有吉凶；然積善者貽福，積惡者貽殃，視其所履，災沴可知耳。苟善之不修，非禳請所及也。」

鬼谷先生者，古之真仙也。云姓王氏，自軒轅之代歷於商周，隨老君西化流沙，洎周末復還中國，居漢濱鬼谷山。受道弟子百餘人，惟張儀，蘇秦不慕神仙，好縱橫之術。……偉哉先生，玄覽遐鑒，興亡皎然。二子不能抑志退身，甘蓼蟲之樂，棲竹葦之巢，自掇泯滅，悲夫痛哉！[36]

---

[36] 見五代・杜光庭：《錄異記》，頁 1519、1507。按墨子昇仙事，亦已見於晉・葛洪《神仙傳》中。惟杜光庭所記，出自《鬼谷先生書》，見梁・殷芸《小說》引，內容相同。余嘉錫即於〈殷芸小說輯證〉此條下考云：「原注：出《鬼谷先生書》。《續談助》。《說郛》。案：《鬼谷先生書》，《隋志》不著錄，《藝文類聚》三十六引袁淑《真隱傳》曰：『鬼谷先生，不知何許人也，隱居韜智，居鬼谷山，因以為稱。蘇秦張儀師之，遂立功名。先生遺書責之』云云。然止節錄河邊之樹、嵩岱之松栢二節，《御覽》五百一十所引尤略。孫星衍據《類聚》收入《續古文苑》七，嚴可均輯《全上古三代文》既據《真隱傳》錄其文，又從杜光庭《錄異記》得其全篇及張儀答書，載入卷八及卷十一，然其文仍有刪節，又誤將光庭敘事之語，并作

修道有成的胡恬說出道教與儒教間最重要的區別：道教為一己，儒家為社會。為國家和眾人奉獻為中華文化最是稱許的德行，卻在側重個人生命權益的道教計算下，顯得無益及無謂。此中並未否定此德行的意義，卻靈巧地置納入陰陽五行以釋個人形體必趨敗壞，又順著積善能有餘慶的概念強調兩下的價值和意義；於是在鬼谷子和其弟子張儀、蘇秦的再次比對中，已肯定鬼谷子「有道」及「成仙」而得到肉身永遠長存生命形態的價值觀，再道出個人必然物故與時代當然變遷的鐵則，自予人修道為先，投身於社會為次的感受，儒道的高下，亦由此而立判。

利己的價值觀得以建立，復以此觀點吸收了民間文化的內涵。若人死為鬼，物老成魅，就應視為干擾個人權利的不安因素，在當時敬畏與利用結合的信仰態度下，[37]有道者便能驅策神靈，用以控制或制伏鬼魅之屬，何況已得至道超越任何生命層次的神仙，更擺脫世上實質和不能目見的困擾。由此以說服群眾利己生命觀的正確無訛，以及仙人存在的真實可信。

㈡建立道教應驗，意欲取代佛教思維的影響及地位

然仙人畢竟屬於求取個人生命不朽的「利己」宗教，況求取成

張儀之文，蓋皆未見《續談助》及《說郛》也。」由余氏的考論可知《錄異記》所錄亦非自我作古，乃本於《鬼谷先生書》，至於袁淑《真隱傳》，所記為同事，亦可見此事於六朝已甚流傳。引見余嘉錫：〈殷芸小說輯證〉，收於余嘉錫：《余嘉錫論學雜著》（北京：中華書局，1963 年），頁 298。

[37] 唐代的神靈觀念乃承繼於原始信仰的內容，惟已生成敬畏和利用的態度，為此時的特徵。詳說參程薔，董乃斌：《唐帝國的精神文明——民俗與文學》（北京：中國社會科學出版社，1996 年），頁 435-446。

仙尚有先天（仙骨）及後天（至誠修道）的兩項充要條件，對於信徒而言，未免有著難以實現和與己無干情感及理性上的隔閡，自對傳教有著負面的影響。在《錄異記》中已針對這道教先天的宣教缺陷予以處理：除時有點撥僧人在稟質和修為上未若道徒的看法外，尚援用佛教應驗錄的手法，告知群眾道教亦有靈驗，以對抗甚至意欲取代在唐代極興的外來宗教——佛教。下引三則靈異發生的癥結，依序分別為受道法的道徒、道經和仙人，或可與佛教三寶佛、法、僧的應驗相對：

> （朱播）既晝夜不寐，疲倦之極，忽如睡不睡，見七仙人列坐在前，才長五六寸，衣數冠服、眉目髭髮歷歷分明。……如是三五日，便能主持公事，祇對賓客，所疾全愈。因畫北斗七星真人供養焉。

> 夔州道士王法玄，舌大而長，呼文字不甚典切，常以為恨。因發願讀《道德經》，夢老君與翦其舌，覺而言詞輕利，精誦五千言，頗有徵驗。

> 廣都縣有盤古三郎廟，頗有靈應。……縣人楊知遇者，嘗受正一盟威籙。一夕醉甚，將還其家，路遠月黑，因廟門過，大呼曰：「余正一弟子也，酒醉月黑，無伴還家，願得神力示以歸路。」俄有一炬火自廟門出，前引之。比至其家二十餘里，雖狹橋細路略無蹉跌，火炬亦無見矣。鄉里之人尤驚

異之。[38]

朱播病篤，在一次半醒間見北斗七仙顯聖後病瘳，之後就虔誠地供奉；道士讀經咬字不清，立願便夢見老君親來剪舌，之後讀經便言詞輕利；至於最末則記下已授道法者能叫喚神靈代勞。上引三則與唐時最為流行的《金剛經》及觀世音應驗故事的類型相況：遇難得解脫、求告必回應和福報極廣大，合於佛教應驗錄主要以三寶感應為內容的傳統。[39]就道教來說，得肉身不死即其核心的價值及思維，令道教小說的撰寫必集中筆墨於說明仙人實有，可為神仙立傳記、行紀，亦可就群眾的觀點敘寫遇仙及誤入仙境的經歷。只是上引所欲證成的卻是個人若遇疑難，神仙即會親來的訊息，並說明道法的真實，將人們可能遭遇的現實災禍，留待仙人來處置和解決。換言之，杜光庭意欲建立道教的應驗記，以取代佛教獨為擅場救人災難的應驗錄。此推論可於對照杜氏尚撰有《道教靈驗記》後，得

---

[38] 分別節引見五代·杜光庭：《錄異記》，頁 1523、1516、1527。另外〈感應〉尚記有尹瓌病重夜夢神仙來救的新聞，情節單元同於上引朱播事，可作參照。

[39] 六朝迄唐代的感應錄多以禮敬或因輕慢三寶而有感應。劉亞丁有更細緻的說明，其言：「對佛教而言，感應現象往往是與三寶相關。三寶，指為佛教徒所尊敬供養之佛寶、法寶、僧寶這三寶，又作三尊。佛，乃指覺悟人生之真相，而能教導他人的佛教教主，或泛指一切諸佛；法，為根據佛陀所悟而向人宣說之教法；僧指修學教法之佛弟子集團。……在信佛教的人看來，禮敬或輕慢三寶都會招致某種感應，由此產生了大量的靈驗故事，記錄這些故事的文字就是靈驗記。」對照上引《錄異記》的感應作品，頗用仙、法、道士和佛教三寶相對，習法佛教的痕跡頗顯。引參劉亞丁：《佛教靈驗記研究——以晉唐為中心》（成都：巴蜀書社，2006 年），頁 2-3。

到驗證：是書同樣地採用與佛教應驗故事善惡有報的思維模式，僅將佛教置換成道教而已，故修建及維護道觀、神像或持念道經、接待神仙等具有尊崇道法意涵的作為能得善報，反之就得惡果。[40]只是《錄異記》中將此類道教靈驗雜廁於諸多新聞之中，更能夠給予眾人博採眾事，皆得道法應驗的印象，正是道教靈驗專冊所無法達到的功能。由此，將已超拔於人世的神仙，不再僅關注具有仙骨、修道至誠或將具有特殊貢獻的重要人士，而是定睛在神仙親自拯救遇到困苦與難題的尋常民眾，讓原本和世俗切割清楚的道教神聖空間和人物，於此書中再次交疊和聚首。

第四節　結　論

《錄異記》主要採集人們所習知的傳說和新聞，採取肯定態度接受世俗對既存世界的想法和價值，組構出與眾人思緒相合的世界樣貌、個人命運及物理原理，雖順從了文化中的集體意識，實已在其中重新以道教的眼光，安置與詮釋這些發生在社會中的特異事件，從中對空間及人物品類再予的排序及詮釋：

一、空間概念的建構：先視今存社會是天意貫徹的結果，但就其地位和價值而言，卻屬於至末：除將仙境舊有的神聖概念，定義成不特定區域且有已被視為仙境、福地甚而有道者的修鍊地，更將此概念推至道觀的建構和區域，讓地上形成了具有神聖判定及品類

[40] 有關於杜光庭《道教靈驗記》的內容及命意，請參黃東陽：《唐五代記異小說的文化闡釋》（臺北：秀威資訊科技公司，2007 年），頁 165-171。

高下的區域：由仙境延展至人間中道觀，最後方才是神聖空間外的群居社會。

二、人物品第的排序：用能力作為唯一的評斷標準，尋常可見具有特殊且屬於世俗需求能力的人士，可由練習和經驗累積而得，未若進入道門修法的道徒，因著知悉及掌控道法及萬物，便可處理各種心理疑難及外在禍患，依此概念就能推想出常人無法知悉和明白仙人生命的絕對與超越，形成了常人、有能者、有道者及仙人具高下分別的生命層次和類型。

足見杜光庭在此書中吸納和容攝主流的傳統價值，道出杜光庭欲在宣教上得到突破，就必須得向世俗觀念與價值靠攏的現實，嘗為唐代道教對人世尤其政治力量「屈服」的一例。[41]於是這折衷於世俗現實而撰成的《錄異記》，得到像紀昀「然光庭雖道士，而此書所述實無與於道家」[42]的評論，便不令人感到意外了。復就道教小說的發展以觀，《錄異記》回復至六朝志怪的撰寫體例，貼合著

---

[41] 唐代道教逐漸向世俗靠攏的歷史過程，葛兆光用「屈服」予以形容。他指出：「我所謂的『屈服』，正是這樣一個逐漸立宗教神聖而與世俗剝離的過程，在這一歷史過程中，道教尤其是上層道教人士逐漸放棄了它在世俗生活中可能導致與治權力衝突的領域，逐漸清除了可能違背主流意識形態和普遍倫理習慣的儀式和方法，逐漸遮蔽了那些來自巫覡祝宗的傳統取向。」道教義理趨向主流價值的發展，導因於減少道教在政治與社會層面的可能衝突。引見葛兆光：〈最終的屈服——開元天寶時期的道教〉，葛兆光著：《屈服史及其他：六朝隋唐道教的思想史研究》（北京：三聯書店，2003 年），頁 117。

[42] 見清·紀昀：《四庫全書總目·小說類存目二》（臺北：藝文印書館，1997 年），頁 2836。

唐代當時群體的意識，甚而吸收了佛教應驗錄的行文方式，在習用仙傳、遇仙及仙境遊歷等撰文體例的道教小說之外，另闢以志怪之體達到宣教成效的途徑，創立了道教小說的新體，亦是其中的異數。也由這道教小說的新嘗試，理解到必須將作者撰寫命意中的宗教意圖，視作評斷道教小說的要項。就此已對定義道教小說仍有爭議的今日，提供足能借鏡的例證和解說。

第二章　異變的天道
——解讀《歡喜冤家》於天道下對女性情欲的理解和安置方法

第一節　引　言

自宋儒指陳《詩經》中客觀存在著「淫詩」作品，負載著「以淫止淫」的教化作用和使命，自然地亦揭示著單純男女情愛的描寫，亦有助於聖道的發揚與維繫。但自明中葉後，豔情小說的作者們先後援用「以淫止淫」一詞，作為從事色慾撰寫是合乎聖道的理據，令原本歸屬於經學的研議，竟轉變成鐫刻淫書的口實。❶不可諱言，豔情小說雖有像《金瓶梅》意在言外的隱喻作品，卻實屬鳳毛麟角，大凡仍以男性的視角，著力於交歡時女性欣悅反應的描

❶ 自宋儒朱熹主「淫詩說」後，明以降豔情小說皆用此說主張淫書的「借鑒」作用，應當「善讀」。豔情小說的作者們認為若要「止淫」，只有「借淫」。詳論可參張祝平：〈明代艷情小說的發展和朱熹的淫詩說〉，《書目季刊》，第 30 卷第 2 期（1996 年 9 月），頁 55-70。

寫，在春宮圖像直接的眼目刺激外，提供具想象空間的小說商品，在不同體製下展現橫流的情欲。❷但人之大欲畢竟關乎傳宗接嗣的維繫，傳統禮教已規定在社會認可的婚姻禮制下，成為豔情小說得以引援宋儒解《詩》的核心原因。惟合法外的性欲追求，充滿不可預測的變數與冒險，雖然仍是父權主義的伸張，但其目的在於給予豔情小說主要讀者群的男性，遐想與刺激的精神場域，成為衛道人士垢病的社會產物。在豔情小說的作手下，各種觸及社會禁忌的內容，皆發生在他們筆下小說人物的身上，產生不同著墨的主題。小說主題因切入的角度不同，處理的素材各異，但作者皆須面對社會道德的批判，以及社會意識的影響，❸無可避免要針對關乎情欲的

---

❷ 明末關於色情的商品，可據沈德符的記載見其一斑：「此外有琢玉者，多舊製，有絨織者，新舊俱有之。閩人以象牙雕成，紅潤如生，幾遍天下，總不如畫之奇淫變幻也。……倭畫更精，又與唐仇（唐伯虎、仇實甫）不同。畫扇尤佳，余曾得一扇面，上寫兩人野合，有奮白刃馳往，又一挽臂阻之者，情狀如生，旋失去矣。」語氣習以為常，足見流行。荷籍漢學家高羅佩，更據文獻羅列「助淫器具」，色情氾濫，不言可喻。分見沈德符：《敝帚齋餘談》之「春畫」條，據1989年臺北新文豐影印望雪仙館巾箱本，高羅佩著、楊權譯：《祕戲圖考》（廣州：廣東人民出版社，1992年），頁135-159。

❸ 對此，崔勝洪曾對豔情小說創作者與社會關係予以觀察，並指陳：「社會的道德與性觀念是密切相聯的，性觀念本身就包含了道德的因素在其中，而道德也在嚴格制約著性觀念，這就在開放著的性觀念上戴了一個『緊箍咒』。社會道德是具有強的延續性的，即使當時的社會性觀念能寬容或包涵開放的個人的性觀念，那麼，作為個體，則絕不可能完全擺脫封建時代社會道德的陰影。」亦即豔情小說的作者在對情欲描寫時，便已意識到歷史遺傳及社會氛圍的禮教壓力，而必須予以回應，而這回應也必然是以道德思維來建構其內容。崔勝洪：〈論中國古代小說的性觀念〉，張國星編：《中國古代小說中的性描寫》（天津：百花文藝出版社，1993年），頁139-140。

部份作出道學式的評講，即便《肉蒲團》或《痴婆子傳》等專寫露骨野合的作品也不能例外，對縱欲者的言行深加譴責，用以肯定及說解豔情小說創作的合理及道德性。❹雖然大凡僅形式地在卷首或書尾加上作者官樣式的題跋，近於自我解嘲地迴避作品專寫色情的指責，亦反映豔情小說作者對禮教不得不屈服的窘境。署名西湖漁隱的《歡喜冤家》獨樹一幟地將命題扣緊著欲望與婚姻的相互衝突，而非公式化將犯色戒的女性置於「以色為戒」的大題目來虛應故事，針對女性情欲與禮教關係作正面回應與說明。就此而言，已與明末情欲滿紙的色情小說大異其趣了。本章的撰寫目的在於探論《歡喜冤家》的創作命意及觀點，察驗本書對女性情欲所作出的詮釋，如何調和情欲與禮教傳統的必然排擠。由其間手法的運用，可建構起《歡喜冤家》的情欲體系，深細地呈顯作者所體認的女性情欲內涵與本質，就此開發文學史裏視為末流的豔情小說，在反映庶民生活及社會倫常上，作為「社會文件」而言所擁有的研究價值。❺

---

❹ 豔情小說受社會道德壓力而做出評斷，往往與前文淫穢描寫形成十分突兀對比的現象，即鄭明娳所指出的：「他們必然會披上一些自以為莊尊的說辭，再進行性事和細部描繪。作者行文的語調以及嫖客導遊的姿態跟他前後冠冕的說詞，總是造成強烈的諷刺效果。」鄭明娳：〈古典小說的愛與慾〉，《聯合文學》，第 4 卷第 11 期（1988 年 9 月），頁 32。

❺ 小說尤其以當時為題材的作品最能反映當時的社會，韋勒克便說：「當文學被用來作為社會文件時，它往往會刻劃出社會掠影。」本文撰寫的意旨即為此。韋勒克、華倫撰、王夢鷗、許國衡譯：《文學論——文學方法研究論》（臺北：志文出版社，1992 年），頁 164。

第二節　成書的歷程：蒐集新聞到增寫豔情

《歡喜冤家》成書於明末，刊刻於易鼎之際，之後頗為流布。關於成書年代已有確切定說，除翻檢書中所引明代年號，至晚已至萬曆三十七年外，再根據本書前敘提及「庚辰春王遇閏」，又「重九日西湖漁隱題于山水鄰」的落款，明末惟有崇禎十三年（1640年）為庚辰年，並且閏正月，❻蓋本書著成於崇禎十三年的九月九日。目前得見最早的版本為賞心亭刻本，是書封面題「貪歡報」，已說明此書非第一次刊行，文字不避乾隆諱，指出刊印於康熙年間，另外賞心亭尚刻有分正續兩集的《歡喜冤家》，亦不避乾隆諱，當刊於康熙年，但既分正續集，應在一部本之後。❼本書刊行之後，分別名列道光十七年《蘇郡設局收毀淫書目》、同治七年丁日昌〈計燬淫書目單〉等禁毀書單，❽但卻流行不墜，或因此屢次更易書名，若《貪歡報》、《歡喜奇觀》及《豔鏡》等不一而足的書名，蓋避查禁之耳目。不過若與同時遭到禁燬的淫書相較，《歡喜冤家》在情色描寫上實遠遜於同列書單的豔情之作，可以想見本書的流行，應當不是以好寫情色為主要賣點。可惜一如其他豔情小說作者的作風，本書撰者題名「西湖漁隱」，等同隱匿姓名，後人僅能用序裏落款「山水鄰」臆測作者身份，但山水鄰畢竟僅是杭州

---

❻ 董作賓：《中國年曆總譜》（香港：香港大學出版社，1960年），頁205。

❼ 以上版本說明多據陳慶浩的考證成果，詳參陳慶浩：《歡喜冤家·出版說明》，頁18-20。

❽ 考證據吳哲夫：《清代禁燬書目研究》（臺北：嘉新水泥公司，1969年），頁73、79。

刻書書坊，作者借用刻書處掉弄玄虛，亦無不可，後人就「山水鄰」考論作者，不免近於臆測而歸於徒然。❾於是既無法由撰者身份更深入研議著作動機，唯有從此書作者自敘裏所提及的內容與體製予以探討。

今檢明末豔情小說之體製雖然分歧，不過仍可粗略地歸納其傳承的系統，❿可知《歡喜冤家》的體例，與其它豔情小說頗為不同，誠如林潛為所指出的，本書是在《三言》、《二拍》的基礎上

❾ 目前關於本書作者的討論，皆環繞於探討「山水鄰」的身份上，並在推測後隨機抽檢《歡喜冤家》情節相近者作為證據。自韓南：《中國白話小說史》（杭州：浙江古籍出版社，1989 年）採用此法，指出「山水鄰」所刊《花筵賺》等三部戲曲為西湖一葦考訂，認為「山水鄰」即高一葦，亦即《歡喜冤家》的作者後，徐凌雲：〈歡喜冤家的作者〉（《明清小說研究》1994 年第 3 期）亦承其說，並無新意；另外，陳慶浩：《歡喜冤家》的〈出版說明〉提及杜信孚《明代版刻綜錄》「山水鄰」註有「疑王元壽」，其別署即有西湖居士、西湖主人、湖隱居士等，可供學者參看；至若胡金望：〈風月鄉里寫世情：略論歡喜冤家的選材視角與構思模式〉從韓南的「高一葦」說，聯想到山水鄰所刊的戲曲裏《四大痴傳奇》，《歡喜冤家》第十二回引用其中《財痴》五支曲文，即李逢時所作，認為《歡喜冤家》的編纂者多了一個懷疑對象（《明清小說研究》1998 年第 3 期）。但由「山水鄰」刊刻的諸多書籍中，用其中一部有題名編撰者，認定即是《歡喜冤家》的作者，原本就無理據，又杜信孚「疑」山水鄰即王元壽，也嫌牽強，至於李逢時的說法，僅能佩服胡氏的想像力。因此就目前可得見的證據而言，是無法判定作者身份，毋須妄予猜測，徒增困擾。

❿ 筆者曾針對明末豔情小說的傳承及定義己撰有專文，今不贅述，參黃東陽：〈明末艷情小說痴婆子傳探析〉，《中國文化月刊》第 213 期（1997 年 12 月），頁 72-74。

求「尖」好「新」，摹臨擬話本而來，⓫從書中的故事淵源便可作為輔證。本書廿四則故事，可確切考證沿用故事者共有七則，分別是第四回〈香菜根喬妝姦命婦〉，出自余象斗《廉明公案》；第七回〈陳之美巧計騙多嬌〉、二十回〈楊玉京假恤孤憐寡〉則可能襲用張應俞《杜騙新書》；⓬第十一回〈蔡玉奴避雨撞淫僧〉、十四回〈一宵緣約赴兩情人〉、二十二回〈黃煥之慕色受官刑〉汲取舊題唐寅輯錄《僧尼孽海》故事；第十八回〈王有道疑心棄妻子〉，則鈔錄陸人龍《型世言》。另外尚有取故事意涵者，第八回〈鐵念

⓫ 林潛為認為：「既然在題材的廣度上不能超越《三言》、《二拍》的規模，因而趨向題材的尖新。『尖』是題材集中而深入，『新』是題材符合大眾求變的胃口，這二項都有很明顯的商業化指向。」其說頗有見的。林潛為：《歡喜冤家研究》（臺北：東吳大學中國文學系碩士論文，1997 年 7 月），頁 1-2。又歐陽代發將《歡喜冤家》置於「明末其他擬話本小說」之下，惟其論點未若林氏明確而有新意。歐陽代發：《話本小說史》（武漢：武漢出版社，1994 年），頁 316-320。

⓬ 〈陳之美巧計騙多嬌〉故事模式宋後頗見流行，陳益源：〈明代文言小說提要〉一文已指出「（《奇見異聞筆坡叢脞・池蛙雪冤錄》）類似情節，又見於宋人呂夏卿《淮陰節婦傳》、《夷堅志補》卷五〈張客浮漚〉、萬曆間《輪迴醒世》卷十二〈謀妻報〉、《歡喜冤家》第七回〈陳之美巧計騙多嬌〉等。」按文中提及宋人兩種作品故事模式與《歡喜冤家》相同，刊刻於明弘治甲子雷燮《奇見異聞筆坡叢脞》的文字與《歡喜冤家》文字更近。惟萬曆刻本《杜騙新書》有〈因為露出謀娶情〉一則與〈陳之美巧計騙多嬌〉有包括主角姓名相同、文字相近的情況；又《歡喜冤家・楊玉京假恤孤憐寡》及《杜騙新書・公子租屋劫寡婦》間的情形亦同於上述二則故事，由此得見二書關係頗為緊密，但仍不排除二書皆祖述雷燮作品的可能，故附誌於此。以上引文及時代、內容之考證，請參陳益源：《古代小說述論》（北京：線裝書局，1999 年），頁 161-204。

三激怒誅淫婦〉概用陸容《菽園雜記》及祝允明《野記》中關於洪武間的新聞，第十二回〈汪監生貪財娶寡婦〉形似山水鄰《四大痴傳奇》中《一文錢》，二十四回〈一枝梅空設鴛鴦記〉顯然挪移凌濛初《二刻拍案驚奇》神偷一枝梅的形象。至於散見於《歡喜冤家》的詩詞曲賦，也分別鈔自《尋芳雅集》、《鍾情麗集》，甚至當時流行的善書，亦在襲用之列。⓭足見本書在材料的擇選，仍以獨立並且是較新鮮的故事作為準則，並且在題材確立後，大量增補敘事文字，除了強化角色形象外，又工於淫穢情節的描寫，正是所謂的「尖」與「新」，來迎合市場的口味。⓮作者仿傚著《三

⓭ 關於《歡喜冤家》出處考論，已有胡士瑩：《話本小說概論》（北京：中華書局，1980 年）、蕭相愷：〈歡喜冤家考論〉（《明清小說研究》1989 年第 4 期）、黃霖：〈杜騙新書與晚明世風〉（《文學遺產》1995 年 1 期）、陳益源：《元明中篇傳奇小說研究》（文化大學中國文學研究所博士論文，1994 年 7 月）、〈歡喜冤家的和尚形象及其影響〉（《香港浸會大學第一屆文學與宗教國際學術研討會》論文集，1996 年）等學者，皆有程度不同的觸及，林潛為後出，統合眾說，考論詳密，撰成碩士論文《歡喜冤家研究》，其後尚有專文探溯《歡喜冤家》出處者，若潘建國：〈歡喜冤家與杜騙新書〉（見於《明清小說研究》1996 年第 2 期）、〈歡喜冤家對尋芳雅集、鍾情麗集的輯采〉（收錄於《上海師範大學學報社會科學版》第 27 卷第 4 期（1998 年 12 月））、胡金望：〈風月鄉里寫世情：略論歡喜冤家的選材視角與構思模式〉（《明清小說研究》1998 年第 3 期）等立論皆未出林潛為的成說，因此僅從林氏碩士論文略予摘要陳述，詳細考證則參見其書，引同前註，頁 25-54。

⓮ 豔情小說因市場需求而有所調整，林保淳謂：「明清『豔情小說』文學商品化的趨勢，將創作的重心從作者移轉成讀者，在某個程度上，作者必須以迎合讀者的方式，犧牲自我的若干信念。」從作者主觀的創作心理予以觀察；而王三慶則由客觀的市場經濟作為探針，認為「……畢竟這種情滿紙的小說

言》、《二拍》甚而《一型》，在市場的考量下，雖沿錄擬話本的體製，但本事上卻應當儘力迴避，以免重複，輔以大膽地摻入色情場景，皆可刺激男性讀者的購買意願。但亦因著模仿對象乃是擬話本，著重於對世人的勸喻，因此發生了自第十六回至二十一回，以及二十四回極少色情描寫，尤其第十八回正經說教，全無豔情小說應有的氣息，若由作者創作意圖及手法在於貼近擬話本之作，疑義便可冰釋。在取材上，本書並非乞靈於宋元舊作，乃是採用近代新聞，並刻意地與其它擬話本分別而出；而就內容言，既然是仿傚擬話本，就責無旁貸有了平議故事的責任，須建立起完整的社會價值觀來斷論是非，而書中多講色情的特點，令作者集中思考「性欲」在社會軌範裏的定位與作用，方能有近於公平的尺規，算計出書中二十四則故事裏多樣角色的善惡評判，藉此，除了與馮夢龍、凌濛初、陸人龍俯視眾生的多樣取材分別而出，《歡喜冤家》一書研究人性觀的價值，亦應當就此研議。⓯

書刊在《思無邪匯寶》之流的豔情叢書中彼彼皆是，足見食色性也，在滿足廣大群眾的口味下這類書籍還是有它一定的市場。」皆直指當時小說商品化的趨向，說解皆有見的。引文分見林保淳：〈淫詩與淫書〉，《淡江大學中文學報》，第 4 期（1997 年 12 月），頁 111；王三慶：〈從市場經濟看明代小說的幾個問題〉，《古典文學》，第 15 期（2000 年 9 月），頁 292。

⓯ 康韻梅曾據《三言》探討婦女情欲世界撰有專文，指出了話本小說具探討人性及社會的價值，亦對女性情色意識及意蘊做了深入的剖析。本文承繼康氏所認定話本小說在人性及社會的研究價值之觀點，由《歡喜冤家》更專注於女性的性欲心理、生理的描述特徵，意欲聚焦於呈現女性的情欲意識。康韻梅：〈三言中婦女的情欲世界及其意蘊〉，《臺大中文學報》，第 8 期（1994 年 4 月），頁 151- 194。

第三節　版本考略：《歡喜冤家》之知見書目

關於《歡喜冤家》存世版本的相關考證，已有陳慶浩《歡喜冤家・出版說明》及林潛為《歡喜冤家研究》之成果足堪參考，惟陳氏雖考證詳密，多有創獲，不過其文章乃以考訂《歡喜冤家》的定本作為論述目的，自毋需談及後來數種版本；至於林氏雖為後出，卻仍有疏漏，以致未能呈現《歡喜冤家》版本全貌，更遑論更正前人孫楷第、大塚秀高《中國通俗小說書目》的誤記，以致錯誤迄今仍存。今除臚列知見版本外，亦作敘錄，若有疑義者則增按語於後，以提供後來欲研究此書的學者參考。又賞心亭本的年代考證陳氏〈出版說明〉已有定說，以下不復贅引。

一、刻本

1. 賞心亭刻本：首有《歡喜冤家敘》，尾署「重九日西湖漁隱題于山水鄰」。封面上端題有「醒世第一書」，正中題「貪歡報」三大字，右上書「西湖漁隱主人編」，左上半雙行「新鐫繪圖古本歡喜冤家」，下署「賞心亭梓」，圖六葉，每頁上下兩幅，共二十四幅。正文第一回首行作「歡喜冤家」，版心上方書「歡喜冤家」，下寫回次。封面雖有書名兩種，但據原敘可知書名當作《歡喜冤家》無疑。

   按柳存仁《倫敦所見中國小說書目提要》所登錄的《歡喜冤家》即為此本。⓰又陳慶浩指出臺北天一出版社首次影印曾

⓰ 柳存仁：《倫敦所見中國小說書目》（臺北：鳳凰出版社，1974年），頁306。

據此版本，惟今臺灣地區各館藏未見此影本，僅有賞心亭正續之影本。

2. 賞心亭正續本：書分正續，各十二回，有敘文，圖雖分正集十二幅，續集十二幅，各為六頁，事實上僅是將一部本圖拆分為二而已。正集總目題作「歡喜冤家小說目」，僅一至十二回，版心為「歡喜冤家」，下標回次，與一部本相同；續集則總目頁題「貪歡報續集目錄」，亦是一至十二回，版心題「貪歡報」，下有回次，並在回次上加「續」字。本書雖分正續，在版式上與一部本仍極為相近，應據一部本版片予以修補。今存孤本內文多有補鈔，不過配鈔後仍有缺葉。臺北天一出版社即據以影印，修去藏書印記，出版處已漶漫則以墨筆書於旁。上海古籍出版社出版《古本小說集成》所用《歡喜冤家》底本乃天一本的再次影印，其〈敘錄〉又誤認正續本乃是山水鄰原本。按此本今藏於東京大學東洋文化研究所雙紅堂文庫。

3. 賞心亭舊刊本：書分六卷，每卷一冊，每卷四回，計廿四回。刊刻年不詳，款式除封面外，與前述兩種賞心亭刻本較為不同，每頁十一行二十八字，第一回前書「歡喜冤家」，版心上方書「歡喜冤家」，下標明卷數。內容與前述兩種大致無訛，無圖像，刊刻者以篆文重刻敘文，並刪去「重九日西湖漁隱題於山水鄰」的落款，於敘末加「云爾」為結。印刷文字已經頗為模糊，可知版片已覆印多次，當晚於一部本及正續本。臺灣傅斯年圖書館有藏本。

按以上三種賞心亭刊本皆時避「玄」字諱，有時卻不避，至於「曆」字則皆不避諱，或可說三種皆出於乾隆之前。但賞心亭舊刊本除了封面外，在版式上亦與一部本及正續本相去甚多，更以六卷每卷四回的形式印行，應該在前兩種版片已不堪使用後再次鐫刻，依循原來版式，因此亦避「玄」字，又為了節省成本為前提，除版面縮減，並省去圖像。此本在賞心亭刻本裏當較為後出，故與後來嘉慶戊寅年、愛蓮堂道光庚寅年的分卷及版式皆相同，而民國時更名《歡喜奇觀》的石印本亦用六卷的形式印行，足見此系統的影響。

4.清嘉慶戊寅年（1818 年）重刊本：書分六卷，分裝六冊，二十四回。封面及敘文的第一頁皆脫落，並於敘文的最後頁末標明「嘉慶戊寅年重刊」。此版本除敘文作行書外，版式則與賞心亭舊刊本相同，因此戊寅年重刊應據當採賞心亭舊刊本這個系統為底本。此敘錄乃據臺灣傅斯年圖書館的藏本。

5.清道光庚寅年（1830）愛蓮堂重刊本：書亦六卷、六冊，二十四回。封面右欄上方書「西湖漁隱主人編」，正中大書「貪歡報」，左下有「愛蓮堂藏版」。相較了戊寅年重刊本，兩冊書不僅大小相同，從書的版式及刻工可知兩書皆用同一版片，不過在敘文的最後則有所更動，作「道光庚寅年重刊」，以別嘉慶戊寅年的印本。臺灣傅斯年圖書館有藏。按孫楷第《中國通俗小說書目》載有賞心亭刊八卷本，版式是「正文半葉十二行，行二十六字」，日人大塚秀高氏增補書目亦從之，儼然為賞心亭另一種版本。今查孫氏又記有「嘉慶戊寅年」的《歡喜冤家》刊本，惟作八卷，二十四回，與現藏臺灣傅斯年的嘉慶戊寅年重刊本六卷又不同，皆指向孫氏誤記的可能性，此其一；而上述兩種版本若真存於世，但孫氏以外卻無任何人提及，實屬可疑，此其二；況且重新刻印豔情小說並且與原來版本同時發行者，不符明代市場利益及書商習例，此其三。由此可推測當孫氏在誤記為賞心亭本後，後來載錄嘉慶戊寅年刻本時亦隨之錯誤，如此解釋疑義便能冰釋。

二、石印本

6.《歡喜奇觀》石印本：署「安陳滌凡書首」，六卷二十四回，唯現存為殘本，缺卷三第九至第十二回，有圖十幅。按目前流通的石印本多是此本的影本。

三、排印本

7.《艷鏡》本：民國初年有慧僧居士於上海得《貪歡報》，將其中性愛場面予以剔除的潔本，且刪落第二回吳千里兩世諧佳麗、第六回伴花樓一時疾笑耍、第十六回費人龍避難逢惡豪、及第二十四回一枝梅空設鴛鴦計等，剩二十回目，以鉛字排印。臺北廣文書局即據之影印，收於《中國近代小說史料彙編》叢書。

8. 1992 年由于天池、李書據道光庚寅愛蓮堂的重刊本為底本，參照石印本《繪圖古本歡喜奇觀》點校，由北京師範大學出版的排印本，收於《明清小說十部》叢書。臺北漢源出版社即據此本以繁體再次排印。

9. 1993 年由岳麓書社據二美堂梓本《貪歡報》排印，列於

《明清小說善本重刊》叢書。

10. 1994 年由楊愛群據石印本《歡喜冤家》為底本，校以賞心亭刊本，參考《艷鏡》本校點，由春風文藝出版社排印，為《中國古代珍稀本小說》第二冊。

11. 1994 年臺北中和雙笛出版社點校本，不僅未題點校者及根據版本，且錯誤極多，不忍卒讀，為目前所見排印本中最為劣等的版本。

12. 1995 年由陳慶浩以賞心亭一部本為底本，據賞心亭正續本及石印本《歡喜奇觀》、岳麓書社據二美堂梓本排印的《貪歡報》校勘整理。是書將異文鈔錄於後，頗利學者參看，最為善本。此書由臺灣大英百科公司排印，列於《思無邪匯寶》第十冊。

13. 1998 年青海人民出版社排印本，列入《中國古典文學百部》第卅二卷。靜宜大學有藏書。

14. 1999 年由李燁、馬嘉陵以賞心亭一部本為底本，參校正續本補訂點校，巴蜀書社印行，列入《明清小說輯刊》第三輯，是大陸地區惟一的繁體排印本。

另外又有聯繹堂刊本，八卷，題「貪歡報」，藏大連圖書館，此版本臺灣未收藏，乃據《中國通俗小說總目題要》蕭相愷所撰「歡喜冤家」之提要[17]，惟蕭氏〈敘錄〉除誤認賞心亭正續本為山

[17] 江蘇省社會科學院明清小說研究中心文學研究所編：《中國通俗小說總目提要》（北京：中國文聯出版公司，1997 年），頁 245-248。

水鄰原刊本外，又錯將《三續今古奇觀》⑱、《四續今古奇觀》視作《歡喜冤家》的別名，因此其提及的版本當在驗得原書後，方能採信。

第四節　倫常的建構：勸善系統的思考主軸

由於色情小說以肉欲描寫開拓市場銷路，對於衍生出社會的道德指摘，自可一言堂式地判定淫女的罪不可逭，免於處理棘手的情欲討論。《歡喜冤家》雖然不乏淫穢的性愛場景，卻未依循色情小說的舊例，拿出儒家「以淫止淫」的題目，也不像諷刺世情的著作，汲引倫常的老學究眼目，而是師法白話短篇小說的規模，近於公案小說的處理原則。⑲為讓「女性犯淫者的欲念與動機」這項議題，提供可以討論的空間，不免對傳統儒家的天道觀作出調整。而這天道體系，誠與民間思想相互契合，呈顯著民眾的共同意識。細究其架構，實引援勸善思想並重予詮釋：

---

⑱ 按此書即為光緒二十三年序的《歡喜三續今古奇觀》，書為四卷，石印本，檢所收故事皆與《歡喜冤家》無關，或因書名冠有「歡喜」二字以致誤。是書藏於日本東洋文化研究所所藏紅葉堂文庫。

⑲ 明代公案小說的特質，歷來學人皆有見解。惟日人小野四平說解頗為細緻，其云：「明代產生的新的小說，敘述了特定的判案事件及至判案官，其性質與舊的小說（指宋代公案）有著顯著的差別。作為素材的判案事件受到了如實的詳細敘述。宋代的話本作者身上所缺少的對於判案這一話題（即主題）的問題意識，可以認為在明代的短篇白話小說的作者身上已表現得十分強烈。」指點了明代短篇白話對「判案」話題的關注。〔日〕小野四平：《中國近代白話短篇小說研究》（上海：上海古籍出版社，1997年），頁70。

一、天道體系的理論基礎

作者於書中多次徵引「諸惡莫作，眾善奉行」的教條，勸戒讀者應當遵行持守，即錄自當時流行的勸善書《太上感應篇》以及《文昌帝君陰騭文》，反應出本書援用明清勸善思想的痕跡，亦說明作者欲貼近讀者心理，採用了民間普遍性的道德觀點。於是《歡喜冤家》便反覆申說勸善思想的基調，多下「冤家不可結，結了無休歇。害人還自害，說人還自說」，[20]「善惡到頭終有報，只爭來早與來遲」，「天道好還，銖兩不謬」（頁 130）的評論，演算行善得善果，行惡得惡報的恒等式，或借由現世及來世的報應，甚而受冤者化鬼申訴，以明報應不爽。對勸善書思想的援引，以第十回裏許玄之與蓉娘的故事裏表達最為明白，二人雖至終結為夫婦，卻在婚前與蓉娘其及婢女秋鴻發生關係，藉由第三者的託夢，方知玄之已觸犯淫亂，而剋扣功名，而謂：

> 今七月中元夜，復夢亡夫云：「足下當為魁元，為因露天奸污二女，不重天地，連鄉科亦不能矣。是君家三代祖宗哀告城隍，止博一科名而已。」初一日五更，又見亡夫云：「足下今日必至。」云：「常把奸淫污身于三光之下來往，已遭囚獄，不能釋放，又是祖宗哀告，佑得乘便而來。」（頁 221）

[20] 本文徵引《歡喜冤家》文本皆據 1999 年成都巴蜀書社印行之李燁點校本，以下再次徵引本書皆用此為底本，僅注頁次，不復列注。文見頁 63。

正因許玄之於日月星的靈光下犯奸淫，於淫亂之外又觸犯《太上感應篇》「唾流星、指虹霓、輒指三光」具宗教性的過錯，對神祇有所不敬，於是天神降罰，扣減玄之當得狀元的福德，並出現「智慧老人」予以陳講其間緣故，讓前因後果更加明白，令玄之發出「原來天地這般不錯」的驚歎。勸善思想雖然原與道教功德與紀算的成仙理論攸關，但基本上仍是中國人倫共通的生活規範，㉑尤其多主三教合一勸善書，本已會通了儒教仁愛，釋道的慈悲，㉒突顯《歡喜冤家》思想上的勸善意圖。但是即便作者取用勸善思想建構在儒家的禮法之上，然而犯淫亂的作為，亦是勸善思想所不能允諾，尤其豔情小說在求取故事曲折抑或激動讀者想象的企圖下，不免特意著墨性愛場面的描寫，自然偏好禮法外的苟合，作者勢必須交待其自身的倫常觀念，並對逾越禮法者作出評議和懲處。西湖漁隱堅守

㉑ 李豐楙論及道教自力成仙的說法，其中一項即是「勸善成仙」，為勸善書的理論根據。但亦說明：「其實，功德諸種善事，也不能狹意（義）的說是受儒家傳統的道德規範的影響，而是傳統中國社會共通的人倫軌則。」其說有見，見李豐楙：《不死的探求：抱朴子》（臺北：時報文化公司，1998年），頁 217。按勸善信仰早於唐代已儼然成型，後雖與佛道兩教相互影響與交融，為宋以後勸善書的先導，然其思想底蘊仍為傳統的道德觀。詳論參黃東陽：〈由唐人小說察考勸善書的思想淵源與要義〉，《興大人文學報》38 期（2007 年 3 月），頁 73-98。

㉒ 關於勸善書的思想概要，鄭志明針對其禁忌的規定，統理出其要略，而謂：「這種禁忌行為實受儒家『民胞物與』及佛道『慈悲為懷』等觀察的影響，有著生態保護的價值觀念，肯定宇宙間有著自然和諧的定律，以恭敬的心胸合理地規範制度。」論述勸善書內容頗為扼要，茲以引述。鄭志明：〈太上感應篇的倫理思想〉，鄭志明編：《中國善書與宗教》（臺北：臺灣學生書局，1988 年），頁 55。

報應規則，將淫亂惡行放諸天平上衡量，細究前因後果，方下定論。故由故事裏人物的結局及作者評說，已可見其立說規模。

二、觸犯色戒的懲戒原則

犯色戒的罪不可道，本書語氣肯定而明確。卷十八總評即宣稱：「天下最易動人者，莫如色。然敗人德行，損己福命者，亦莫若色。奈世人見色迷心，日逐貪淫而不知省。孰知禍淫福善，神天共鑒。……古云：『諸惡淫為首，百善孝為先。』觀者宜自警焉。」（頁 356）附和著傳統禮教對犯色戒女性的譴責。但細繹本書廿四則故事，其中犯淫女性無論出於自願抑或遭受逼迫，結局並非皆以受報收場，與作者宣稱奸淫者當天理難容的論調不侔。考量犯罪動機與善惡互補原則，可歸納出《歡喜冤家》裏六種女性犯色戒的情節模式：㉓

㈠自願與人有染，行善事，而以安樂無事為結；

㈡自願與人有染，無善行，最終受報而卒；

㈢自願與人有染，無善行，終亦安樂；

㈣遭脅迫或受騙而為人玷污，得善舉，以安樂收場；

㈤遭脅迫或受騙而為人玷污，無善舉，以安樂收場；

㈥遭脅迫或受騙而為人玷污，無善舉，受報而死。

由上述模式可以得見女性單純地自願與他人苟合，後得重報，契合了觸犯萬惡之首淫戒當得懲罰，惟犯奸淫卻未受到報應者大有人

㉓ 按《歡喜冤家》裏多有單一故事便有多位犯色戒的女性，且其情節模式亦多不同，故此處是以女性角色作為分類的基礎，並非每回的個別故事。

在，相反地也有受外力脅迫，竟也令人意外地受報而死的女性。就此，可以援用善惡報應相抵的原則予以理解，亦即對「奸淫」惡行推估究竟當得多少報應。罪行的具體呈現，本可援用人世的法律具文，但囿於宗教上的善惡作為具有相互抵消之特點，法律卻僅就罪行的罰則予以定奪，自然不能仲裁善惡輕重及相抵後的報應執行。明中葉以降盛行的「功過格」觀念，㉔反映了本書判決的思維依據。功過格肇始於南宋的《太微仙君功過格》，便已認定無論用毒藥、殺害、邪法或是陷害人入死罪等奪人生命，皆判定為百過，誤傷性命為八十過，教唆殺人六十過，甚而存心害人但受害者不死亦得五十過，反之救人性命亦得百功，至於與行淫相關者僅有心想邪淫事，一事一過。兩下相比，高下自見，雖然明代以降因道教重視戒欲，及佛教徒化佛家五戒入功過計算，促使功過格對犯淫者的判定趨於嚴格，但大部份的功過格續作，皆承襲《太微仙君功過格》的賞罰觀念，害人性命者仍居首過。晚明釋雲棲袾宏所撰善書影響當時，《歡喜冤家》第十三回即錄其〈普勸戒殺放生〉文，而袾宏承繼功過理論，造《自知錄》，亦以害人性命扣除百過㉕。正因著

㉔ 鄭志明於〈功過格的倫理思想初探〉一文裏指出：「明末以後功過格的流通十分驚人，出現了經過完備分類與整理集成的功過格，如彙編功過格、彙纂功過格，廣功過格新編等，其汲引的倫理層面較廣，……較偏重在儒家教化體系下的社會庶民倫理。」本文即採其說。鄭志明：《中國善書與宗教》，頁 72。

㉕ 由於民間勸善書多藉由扶鸞的方式創作，撰寫年代較難確指，本文即據蕭登福所董理考證的研究成果。蕭氏指出，在《太微仙君功過格》後所衍生出的勸善書惟有《雲谷禪師功過格》、《自知錄》是明末僧人雲谷及袾宏所擬作，其他大凡出於清代。細繹明末兩種功過格對犯奸淫罪行的判定，皆不及

功過格詳細地載明善惡賞罰的條則，便利民眾計算自己行為善惡的輕重，於是在銖兩計算之下，決定了報應的發生。㉖

在第一回裏花二娘因著丈夫「疏雲懶雨，竟不在溫柔鄉裏著腳」，對俊雅風流的任三官動情，與他調情快活，雖犯色戒，但因著曾動善念，救人名節與性命，並且收心與丈夫過活，不與奸夫往來，西湖漁隱做出了「花二娘命該刀下身亡，只因救了任三的妻子，起了這點好心，故使奶奶答（搭）救了這條性命。正是：心好只好，心惡只惡。仔細看來，上天不錯」（頁 43）的判斷。犯淫雖是大過，在救人性命權衡下便能相抵，得以平安。這類自力救贖的犯淫者於書中屢見不鮮，要之以救人、存人子嗣得報最厚，甚而使子孫受蔭，而成為功過相抵的具體說明。但除了犯淫者自力的救贖外，尚出現即便與他人苟合，又未有任何具體善行卻以喜劇收場，即第九回王之臣命妻子二姑色誘富鄰青年張二官，二姑自此對二官傾心，沈湎於性愛的歡愉，貪得其財富，懷有其子嗣，坐實了淫婦

殺人，惟明亡後，奸淫成了極重的過犯，這轉變可能與政府對淫書的嚴格查禁，讓民間凝聚共通意識相關。詳細考論，請參蕭登福：《道教與民俗》（臺北：文津出版社，2002 年）第九章第二節〈太微仙君功過格所衍生的勸善書〉。

㉖ 美籍學人包筠雅曾指出，「17、18 世紀功過格作者們最關注的，是講解行為規則，對中國社會所有成員進行道德教育。這些功過格表達了一種包羅萬象的社會觀，一般人都相信，這種社會秩序的計劃來自作者對儒家經典深奧含義的提煉。」包筠雅已指出明清時功過格的作者除了注重條列行為軌範外，更點明這軌範乃是提煉自儒家的思想系統，使大眾有文化認同，而能樂於遵守。文見包筠雅著，杜正貞、張林譯、趙世瑜校：《功過格：明清社會的道德秩序》（杭州：浙江人民出版社，1999 年），頁 185。

之名。但本書卻非著眼在犯淫與否，而是聚焦於貪財的王之臣身上，以為「只說王小山（之臣）初然把妻兒下了一個美人局，指望騙他這三百兩本錢，誰知連個妻子都送與他，端然為他空辛苦這一番。正是：一心貪看中秋月，失卻盤中照乘珠」（頁 197），將一開始心生惡念的之臣落了「賠了夫人又折兵」的下場，卻全然忽略私通者二姑及二官犯色戒的懲處。這特例的發生，乃是作者強調色欲的誤人、報應的循環，並考量婚姻的是否合理所促成，[27]讓故事主題引導了說教的重心和對象，使報應的實施未能全面顧及，成了著作裏的盲點。而這盲點的發生，與前述本書規模公案小說有關，亦即對公案小說對判案這一話題的意識與關注，僅擇選一項主題或人物予以審判。此外，西湖漁隱僅定睛於報應循環的規則，無視因外力脅迫而受辱，心理及身體皆受創傷的弱勢女性，令女性犯淫的意願，未能決定受報的結果，使原本能較為開明的觀念，又轉趨保守，且未能公允。

於是作者承認情欲本當規範在禮教之下，是不應逾越，但當犯戒時，作者以勸善的功過觀點，定位和量化縱欲的罪責，更易了禮教無可轉圜僵硬的定罪模式，用勸善書的宗教性給予犯罪者救贖的機會和途徑，除了能調和情欲與禮教二者間的絕對衝突，也提供討論情欲本質的可能空間。

---

[27] 詳細討論參後文「情欲應當滿足，婚姻方能落實」一節。

第五節　「歡喜」與「冤家」：悖離儒教的性欲觀點

以佛教業報觀作為思想底蘊，來觀察世上愛情及婚姻間的磨擦與不信任，指陳出男女之間於感情外的煩惱與爭執，提鍊成意含深刻的民間俚語「不是冤家不聚頭」，正因此語恰如其分地形容微妙的男女情愛，成為元明以降的流行語㉘。惟西湖漁隱卻撮取其意，強化之間的對立性，化為相互矛盾的複合語彙，作為題目，而名曰「歡喜冤家」。據作者於序中自陳：

> 人情以一字適合，片語投機，誼成刎頸，盟結金蘭。一日三秋，恨相見之晚；倏時九轉，識愛戀之新。甚至契協情孚，形于寤寐。歡喜無量，復何說哉。一旦情溢意滿，猜忌旋生，和藹頓消，怨氣突起。棄擲前情，釀成積憤。逞兇烈

㉘ 此俚語於元以後的小說戲曲屢見不鮮，《永樂大典》卷之一萬三千九百九十一錄戲文《宦門子弟錯立身》唱詞：「婆婆住休，又何用唧唧啾啾。料不是冤家不就頭，且擔著檐兒疾速向前走。」馮夢龍《警世通言》卷二〈莊子休鼓盆成大道〉記莊子語：「不是冤家不聚頭，冤家相聚幾時休。」又《醒世恒言》卷十六〈陸五漢硬留合色鞋〉有：「不是冤家不聚頭，殺卻虔婆方出氣。」甚而入清後《紅樓夢》第二十九回賈母以俗語「不是冤家不聚頭」比喻寶玉、黛玉的相處，皆可見此語受民間的愛好及流行情形。褚人穫謂：「今俗有《歡喜冤家》小說，始則兩情眷戀，終或至於仇殺，真所謂不是冤家不聚頭也。疾讀一過，可當慾海晨鐘。」亦以為如此，足見西湖漁隱即採用此俗語而改動。褚人穫：《堅瓠丁集》卷二，據 1986 年浙江人民出版社影印柏香書屋校印本。

> 性，遇煽而狂焰如飈；蓄毒恛心，恣意而冤成若霧。使受者不堪，而報者更甚。況積憾一發，決若川流，洶湧而不能遏也。張陳凶終，蕭朱隙末，豈非冤乎！非歡喜不成冤家，非冤家不成歡喜。（頁 7）

歡喜因著於人生的偶然而發生，進而情洽難捨，然而受限人情的不確定性，因著猜忌，而轉為仇恨。兩種相對性的人性反應，作者將其繫於人生偶發性的原因，第廿四回裏亦遙承序言，而說：「如有世人兩相仇恨，做了一世冤家，到後來或因小事解怨釋結，亦是歡喜」（頁 435），由冤家轉為歡喜，亦賴機緣，作者即襲用宋明話本的習例，讓人生中的偶然事件，來誘發故事主題的發生，㉙作為本書的女性為何苟合與命運轉折之原由。綜觀全書廿四則故事，大凡作者已將情節的模式予以規定，即故事裏的女性，因偶發事件導致發生不合禮法的性關係，作者將這行為與感受解釋為「歡喜」，當她期盼持續維持這心理及生理的歡愉時，卻無奈的發現命運將這「歡喜」扣住了禮教的執行，即所謂的「冤家」，兩難於追求快樂抑或遵守禮法的擇選裏。由於作者將「歡喜」界定為性欲的滿足，而聚焦在女性的觀感及心理，讓矛盾必然集結在能滿足女性生理需求的男性上，而這男性卻又扮演帶領女性違逆禮法的角色，亦即結合了「歡喜」及「冤家」具衝突性的名詞。但故事裏的女性如何對

㉙ 這種因著人生的偶然事件而導引命運，為宋明話本的習例。樂蘅軍稱為：「為人事所規範的偶然論命運故事」，並道出這偶然「它只是一種人事的作用」。其說有見的。見樂蘅軍：《意志與命運：中國古典小說世界觀綜論》（臺北：大安出版社，2003 年），頁 213、231。

應這社會衝突，則有賴本身對色欲及倫理的權衡與決定。既然本書好寫豔情，令書中的女性往往當下便拋擲社會倫常的壓力，任憑性欲擺佈。而這欲念本質究竟為何，作者將它將定位在天性之內：

一、性欲是天性，不具備理智內容

作者認為，天性是等同於其它日常的生理需求，即性欲是生理單純的需求及反應。在這界定下，當外在環境營造交合的機會時，理智往往湮沒在感官刺激的浪潮裏，而被性欲所牽制導引，讓這些犯淫的女性，泰半自願地至少是半推半就享受魚水之歡。第三回裏李月仙原本與丈夫王仲賢恩愛，在偶見未著衣物的小叔章必英，便心生欲念，不斷說服理智應順服生理所需，以致做出不顧羞恥的事：

> 心中一動了火，下邊水兒流將出來。夾了一夾要走，便按捺不住起來。想一想：「叔嫂通情，世間儘有，便與他偷一會兒，料也沒人知道。」又一想：「不可。倘若他行奸賣俏，說與外人，叫我怎生做人。」將燈又走。只因月仙還是醉的，把燈一下兒弄隱了。放下燈臺，上了樓梯，又復下來。道：「他睡熟之人，那裏知道！我便自己悄悄的上去，略試一試他的大物放在裏邊，還是怎生光景，有何不可？」只因月仙是個青年的婦人，那酒是沒主意的，一時情動了，不顧羞恥。（頁 69）

完事之後，甚而道出「落得快活，管什麼名節」（頁 71），足見性欲是獨立的官能，排除任何心智活動及道德觀念，等同於動物的本能。而這本能，是近乎反射性的生理需求及欲望，且不受任何情境的影響，即使是在受脅迫之下。第五回裏，被土紳蔣青用計強行擄得的元娘，在脅迫下與蔣青交合，只有「口中嘆口氣，因下邊正在癢的時節，把那些假腔調一些也不做出來」（頁 118）；十一回玉奴被淫僧抓進禪房擺弄，即便羞怒難當，雖萬分不願，卻也「不想玉奴被二空弄得淫水淋漓，痴痴迷迷，半響開口不得」（頁 226），說明了性欲全然與理智涇渭分別，全無交集。性欲既然是人類本能裏的一項需求，便可理解本書裏自我意識較顯著的女性，往往要求性欲的滿足。第一回裏以才智著稱的花二娘即是如此，因丈夫花林「疏雲懶雨，竟不在溫柔鄉裏著腳」的理由，勾搭上青年任三官，引發李二的嫉恨而欲加害二人，經花二娘「出奇制勝」，方能保全性命，對此，作者便指出「自古多才之女，偏多淫縱之風」（頁 44）解釋花二娘的出軌原因，亦不忘贊賞這位犯色戒的女性具有「智者不及」的謀略，正可解釋了何以書中聰慧的女性多不以淫縱為意，亦突顯出作者對性欲的觀感與理解。

色欲既是與生俱來的天性內容，自然不可以視作仇敵，予以壓抑，甚而意圖消滅。就禮法來看，本就預設了夫妻一倫，除了負有傳衍後代的重大職責，也能滿足人之大欲，換言之，人類性欲雖然等同於動物的求偶行為，但因著它是含括在天性之內，便具有合理性及正當性，正因如此，夫妻關係之外的交合事件，雖是犯淫，觸犯了教法，不過想斷然地除滅天性裏的情欲成分，也是不能容許。

二、天理存淫欲，不容許意圖消滅

也因此，本書針對佛教禁欲的戒規，頗逞恣意醜化與批評之能事。第十一回、十四回、二十二回，分別記載和尚、尼姑不守清規，思淫欲的本能更甚一般常人，其中尤以第十四回載三名淫僧囚禁奸淫禮佛婦女，攻訐最力，而做出評判：

> 總評：天下事，人做不出的，是和尚做出。人不敢為的，是和尚敢為。最毒最狠的，無如和尚。今縉紳富豪刻剝小民，大斗小秤，心滿意足，指望禮佛，將來普施和尚。殊不知窮和尚，雖要肆毒，力量不加，或做不來，惟得施主錢財，則飽暖思淫欲矣。又不知奸淫殺身之事，大都從燒香普施內起禍。然則「普施」二字，不是求福，是種禍之根。最好笑當世縉紳，所讀何書，尚不知「異端」二字，見今白蓮、無為、天主等教是亂天下之禍根也，戒之！戒之！（頁234）

其評論是將佛教等同於明末視為社會亂源的白蓮教、無為教及天主教，[30]其仇視的心理自然顯著，至於何以和尚特別淫穢，作者僅以

---

[30] 白蓮與無為兩種民間宗教，明末時已視為重要邪教。鄭志明謂：「故自神宗萬曆以來，無為教與白蓮教被視為二大邪教，……將教徒視為邪說之民，與無聊、無行、不軌之民並列，足見執政者深怕民間宗教結社與叛亂集團結合，構成對統治階層的威脅，故萬曆四十三年六月，禮部請禁左道，以正人心。」（鄭志明：〈明代無為教的宗教思想〉，收於鄭志明編：《中國社會與宗教》（臺北：臺灣學生書局，1986 年），頁 226。）其說甚詳。至於天主教自利瑪竇傳入中國後，明末天主教思想與中國傳統觀念相互衝突，當時

「飽暖思淫欲」作為解說，對照本回最終所說道的「自古不禿不毒，不毒不禿，惟其頭禿，一發淫毒」（頁 234），以諧聲戲謔，單純的認定「和尚最淫」，全無解釋何以如此認定，亦未見說服讀者的意圖。檢視書裏的僧尼，往往色欲過於常人，十四回裏和尚了然見了名妓李秀英後，便「了然把眼遠遠送他，到夜來好似沒飯吃的餓鬼一般，恨不得到手。自此無心念佛，只念著救命王菩薩。也懶去燒香，就去燒的香，只求的觀音來活現」（頁 256），連觀音也成了淫思的對象，鮮活了僅以色欲為念的修行者，而妓女秀英也心下思索「我正要嘗那和尚滋味，今夜造化」，也再次明言和尚是眾所周知的色中餓鬼，於是兩下見面，自然「一個貪花賊禿，一個賣色淫根。和尚色中餓鬼，妓女花裏妖精」（頁 257），一時醜態畢露。這些出家眾的淫穢聯想，除了導源自明末社會僧侶素質的低落，不乏敗德之行，[31]但佛教意圖除去性欲的想望，當是關鍵性的心理因素，就《歡喜冤家》的思路來說，佛教否定了存乎人倫裏夫妻關係的性欲內容，就重視後嗣祭拜觀念的普羅大眾而言，誠然產生心理的排斥與猜忌：出家人一如凡人有生理需求，又如何能夠超然地凌

文人已多撰文攻伐，視為外來異端，一應禁止，之後便有南京教案捉捕教徒，萬曆四十四年十二月二十八日頒布放逐外國教士回其本國的詔令，熹宗時禮部尚書指天主教為白蓮教，再次捉拿教徒，足見天主教在明末時在中國的處境。請參卓新平：《基督教與猶太教志》（上海：上海人民出版社，1998 年），頁 88-97 及韓人李寬淑：《中國基督教史略》（北京：社會科學文獻出版社，2000 年），頁 53-58。

[31] 關於明末僧尼敗德言行，反映於明末小說者，詳參陳益源：〈歡喜冤家的和尚形象及其影響〉，《古典小說與情色文學》（臺北：里仁書局，2001 年），頁 123-149。

駕人性之上？而在明末頗多僧尼觸犯色戒的事實發生後，正印證了群眾心理的疑惑，而對僧尼做出概括性的解釋，即僧尼是無法超越性欲，而在長期的性壓抑下，而產生更強烈的性需求。本書體現了民間對佛教禁欲內容的觀感，而貫徹了西湖漁隱對性欲的解釋：出於天性，不可戕害。

於是，作者指陳性欲是與生俱來的原始需求，是不具備理智及道德的內容，女性面臨性欲的挑逗時，性欲的渴望與理性的思維便開始論辯，表明了作者認定二者是斷然兩分的，性欲與禮法往往相互衝突；但性欲畢竟是天性的內容，因此需要抒解卻不可壓抑甚至意圖消滅，由此可以解釋作者何以特別敵視禁欲的佛教僧侶，目為逆天叛道、戕害天性的禍首。

第六節　婚姻的本質：情欲、婚姻的離合同異

當性欲被界定在人性之中，雖然是動物性的生理反應，卻不可以否認其存在價值，也因此方能得到禮教的認可，並攝納在夫妻一倫之內。就此看來，在夫妻的關係裏，雖然人們常羞於啟齒房闈之事，但性欲卻是客觀的存在。西湖漁隱依循這條思路，除了將性欲定位成婚姻關係裏的重要關目，甚至以為男女間的情愛，性欲亦是唯一內容，在第七回的總評裏，更明白地陳講作者對婚姻本質的看法，「及其計就謀成，魚水之歡，何如其恩也。復至荷亭之戲，棒打之歡，恨不能合二身為一身之語，夫婦恩情，至此極矣。」（頁156）陳彩用計娶得鄰人潘璘美妻猶氏，二人「不管日夜，一空便來」（頁 153），而「荷亭之戲，棒打之歡」性生活滿足的描述，若

對照作者所沿襲的原著《杜騙新書》此節的魚水之歡，皆是西湖漁隱所特意加入，目的在於強化愛欲即是夫妻之情極致的觀點，將男女間的「愛情」與「性欲」全然等同。㉜第八回亦如此說明，香姐對其年老的丈夫抱怨「什麼夫妻，現世報的夫妻。我是花枝般一個人，嫁了你柴根樣的一個老子，還虧你說夫妻之情」（頁 168），若無性欲，則無夫妻之情。當夫妻情愛建立在性欲之上時，假若丈夫未能提供性欲上的滿足時，女性可否另行尋求生理的滿足？成為作者需要思考的命題：一方面，作者既認定婚姻的美滿建立在性欲滿足的基礎上，假使妻子面對丈夫有意或無意忽略性方面的需求時，如何告誡二人仍需維持婚姻的關係，以維護社會的正常秩序？另一方面，當性欲不得滿足時，是否可以由此質疑婚姻架構是否合理？亦即情欲與婚姻，究竟是密切地不可劃分，抑或當分別看待？

一、婚姻基於恩義，應當予以尊重

就倫常看待夫妻關係，本建構在恩義的基礎上，而用道德觀點論議夫妻的相處之道，本來便排擠了情欲部份的探討。基於社會道德的集體意識，西湖漁隱亦以此作為夫妻關係的基礎，探討女性的

㉜ 《杜騙新書·因蛙露出謀娶情》原文作：「一日大雨如注，天井水滿，忽有青蛙，浸于水中，躍起庭上。彩以小竹，挑入水中去，如此者數次。彩平昔是謹密之人，是日天牖其裏，暗恃游氏恩情已久，諒談前情，妻必不怨，不覺漏言曰……。」至於陳彩娶猶氏後亦一筆帶過，並無任何性生活的描寫。《歡喜冤家·陳之美巧計騙多嬌》則多寫色情，並增入荷亭交合一節，而謂「夫妻二人，實是恩愛」，在參看本回總評語後，可以明顯地發現作者認定情欲即夫妻情愛。上引《杜騙新書》據上海古籍出版社影印存仁堂刊本。

心理活動，以及當婚姻裏性欲不諧時，女性應當如何自處。在第十五回裏，馬玉貞即面對同樣的問題，嫁予王文後半年，因王文「一來半中年紀的人了，二來那件事，也不十分肯用工夫，因此雲稀雨薄」（頁 268），加上丈夫生性凶暴，令性欲無法滿足的玉貞對這婚姻更感到意興闌珊，而在某日巧遇鄰人浪子宋仁，未久便發生性關係，甚至相偕逃至杭州。玉貞的作為自然是不受法律及道德的允許，至終落網被送往官府治罪。代表法治的縣官便搬出傳統禮教「嫁雞逐雞」並無新意的規範，但馬玉貞的自陳，代表了作者對玉貞行為的價值評斷，她指出「婦人非不能縮，但丈夫心性急烈難當，奴心懼怕，適值宋仁欲往杭城生意，也是婦人有這段宿業要債，遂自一時沒了主意，猶如鬼使神差，竟自隨他去了。若是欺了丈夫，把房中銀錢之類也拿去了」（頁 279），話語裏雖有推拖之意，但卻真實的道出玉貞對婚姻生活未能滿足，成為與宋仁私奔的導火線，但私奔本身畢竟是錯誤的既成事實，為法律所不容，但作者卻特別指出玉貞走時並未走任何錢財，乃是隻身與情人逃往杭州，並在故事的尾聲，玉貞被判遁入空門為尼，臨走時將身邊的兩百兩銀子，與五十兩給予宋仁，一百五十兩及身上首飾盡付王文，並囑咐「那生性還要耐煩，若是你沒有那行凶之事，我怎生捨你」（頁 281），表現著玉貞對婚姻的尊重，及對丈夫的恩義。於是原本犯下奸淫重罪的馬玉貞，作者卻給予大團圓為結局，二人重結夫妻，丈夫改正，富足而多子，讓私奔的罪行，用「玉貞合欠風流債」一筆帶過。因著夫妻的結合本乎恩義，即便一方在性欲方面無法盡其義務，但仍須予以尊重，方能維繫社會的正常運作。但是另一方面，作者也藉由書裏因丈夫疏雲懶雨而紅杏出牆女人，告誡男人當重視婚姻，甚而體貼妻子的需求。作者所描述諸多破裂的婚姻，皆讓性欲佔有樞紐位置，自然與背後支撐婚姻制度的社會禮教，認定夫妻關係在於恩義，不在閨房取樂的觀點相互衝突，在無可奈何之下，《歡喜冤家》便安排行為上確實觸犯淫戒的女性，卻在心理層面堅守了夫妻恩義的本份，讓背叛婚姻的女性，可以得到社會的原宥和諒解。作者的處理方式，雖可解釋為作者企圖平衡婚姻的本質是性欲抑或恩義的爭議，還不如詮解為作者想要說服讀者，性欲才是婚姻關係的真正本質，並非恩義。

在男女都需要對婚姻付出心力的觀念下，女性若是已盡為人妻當行的本份，男性卻無法盡其義務，滿足其生理需求時，作者是傾向於質疑婚姻的合理性，心理上是站在較同情女性的立場，以性欲的能否滿足，檢視故事裏婚姻的是否合理。

二、情欲應當滿足，婚姻方能落實

雖然作者表示應當尊重傳統禮法對婚姻本質的解釋，即夫妻的結合即恩義的表現，卻仍堅持婚姻的本質，建構在性欲滿足的基礎上。但屈服於社會的道德壓力，作者不得不讓書中這些逾越禮教的女性，最後必須回歸於禮法之中，若未能迷途知返，便只能讓這些淫婦死於縱欲的報應下。雖然故事情節受限在傳統禮教的價值觀點，令作者的原意未能全然展現，但對於婚姻當重視性欲上，頗為鮮明，近於向禮法挑戰。本書夫妻間齟齬甚至衝突的發生，已如前述，大凡是老夫少妻，妻子性欲得不到滿足，進而發生妻子對婚姻的背叛。從本書第九回的故事裏，可以得到更完整的概念：故事中年輕貌美的方二姑，因著京裏點選秀女，情急下嫁予年老且貧窮的王之臣，婚姻肇始於倉促而荒謬的原因，卻在禮教的束縛下令女性必須依從，然而之臣因貪圖錢財，異想天開地命二姑色誘富鄰青年張二官，幾經波折，讓心存惡念的王之臣，至終得報而亡，用以勸諫世人勿存貪念。但作者卻致力於描述二姑的心理轉折：由原本寧願安守貧窮反對丈夫以色騙財的忠貞妻子，與二官相處後化作自願給他甜頭的思春少婦，至終盼望與二官偕老。而這轉變的關鍵，從作者對二人交合時極度歡樂的誇張描寫可以看出，是歸結於二人性欲上的滿足。尤其二官一心追求二姑，與之臣一意貪得金錢，前者有情，後者貪鄙，形成強烈對比，更突顯出這件婚姻的不合理及錯誤性。然而二娘畢竟仍須在禮教的規範下過活，必須尊重既有的婚姻關係，理智提醒著自己「王小山是我花燭夫妻，二叔是我兒女夫妻」（頁 193），雖與小山並無性欲的快樂，卻有婚姻之名，和二官無婚姻之約，而實有肉體的關係，婚姻的名與實拆解為二，讓二姑受困於有名無實的婚姻制度與有實無名的夫妻關係。作者對二姑的同情，無疑地表現在情節的安排上：二姑除了順勢與二官相通後產下一子，三年後二人分股，二官獨立開店，之臣原來商店生意受損，氣惱而亡，二姑攜二官子，不理會他人議論，嫁予二官，做了長久夫妻。作者更進一步近於幸災樂禍的口吻評道：「張二乖合夥生理，不惟本利全收，又騙了一個乖老婆，生下一個乖兒子，做了諧（偕）老夫妻。可恤王小山忙了一世，竟作溝中之瘠。所謂賠了夫人又折兵，悲夫！」（頁 197）調侃的語氣溢於言表。這樣的安排，突破了禮法的束縛，也深切地表達出作者認定婚姻應當具備合理性，亦即夫妻間能夠相互滿足，尤其在性欲上更當如此。這也是何以韓南對豔情小說有一種「愛慾的滿足引發女性情愛的堅貞」[33]的既成印象。

不過，作者雖認定性欲是生理的需要，能令婚姻落實而圓滿，但卻又說明性欲的滿足，並非意指妻子必須堅守著貞操，在性行為裏表現對丈夫的絕對忠貞，在美滿婚姻受到威脅的情形下，若妻子的貞節能換取平安，丈夫則需以同理心來體諒妻子，不能追究妻子的清白，讓婚姻受到影響。第五回裏蔣青強取劉玉妻元娘，元娘失節於蔣青，但至終夫妻仍能聚首，對於往事，二人態度戲謔，相互道奇，為妻的說道：「好奇！九月開花是一奇，打劫女人是二奇，夢中取鞋是三奇，蔣青之報是四奇，三才自殺是五奇，反得厚資是六奇」（頁 130），雖然主要是反映報應不爽的心理感想，然而對失節一事全無顧忌，為著得到仇人的財產而歡天喜地，甚至丈夫附和地說「分明陳平六出奇計」，說明自身亦不介意。本來無論是自願犯奸甚至被迫交合，都是對婚姻不尊重的行徑，然而作者既認定性欲是生理的需要而已，雖是夫妻重要的維繫，但對婚姻的尊重，仍是屬乎心理層面，不能僅以外在行為定奪是非，作者深切地對婚姻性生活是否充分表達關心，乃是要傳達妻子出牆行為背後的真正原因——即性欲的未能滿足，但也因此讓婚外性行為的道德批評邊緣化，給予讀者悖離禮教的印象。就此思考進路，反觀書中舉凡對婚姻惡意破壞或唾棄者，無分男女，便必然以死報來作故事的收梢：

---

[33] 見韓南著、水晶譯：〈中國愛慾小說的初探〉，《聯合文學》第 4 卷第 11 期（1988 年 9 月），頁 25。

第八回香姐與鐵念三偷情得趣，策劃除去合法的丈夫，便死在念三刀下，第二十一回朱公子雖與妻子十分恩愛，卻將《嫖經》裏「妻不如妾，妾不如婢，婢不如妓，妓不如偷」的「偷」字作為滿足性欲的主要方式，卒死女人之手，二人無論在心理及行為上，都表明對婚姻的輕佻與背叛，在行為及心理的二罪俱發下，斷定犯淫者當降下死報。作者這樣多方考量犯淫的原因及心理，是較體貼及顧慮女性的利益，而與絕對要求女性當守貞節的傳統教法，自然相去甚遠，不免飽受離經叛道的批評，目為誨淫的罪惡淵藪了。

第七節　結　論

正因著《歡喜冤家》注目在「任憑性欲」與「遵行禮法」二者間的必然衝突上，當不盡人意的人生卻又安排了偶然的境遇，讓女性游走在享受性愛與恪守禮教的分叉路上，形成了理智與欲念相互對抗的心理磨難。西湖漁隱體諒女性的社會困境（雖然仍是父權式的），藉由社會流行且具宗教色彩的勸善思想，取代儒家教條凜然的絕對性格，讓社會上目為淫婦的女性，有了為善以求自贖的機制，使迷途欲返的女性，得到回歸社會常軌的思想根據。也因著這原故，作者強調性欲是生理的自然反應，亦是人性重要的內涵，更是五倫裏夫妻維繫重要的關目，女性求取欲望的滿足，自不能就此將她視作淫婦，性欲滿足本是美滿婚姻的基石。但畢竟在時代的氛圍下女性終究必須屈服在以男性為中心的傳統社會，即便西湖漁隱正視女性心理及生理的需求，並同情且諒解犯淫的女性，但在社會的要求及呼籲下，不得不讓叛逃的女性至終回歸到婚姻體制內。此外，由於社會制度對男女自由擇選對象權力的剝奪，促使作者單純地認定男女的情感全然等同性欲，使得感情的命題未能在書中得到討論。作者表達對女性處境的體諒，在比對《歡喜冤家》影響下生成的《換夫妻》、《巧緣艷史》、《艷婚野史》和《風流和尚》等專寫色情、視女性為玩物後，無疑地是對西湖漁隱創作心態的一大反諷。於是追求著愛情自由抑或性欲滿足的多情女性，因著機緣與情人錯身而過，又僅能依賴人生裏的偶然才能聚首，父權社會體系的無情擺弄，體現在《歡喜冤家》裏形形色色的女性群像上，嚴肅地表述婚姻禮教對明代女性的規範，不過是無法逃脫的人性苦難，亦是難以掙開的人生桎梏。

第三章　入世的神道
——紀昀《閱微草堂筆記》對清初靈異傳聞之理論組構與評議法式

第一節　引　言

十八世紀的中國確然步入知識普及、民智大開的社會形態。就宗教而言，佛道兩教發展成熟，除了佛教輪迴與報應說、道教修鍊及承負觀已深植人心外，在義理與教派上皆已得到重要發展與建樹；在學術上，宋明理學的格物窮理和心即是理也得到充份地討論趨於細密，在其中解釋了萬物變化的理則，亦就此安排著個人安身立命的方法。三教在規範物理流轉以及人生目的上雖有基本上的歧異，然而卻在歷經長時期的磨合與調整後，已未若六朝迄唐代時的壁壘分明而相互攻伐，在智識階層早已呈現三教融合的概況，即使在一般民眾的信仰裏，或標榜行善的勸善信仰，或單純的偶像祭拜、巫術祈禳，甚至具有秘密性格的教主崇奉，也必然在儒家的社會價值觀上建立信仰基礎，就此提供在事物遷易的規則下，個人應當如何安置己身的生命解答。在清初甚具智識基礎的社會氛圍下，對於歷代所深好各類鬼狐妖魅的記聞卻仍極度興盛，不僅市井小民深信事件的真實性，智識階級亦多訴諸於文字予以記錄，甚至在文末繫以一己的評隲，或為新聞的真實背書，此現象看似與時代思潮相悖，卻又必然深乎當時所共同承認的集體意識。換言之，這些無法切割在社會意識之外的靈異事件，必然已在這具有智識意識下被重新安置、並得到最大的共識後，方能得到盛傳當時的結果。自然地，此類事件被記錄下，乃是承認了其中異於常理的部份，即當傳述者（含括再傳述者）將一則本身存有不合於或難以用常情予以解釋的事件：未能以常情推究、或逾越當時知識所能詮釋處，將原因歸類在莫名的力量下，於傳聞與記錄時加以再詮釋，形塑為單一的靈異事件。檢清初志怪之作，或以抒發己志為要，或僅以嗜奇好異為旨，多不措意在事件本身的詮釋上，惟紀昀《閱微草堂筆記》不僅廣泛、質樸、純粹地記錄下其所聽聞的各種異事，除附錄當時民眾何以將該事件理解為神秘經驗，也提供了當時智識份子與個人的詮釋觀點，務將難用理智解釋的各類靈異傳聞，尋求其中不變的理則，成為此書至為重要的特色。本章主要藉著此書的載錄，嘗試勾勒出隱匿在異聞中的集體意識——人們如何在儒教的價值觀上，重新組構佛道兩教甚至民間信仰的既有思維，用以確認個別事件是否為神秘經驗，另外對於已受過正統學術洗禮的知識份子，當採取何種態度看待與解釋這些發生在周遭的靈異事件，通過本章的討論，除了可反映清代初期對於未可理解領域的理解與想像，對於紀昀撰寫本書的目的，也可有親切與深入的理解。

第二節　載錄新聞：以詮釋為文體特色

作者紀昀（1724-1805），字曉嵐，又字春帆，自號觀奕道人，直隸獻縣人，生於清世宗雍正二年，仁宗嘉慶十年逝世，享年八十二歲。乾隆十九年進士，改任庶吉士。高宗頗稱許紀昀的學識，加四品官銜，未久擢拔為翰林院侍讀學士。前兩淮鹽運使盧見獲罪，紀昀為其姻家，漏言而被奪職，外放烏魯木齊，後釋還。乾隆三十八年敕修四庫全書，紀昀統籌其事，復由《永樂大典》搜輯散逸著作，乾隆復命紀昀輯《簡明書目》。後又升遷左都御史、禮部尚書等職，皆任高官。卒時仁宗賜白金五百治喪，謚號文達，❶其學術事業自以編《四庫全書》最著。此工作耗去紀昀時間及心力大半，自無餘力撰寫他書，然於晚年閒暇時日先後撰成以記錄民間鬼魅狐妖為宗的《灤陽消夏錄》、《如是我聞》、《槐西雜志》、《姑妄聽之》、《灤陽續錄》等五書。據其自序，五書自乾隆五十四年（1789）迄嘉慶三年（1798）歷時十餘年的光陰先後撰成，期間《灤陽消夏錄》、《如是我聞》在撰成先後已為書肆刻行，且有「顧翻刻者眾，訛誤實繁，且有妄為標目」❷的問題，為讀者所病，門人盛時彥將五書合為一編，且請紀昀檢視過後在嘉慶五年（1800）由

---

❶ 生平摘自清．趙爾巽撰：《清史稿》卷三百二十之本傳（臺北：鼎文書局，1989 年），頁 1070-1071。

❷ 語出盛時彥所撰〈序〉，文據清．紀昀撰，袁彥平等校點：《閱微草堂筆記．盛序》（濟南：齊魯書社，2007 年），頁 1。以下引是書皆用此版本，僅標頁碼，不復列注；另此版本時見顯然誤字或標點錯誤，將直接更正，亦不予列注。

盛氏望益書屋刊印，以紀昀書齋「閱微草堂」命名，合稱《閱微草堂筆記》，書末附紀昀兒汝佶所記六則，以期用此存其名。此書刊刻後未久，在嘉慶二十一年（1816）已有徐時棟批注并跋的刊本出現，另屠倬編《潛園集錄》道光二年（1822）刊本在卷十迄十五選收此書，當據嘉慶本，今則以道光十五年（1835）鄭開禧所刊傳世最廣。其後得道光十九年（1839）羊城刊本、咸豐元年（1851）廣東同文堂刊本、同治五年（1866）連元閣刊本、光緒十三年（1887）及二十五年（1899）上海廣百宋齋、圖書集成局皆有排印本發行；民國初期，上海地區仍有會文堂書局（1918）、大達供應社（1934）、群眾圖書公司的排印本，錦章圖書局（1925）、進步書局、文明書局等以石印本發行；近來印行此書的書店亦夥，像早期臺灣地區新興書局就以新式標點排印（後由大中國圖書公司續印），但錯誤極多、漢風出版社亦有重排本，附有簡單的注解，三民書局由嚴文濡注譯《新譯閱微草堂筆記》，頗利今人閱讀，為較佳的讀本；大陸亦有不少重新點校本，要者若上海古籍出版社於 1980 年及 2005 年分別出版汪賢度的點校本及其編輯部的整理本、巴蜀書社 1995 年夏風揚點校本、齊魯書社 2007 年出版了由袁彥平等人整理的校點本，此尚且未含括不以學術為出版旨要的大眾讀本、選譯本，臺灣的發達網、咖啡田等或大陸的海南國際出版中心、重慶出版社、農村讀物出版社等皆有印行，足見此書確實傳世不衰，內容為廣大讀者所愛好。

此書撰寫的目的與體例，可據作者於序所自言略見：

晝長無事，追錄見聞，憶及即書，都無體例。小說稗官，知

無關於著述；街談巷議，或有益於勸懲。（頁1）

「追錄見聞，憶及即書」即著書體例，「或有益於勸懲」，為撰書目的，行文雖簡，亦由此見是書體例的涯略。復據其門人盛時彥在〈姑妄聽之跋〉所言，可驗紀昀定此體例的初衷。其云：

時彥嘗謂先生諸書，雖托諸小說，而義存勸戒，無一非典型之言，此天下之所知也。……先生嘗曰：「……小說既述見聞，即屬敘事，不比戲場關目，隨意裝點。伶玄之傳，得諸樊嫕，故猥瑣具詳；元稹之記，出於自述，故約略梗概。楊升庵偽撰《秘辛》，尚知此意，升庵多見古書故也。今燕昵之詞、媟狎之態，細微曲折，摹繪如生。使出自言，似無此理；使出作者代言，則何從而聞見之？又所未解也。留仙之才，余誠莫逮其萬一；惟此二事，則夏蟲不免疑冰。」（頁480-481）

紀昀以為撰寫小說除了不可偏好無益人心之描述外，內容更要合於事實，不可隨意地加入個人對事件的想像，雖違背今日對小說作意好奇的標準，紀昀對小說撰寫者的要求，亦是《閱微草堂筆記》所遵行的原則。故此書所收各類靈異故事，來源多來自交游、親屬、鄰居甚至自己親身的經歷，在文中必予交代聽聞的出處。其體例舉一為說：

許文木言：其親屬有新得官者，盛具牲醴享祖考。有巫能視

> 鬼，竊語人曰：「某家先靈受祭時，皆顏色慘沮，如欲下淚。而後巷某甲鬼，乃坐對門屋脊上，蹺足而笑。是何故也？」後其人到官未久，即伏法。始悟其祖悲泣之由。而某甲之喜，則終不解。久而有知其陰事者曰：「某甲女有色，是嘗遣某嫗誘以金珠，同宿數夕。人不知而鬼知也。」誰謂冥冥中可墮行哉！（頁212）

此事乃鈔自於紀氏友人許文木，故事內容僅鈔錄下許氏所述，對於整體事件並未置入個人的虛構想像，呈現出樸實無華、粗具梗概的行文特色，至於文末則是對此事的評論。此為全書習例，單一故事大凡皆有：一、出處說明，二、故事本文，三、評論三部份，行文雖頗制式，但評論方法則有變化。就解釋形式來說，或引他人看法，或自己現身說法，也常見復引他事佐證後再下總評，就內容而言，或解釋事件發生的原委，或者交代變化的理論，皆務求每件事都有足堪借鑑的要義或解釋的原理。可知本書在故事的採集、載錄方法上雖接近六朝志怪，不過於故事末多繫以評論或詮釋，又為六朝志怪所無，那麼此書要求所記內容要真實，自然地讓人與史傳的立意有所聯繫，隱約透顯著作者對其評論之必要性、公正性與實用要求，以合有益勸懲的預先期待。❸

---

❸ 是書的撰寫乃為勸戒之用，至為顯明。張維屏即言：「故文達即於此寓勸戒之方，含箴規之意。託之於小說，而其書易行；出之以諧談，而其言易入。然則《閱微草堂筆記》數種，其覺夢之清鐘，迷津之寶筏乎！觀者慎無以小說乎之。」即就此肯定此書的價值。引文用清·張維屏：《國朝詩人徵略》卷三十五（臺北：鼎文書局，1971年），頁199。

第三節　鋪衍物理：以人類為思考核心

氣化論本為中國特有的物理觀，採用陰陽兩氣簡易的消長關係，在附加陽為正氣、陰為邪氣後則微具道德意識的判斷下，解釋萬物變化的基本理則。紀昀闡釋其物理觀時乃引《易經》為說，指出「然天地之氣，一動一靜，互為其根。極陽之內必伏陰，極陰之內必伏陽。八卦之對待，坎以二陽包一陰，離以二陽包一陰。六十四卦之流行，陽極於乾，即一陰生，下而為姤；陰極於坤，即一陽生，下而為復。……沖和之氣，無地不生；偏生之氣，或生或不生耳」（頁 565），以為萬物變化之歸趨，仍止於陰陽二氣相互伏倚的關係上，同於舊說。惟就此變化理則看待本書所錄各類異聞，雖易於詮釋在物理上變異發生的原因，則難以交代事件本身的目的，即具有人為有意識的動機。故氣化論雖仍為紀昀所承認，然而僅將此概念視作純粹的物理觀，極少部份妖異變化的原因僅歸咎於物理上的特異，人們受限於己身既有經驗與知識而無法理解而已，❹大部

❹ 紀昀在是書中對個別事件多附有解釋，僅因陰陽消長產生特異現象者雖少，但亦見。若卷八記戈壁中有用以積冰、水的巨阜「天生墩」，以供驛使往來的用水，但基於有山便有水的原則，岳鍾琪發卒掘地尋水，發生山頂下墜的意外；此事為當時以為特異，故紀昀記錄後附以「是知大氣斡運於地中，陰氣化水，陽氣則化風化火。火土同為陰類，一氣相生，故無處不有。陽氣則包於陰中：其微者，餘動之性為陰所解；其稍壯者，聚而成硫黃、丹砂、礬石之屬；其最盛者，郁而為風為火。故恒聚於一所，不處處皆見耳。」用陰陽變化之理，解釋何以無法找到水源。也因之紀氏以為事之無法理解者，並非沒有其理則，而是：「理所必無者，事或竟有；然究亦理之所有也，執理者自泥古耳」，人一己耳目學識本有限，竟據以推斷自己所無法理解的事為

份發生在人類社會中與超現實有關的事件，不僅多有未可目見的力量在驅使，意欲達成既定的目的或軌則，與人們的關係至為密切。或因此，本書較少著墨在空間位置與物理變化的解釋，此意謂著周遭發生著駭人的鬼魅為祟等各類新聞，事實上都有著相同的理據或原因寄託其中，令觀者領悟後達成至終的目的。如此看來，紀昀雖然承認氣化論的真實性，卻不可當作異事件發生的真正與唯一原因，更應體察事件本身與人類的關係——人乃靈異事件發生真正的核心原因。於此，欲體悟由神鬼妖魅各種生命形態所構成的特異事實，需先安置與瞭解個人在世界中的位階，且釐清與其他生靈間的關係，方可進一步明白架構在陰陽變化法則上的理論結構。

一、兼攝氣化理論及輪迴機制

承認萬物由陰陽兩氣的作用下而形成，意味著含括個人在內的所有生靈皆由氣所組構；陰陽二氣本可作為道德或者視為判別生命等級高下的依據，可提供作為安置各類生命形態的重要指標。就此來說，其安排的次序，乃以人作為思考主軸，就此方才安放各類具有主體意識的個體。人亦為氣的聚合，由神（心）所統御，心若能至誠，則可聚合氣，形成可以目視的個人，而有「蓋神之所注，氣即聚焉。氣之所聚，神亦凝焉。神氣凝聚，象即生焉。象之所麗，跡即著焉。生者之神氣動乎此，亡者之神氣應彼，兩相翕合，遂結此形」（頁 489）的發生程序，但其中也肯定著人即令死後，神仍存在。故紀昀應相信人在形體消滅後仍保有主體意識的有鬼說，復從

偽，自是錯謬。文分見頁 160、152。

是書中習見此主張，就此嚴辭批評宋儒的無鬼論。❺不過紀昀的有鬼論頗為特異，看似承繼自先秦的魂魄說，實已折衷佛教的輪迴觀，且又附會魂隨屍身的舊題。人在身體敗亡後相信主體意識不隨之消逝，則需交代此主體意識究竟隨著屍身淹留人界，抑或相信進入冥界投入輪迴，兩種相悖的觀念在唐代之後，竟和平的共存在民間思維裏。對於欲以理智釐清超現實的紀昀而言，則必須予以處理。紀氏首先肯定人死為鬼，承續起生前的性格，而謂：

> 余謂有鬼，人之餘氣也。氣以漸而消，故《左傳》稱新鬼大，故鬼小。世有見鬼者，而不聞見羲、軒以上鬼，消已盡也。（頁27）

> 知幽明之理，不過如斯。其或黑或蒼者，鬼本生人之餘氣，漸久漸散，以至於無。故《左傳》稱新鬼大，故鬼小。殆由氣有厚薄，斯色有濃淡歟？（頁484）

人死後未久餘氣未消散，即為鬼，鬼氣盛則能淩人，相反地則需避生人，只是人死後必隨時間流逝漸趨消散，如此則又近於唯物觀，

---

❺ 《閱微草堂筆記》多次批評主張無鬼的儒生，譬若卷四即說：「儒者見諂瀆之求福，妖忘之滋惑，遂斷斷持無鬼之論，失先王神道設教之深心，徒使愚夫愚婦，悍然一無所顧忌。」卷十「聖人通鬼神之情狀，何嘗謂魂升魄降，遂冥漠無知哉！」另卷九引姚安公「儒者謂無鬼，迂論也，亦強詞也」，其餘相似言論甚多，不復舉。又書中多載降乩事，也充份地道出紀氏深信人死為鬼之說。上引文分見頁69、209、185。

雖可詮釋鬼魂出現在人世的原因，但紀昀又認為輪迴亦為真，以為人死後在進入輪迴前即佛教的中陰身，其形態即為鬼，也在書中不斷地強調輪迴的真實性。❻只是欲存兩說，就必兩難於人死將消散殆盡，如何能進入輪迴、以及人死必入輪迴，人間便未可見鬼。對此，紀昀明白地道出其中疑義，並引一事予以詮解。其云：

> 謂鬼無輪迴，則自古至今，鬼日日增，將大地不能容。謂鬼有輪迴，則此死彼生，旋即易形而去，又當世間無一鬼。販夫田婦，往往轉生，似無不輪迴者。荒阡廢冢，往往死鬼，又似有不輪迴者。表兄安天石，嘗臥疾，魂至冥府，此此問司籍之吏。吏曰：「有輪迴，有不輪迴。輪迴者三途：有福受報，有罪受報，有恩有怨者受報。不輪迴者亦三途：聖賢仙佛不入輪迴，無間地獄不得輪迴，無罪無福之人，聽其游行於墟墓，餘氣未盡則存，餘氣漸消則滅。如露珠水泡，倏有倏無；如閑花野草，自榮自落，如是者無可輪迴。或有無依魂魄，附人感孕，謂之『偷生』。高行緇黃，轉世借形，謂之『奪舍』。是皆偶然變現，不在輪迴常理之中。至於神靈下降，輔佐明時；魔怪群生，縱橫殺劫，是又氣數所成，不以輪迴論矣。」天石固不信輪迴者，病痊以後，嘗舉以告

---

❻ 關於輪迴的真實性，為本書所好申說者。若卷九即說：「惟輪迴之說，則鑿然有證。司命者每因一人一事，偶示端倪，彰神道之教。少宰此事，即借轉生之驗，以昭苦節之感者也。儒者盛言無鬼，又烏乎知之。」卷二十一也斷言：「輪迴之說，鑿然有之。」諸如此類的解說於文中習見。引文分見頁180、512。

人，曰：「據其所言，乃鑿然成理。」（頁 89-90）

紀昀點出一般兼信輪迴與死後為鬼兩說的疑點：人死入於輪迴則人世不得見鬼，人死為鬼無輪迴，歷代亡魂豈為世界所能容納，因此他援引表兄安天石因臥病進入冥府，聽得冥吏的「官方說法」，指出輪迴雖是常例，乃適用在一般人身上，像極善的仙聖、極惡的罪徒分別置於天界與地獄外，介於二者間又無特殊善惡行為的人，任其意願可活動於自己陰宅，成了鬼魂出現的主要因素，另外還有極少見的自行附人感孕和附身奪舍特例。若輔以紀昀對鬼魂僅能維持一段時間的看法，遊於墟墓的魂魄若不能入於輪迴，則將趨於消滅，如此，在輪迴的機制下鬼雖無處不有，卻非觸目皆是，自願停留在人間墳墓的鬼魂至終乃須回歸輪迴，否則便有永久消散之虞，從此說，可令上述疑義冰釋。尤可注意者，紀昀也引申此說解釋了民間鬼魂為祟的原因，即輕生或意外死亡未得安葬的亡魂，以致滯留在死處，何以需要引誘活人以同樣死法輕生，以求替代方才可離去的鄉譚。紀昀以記錄一名聶姓遇縊鬼的對談，道出自殺者的死後處境：

> 上帝好生，不欲人自戕其命。如忠臣盡節，烈婦完貞，是雖橫夭，與正命無異，不必待替；其情迫勢窮，更無求生之路者，閔其事非得已，亦付輪迴，仍核計生平，依善惡受報，亦不必代替。倘有一線可生，或小忿不忍，或借以累人，逞其戾氣，率爾投繯，則大拂天地生物之心，故必使待替以示罰。所囚沈滯，動至百年也。（頁 59）

因不可抗力身死於外，毋論是慷慨就義或無辜受死，皆不用滯留死處便入輪迴，只有輕率地選擇死亡者必須停留在死處，等待同樣輕生者死亡方可復入輪迴中，避免靈魂逐漸消散，此規則乃訂立自天帝，作為自戕性命的處罰，成為鄉野故事中縊鬼、投河死亡者尋人自代的解釋。得知紀昀認定人及鬼魂皆由氣所組成，因此也會隨著時間而消失，在配以輪迴的機制後令鬼魂不致於歸於無有，另外安置天界、地獄收納聖賢與極惡者不入輪迴，至於無特別善惡行為及自殺者，則放置在遇鬼的熱點墓地與易生意外處，如此自可符合世人承認輪迴實有的期待，以及人間遇鬼的基礎。

二、安排生命尊卑與分辨屬性

人具有特殊的生命地位，與其他含識不同，卷十四言及雷電出現的原因時，就指出：「人為三才之中，人之聚處，則天地氣通，通則弗鬱，安得有雷乎」（頁 334）乃用人乃三才之一的舊說，擁有與天地感通的身份，故若雷這樣至陽的氣，自不會無故在人群中聚積。至於一般觀感中較凡人地位更為崇盛者尚有聖人、仙佛、神明等生命形態，在本書裏甚少談到其本質，提及時亦多質疑其真實性，❼此現象可解讀為當時民間較少涉關懷、探究佛道宗教中修習

---

❼ 紀昀書中幾未見談及仙、佛顯世之事，即令談及，亦評云：「人不死者，名列仙籍矣。然赤松、廣成，聞於上古；何後代所遇之仙，皆出近世？劉向以下之所記，悉無聞耶？豈終歸於盡，如朱子之論魏伯陽耶？婁真人近垣，領道教者也。嘗以問之，亦弗能答。」又謂：「謂無神仙，或云遇之；謂有神仙，又不恒遇。劉向、葛洪、陶宏景以來，記神仙之書，不啻百家，所記神仙之名姓，不啻千人。然後世皆不復言及。後世所遇，有後世之神仙。豈保

成功者以及儒家聖人的情況，而是重視自己當下的處境，與紀昀聚焦在社會裏的個人，態度相符。惟卷五記有婦捨身救姑後為神明的新聞，有人懷疑孝婦為神一事，恐為安慰生者而捏造，但紀昀卻以為此事非虛，原因在於：「余謂忠孝節義，歿必為神。天道昭昭，歷有證驗，此事可以信其有。即曰一人造言，眾人附和，『天視自我民視，天聽自我民聽』。人心以為神，天亦必以為神矣，何必又疑其妄焉。」（頁 92）那麼所謂的神明，乃是由天庭或冥府所任用的官吏，本質雖與鬼同，但在身份上有別而已。本書所著墨者，多勸誡人類應持正當的態度，面對位階較低的各種生命。就紀昀的看法，活動在人們四周毋論是具有變化愚弄個人能力的精魅、為人熟悉的家畜及其他動植物，本質也與人類相同由氣所組成；另外紀昀所強調的輪迴即使適用範圍已縮小，生物皆一體適用，無法自脫在輪迴機制之外，在這基礎概念之上，紀氏以單純的陰陽兩氣對立，建構起各類生命的本質以及對人類的意義。

就最習見的精魅來說，於書中僅告知其性質和鬼魂相同，屬於陰氣，對屬乎陽氣的人有害，反映出當時人對精魅屬性已有定見；

固精氣，雖得久延，而究亦終歸遷化耶？」頗致疑詞，其對仙佛的態度，由之可見一斑。引文分見頁 130、498。復按上引文亦見於《紀曉嵐家書‧寄族姪貽孫》，文字幾同，檢是書觀念雖與《閱微草堂筆記》的觀念相合，然內容亦相重，恐此書非書前小序所稱出於「近在河間張氏求藏秘本中，覓得若干篇，其著墨迥異庸俗，具見才人筆致」，乃出於編者自輯，故本文徵引文獻未敢引用，附誌於此。見題名清‧紀昀撰：《紀曉嵐家書》（臺北：廣文書局，1994 年），頁 38。

至於清初甚為流行的狐仙（妖）崇拜，[8]較有詳說。狐仙在《閱微草堂筆記》中幾為習見生物，生活方式與人近似，亦會讀經、修煉，也有為害生人的情況，人對狐仙的出現也不以為怪，與牠和平相處為常例。卷三載錄了老狐修鍊的經驗談，道出狐狸與人、精魅的生命關聯與地位，其云：

> 凡狐之求仙有二途：其一採氣，拜星斗，漸至通靈變化，然後積修正果，是為由妖而求仙。然或入邪僻，則干天律，其途捷而危。其一先煉形為人，即得為人，然後講習內丹，是為由人而求仙。雖吐納導引，非旦夕之功，而久久堅持，自然圓滿，其途紆而安。顧形不自變，隨心而變。故先讀聖賢之書，明三綱五常之理，心化則形亦化矣。（頁 53）

另卷五也載狐女之言，其云：

> 人陽類，鬼陰類，狐介於人鬼之間，然亦陰類也，故出恒以夜，白晝陽之時，不敢輕與人接也。（頁 91）

狐乃介於人及精魅間的生物，氣雖屬於陰，但本質與人相近，在修煉時雖可直接由妖身修成仙體，但也容易誤入邪僻，此乃狐妖惑人

---

[8] 狐仙（妖）信仰至清初又極盛，尤其在北方；紀昀鑑於此，不免針對這眾人所習知卻又不甚清楚其陰陽屬性的生物予以詮釋。關於此時民間狐仙信仰的概況，請參李劍國：《中國狐文化》（北京：人民文學出版社，2002 年），頁 199-294。

的主因；至於較為安妥的方法須先修成人身後再修仙，卻有較迂緩的缺點。人、狐、精魅三者構成了有陰陽對立及善惡觀點的生命體系，道出人與鬼與精魅的氣因著有分陰陽，呈現相互對立不能互容的態勢，在單一氣盛的狀況下若身為高官、正直、甚至個性至剛的個人，皆可令另一種氣迴避，相反地鬼魅氣盛，則敢侵擾個人，沿襲著清以前既有的概念。❾以上僅安排了具有善惡意識的生命形態，未定義一般未變成精魅的習見生物。驗諸書中所出現又與精魅無關的動物，幾為家畜，或申說輪迴，或談報應，未述及其本質。不過已道出「夫凡屬含生，無不畏死，不以其畏而憫惻，反以其畏而恚憤」（頁 331），又「天子無故不殺牛，大夫無故不殺羊，士無故不殺犬豕，禮也。儒者遵聖賢之教，固萬萬無斷肉理」（頁 78）勸說人類當善待動物，不可無故宰殺，排除了與佛教殺戒的關聯外，另可得知牲畜是與人共同生活且較低階的生命。由此可以得到如此的生命排列：

---

❾ 早於唐小說中已見鬼須避貴人，其後愈演愈熾，以為人之陽氣盛，鬼魅皆會躲避，於小說裏屢見不鮮。本書亦然，卷十一引能視鬼者對鬼的觀察，而有：「大抵鬼與鬼競，亦如人與人競耳。然微陰不足敵盛陽，故莫不畏人。其不畏人者，一由人據所居，鬼剌促不安，故現變相驅之去；一由祟人求祭享；一由桀驁強魂，戾氣未消。」（頁 250）鬼為求血食或承生前個性而為祟，但也需考量陰陽二氣相互排斥盛衰的現實；另卷七亦得「病榻必有人環守，陽光熾盛，鬼卒難近也。又或有真貴人，其氣旺，有真君子，其氣剛，尤不敢近。又或兵刑之官，有肅殺之氣，強悍之徒，有凶戾之氣，亦不能近。」（頁 150），道出鬼避貴人、真君子、兵刑官員及強悍之徒的原因，在於陽氣旺盛。其理可知。

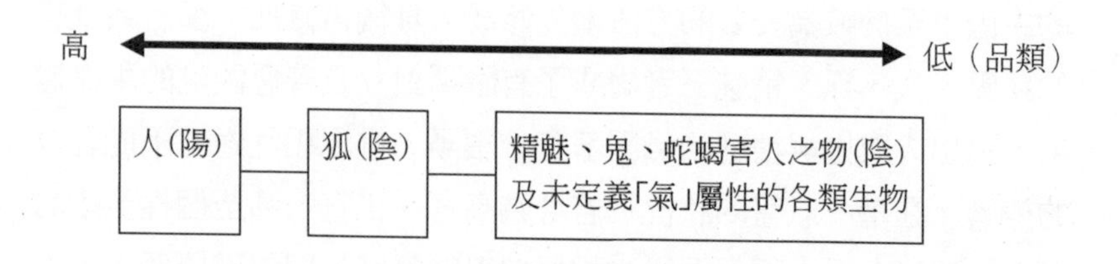

如此的安排，是與前述的善惡觀有關。要之人心主宰著氣的特質，個人心神不正則屬於陰氣的邪氣生，即會招引屬於陰氣的邪魅，其中含括了欲成仙體卻入於邪僻的妖狐，成為本書解釋邪魅來訪的關鍵，甚至心術長久不正，可令陽氣變異，竟會變成害人陰物，❿至於一般與人相親或無危害個人的家畜或生物，卻在陰陽二氣已披善惡符號的情況下無可亦不用安置，但也明顯地告知其生命與精魅等同，既對人無害，人就應持著仁人之心對待。

總之，紀昀調和了原本相悖的氣化論與輪迴觀，自無法和宋代側重建構形上學和宇宙論的理學全然同調，⓫在文中肯定了與其意

❿ 凡被鬼魅妖精迷惑者，於是書中多因心生邪僻所招引，相反地若心正則能退之。此類於書中屢見，若卷十六引塾師語云：「妖不自興，因人而興。子其陰有惡念，致羅剎感而現形歟」，卷十八記紀昀門人郝瓊年輕時即正直，有狐魅欲惑卻不敢近身，故紀昀即謂：「然則花月之妖，為人心自召明矣」；卷九也引姚安公語云：「然鬼必畏人，陰不勝陽也；其或侵人，必陽不足以勝陰也。豈恃血氣之壯與性情之悍哉？人之一心，慈祥者為陽，慘毒者為陰；坦白者為陽，深險者為陰；公直者為陽，私曲者為陰」（頁 185），言及人應修德令正氣盛可退邪辟；甚至可收「凡陰邪之氣，遇陽剛之氣則消」（頁 41）的效果。另外紀昀也指出當心術長久邪僻，與害人陰物相同時，就會讓人形變成蟒、虎甚至狐狸（頁 358-359），其主張可見。

⓫ 紀昀之所以在書中多批評宋儒，就本書而言乃與宋儒以宇宙論及形上學為思辨核心有關。勞思光以為宋代初期主要二家周敦頤與張載的學術特徵，乃為

見相同處若朱熹以氣解釋個人組成概念，及由此引申「生氣未盡，與生氣偶然相合」⓬的偶生理論，不過人死後若即歸天地，無法維護個人意識，鬼便無由得見外，也無主體進入輪迴，就和其兼容氣論與輪迴的看法相左，紀氏便認定了這樣的論理體系有其疑義，相違聖人制禮與經書內容的禮法真義。因此在書中多次批評朱熹，也僅針對與其相違之處而發論，若云：

然余有所疑者：朱子大旨，謂人秉天地之氣生，死則散還於

混合形上學及宇宙論的哲學系統，其後朱熹更好宇宙論，並指出：「宇宙論與形上學之差異，在於形上學主要肯定必落在一超經驗之『實有』上，建立此肯定後，對於經驗世界之特殊內容，可解釋可不解釋。……而宇宙論之主要肯定，則落在經驗世界之根據及變化規律上；此種根源及規律雖亦可為『實有』，但非超經驗之『實有』。其建立根據每與經驗世界之特內容息息相關。」於是宋儒多涉論經驗世界之種種，即紀昀所認為「宋儒據理以論天」的看法，本就無法和紀昀混民間信仰以談理同調，竟成為其批評的重點。引文見勞思光：《新編中國哲學史（三上）》（臺北：三民書局，1997年），頁 48-49。另張麗珠論紀昀反宋學的原因，兼用《閱微草堂筆記》的主張，特指出紀氏以為宋學「理學空談、講學家高論」，故予排斥，此說可與此點相發明，附誌於此。參張麗珠：〈紀昀反宋學的思想意義——以四庫提要與閱微草堂筆記為觀察線索〉，《漢學研究》，第 20 卷 1 期（2002 年 6 月），頁 253-276。

⓬ 若卷二十一記三位屠人死後，其一發生鄰村人生一豬直入屠人家臥，驅之不去，另一位則死後一年其妻改嫁，一豬銜入咬傷其腳脛，又有其妻適有孕生女，女作豬號三日而死等異事，紀昀據此作出「此亦可證豬還為人」的結論，且謂「余謂此即朱子所謂生氣未盡，與生氣偶然湊合者，別自一理，又不以輪迴論也」（頁 524）輔證氣偶生之說，相關論點，散見是書，不贅舉例。

> 天地。葉賀孫錄所謂：「如魚在水，外面水便是肚裏水，鱖魚肚裏水與鯉魚肚裏水只是一般。」其理精矣。而無如祭祀之理，制於聖人，載於經典，遂不得不云子孫一氣相感，復聚而受祭；受祭既畢，仍散入虛無。不識此氣散還以後，與元氣渾合為一歟？抑參雜於元氣之內歟？如混合為一，則如眾水歸海，共為一水，不能使江、淮、河、漢，復各聚一處也；……又安能於中釐出某某之氣，使各與子孫相通耶？如參雜於元氣之內，則如飛塵四散，不知析為幾萬億處，……不過釋氏之鬼，地下潛藏；儒者之鬼，空中旋轉。釋氏之鬼，平日常存；儒家之鬼，臨時湊合耳。又何以相勝耶？此誠非末學所知也。（頁 339-340）

> 朱子所謂輪迴雖有，乃是生氣未盡，偶然與生氣湊合者，亦實有之。……天下之理無窮，天下之事亦無窮，未可據其所見，執一端論之。（頁 512）

朱熹對輪迴觀雖未積極否定，然態度曖昧，而持人乃氣所組成，人死自然還復天地之中的理論，⓭紀昀復據聖人制定祭祀之禮，必定

⓭ 按據張立文指出朱子的鬼神觀，雖認定鬼神是實理，為陰陽之氣，不過「鬼神者，二氣（按指陰陽）之良能……如是，則朱熹的鬼神論頗接近於無神論」，且「鬼神是一切自然現象的總代表，是運動的情狀，是自然能如此，這都是對漢以來關於鬼神說的發展」，自和認定人死為鬼（神），有知能害人的看法差別甚遠，況陰陽二氣還於天地，亦間接不承認輪迴的存在。又朱熹亦認定人死於非命氣則久久不散，鬼即為祟，但仍將歸於消亡，故此看法

已有承認鬼來受祭的立場，點出人死後已復還天地億萬如縷的氣就要再聚為鬼再受饗，恐與情理不符，反對朱熹的看法。其中紀昀雖然誤將地府（獄）悉予佛教所獨有，但主要還是以陰陽相勝的觀點，質疑自行由宋儒氣化論推展出鬼乃臨時湊和的意見，可見紀昀在歸納並推衍各項靈異「事實」的物理基礎後，甚至舉作質疑宋代理學說法的證據，批評反對輪迴、持無鬼論的儒者，認為「六合之外，聖人存而不論，闕所疑可也」（頁 66），連聖人對於自己不明的事，都持保留態度，何況以學習聖人為終生職志的儒生，不可若「講學家執其私見，動曰此理之所無」（頁 490），或「宋儒於理不可解者，皆臆斷以無是事」（頁 79），誡以先聖「君子於不知，蓋闕如也」（頁 79），避免囿於所識，自泥於古（頁 152）。紀氏欲證成鬼神實有的執著與態度，也由此可想見。

第四節　詮釋事件：以教誨為解說法式

靈異事件的成立，意味支持此現象的預設概念即前文所述被承認，依循其推衍的軌則，驅動事件的發生。本書所記聞錄，或為個人親身經歷，或採錄家人、朋友及門生的遭遇與聽聞，近來新聞亦在搜羅之列，「事必有徵」誠為《閱微草堂筆記》收錄標準，由此

仍與朱子的氣化魂魄觀不衝突。引文參張立文：《朱熹思想研究》（北京：中國社會科學出版社，1994 年），頁 228、230，另朱子論鬼為祟、祖靈原理者，請參（美）田浩：〈朱熹的鬼神觀與道統觀〉，朱杰人編：《紀念朱熹誕辰 870 周年逝世 800 周年論文集》（上海：華東師範大學出版社，2001 年），頁 171-183。

除可與其他志怪書來分別，也成就了此書載事簡易而略故事曲折與趣味的文章特色。⓮這些被當作事實看待的事件，紀氏在詮釋時除了申辯前文已論及陰陽相倚的基礎物理及六道輪迴的生命機制外，再引用天庭與冥府所組構成的官僚集團，執行著已被天上預定的個人命運，以及計算、回報復因行善或為惡行增扣原有定命的福禍，在配合著輪迴機制與陰陽物理的推移下，作為靈異事件何以發生的真正意志與原因。關於冥界事物以及命定觀，紀昀較少悉心闡釋，乃概括承認民間對於冥界與命定的想像：人的一生境遇已被上天所決定，惟有行善及行惡能左右已被決定的命運，由冥界官僚負責記錄善惡與施行命運，但頗費言詞在其中理論的聯繫與問題的詮釋，若鬼神本為執行個人的命運，紀昀就聯結起鬼神與命運的關係，由此證成善惡之行未改變命運時，就可藉由鬼神預定個人未來，接受預知命運的說法，⓯另外像習見冥吏誤捉生魂入冥的舊說，間接否

⓮ 本書頗強調記錄的真實，更有意地欲和其他小說加以分別。占驍勇便指出：「一般說來，乾嘉文言小說多托言『寓勸懲、廣見聞』，很少有作品與前代傳奇拉關係，不僅不拉，還要批評那些典型的虛構故事。」其後皆引《閱微草堂筆記》的論述為例，已中此書在記錄時的準則與特點；因乏虛構，令故事也多簡潔而少枝蔓。文見占驍勇：《清代志怪傳奇小說集研究》（武漢：華中科技大學出版社，2003 年），頁 185。

⓯ 關於鬼神能預知命運的原理，本書頗多置辭。若卷二十四便載有其詮解，其云：「數皆前定，故鬼神可以前知。然有其事尚未發萌，其人尚未舉念，又非吉凶禍福之所關、因果報應之所繫，游戲瑣屑至不足道，斷非冥籍所能預注者，而亦往往能前知。」又云：「蓋精神所動，鬼神通知；氣機所萌，形象兆之。與揲蓍灼龜事同一理，似神異而非神異也。」鬼神負責執行個人命運自能預知，甚至尚未做出能影響定命的善惡行為，亦能由精神已動處來預測未來，彰顯著鬼神預言的神秘能力。文參頁 566、133。

定冥府的執行能力，紀氏也加以疏解，⓰皆欲為冥界的行政系統，建立起可靠且合理的形象。紀昀對於這些看似不經的民間說法多方證成，雖多少反映出個人的信仰傾向與人生定位，但他最予著墨處，仍在於教導他人當如何看待這些事件，亦即在這些靈異事件發生後，聽聞者可由其中獲得來自冥界的何種消息：

一、事件詮釋：借神鬼精魅以孚情理

本書既將所有的事歸於鬼神的預定，即使個人的善惡行為，多少也被鬼神所預見，那麼除卻鬼魅直接為祟的事件外，令人費解甚而不可究詰何以發生的尋常事件，亦隱匿著來自冥界神秘力量的操作。譬若卷十一記錄下一位心思邪僻者得不償失的新聞，即申說著冥冥之中神鬼的干預：

> 張樊川前輩時在座，因言有好孌童者，悅一宦家子。度無可得理，陰屬所愛姬托媒媪招之，約會於別墅，將執而脅污焉。屆期，聞已至，疾往掩捕。突失足角荷塘板橋下，幾於滅頂。喧呼掖出，則宦家子已遁，姬己鬢亂釵橫矣。蓋是子

⓰ 誤捉生魂入冥的故事早於六朝已見，作為冥界與鬼神實有的佐證。只是若承認此事的發生，對於冥界的公正性與執行力自生質疑，關於此，紀昀引鬼魂之語，而謂：「冥司法至嚴，而用法至慎。但涉疑似，雖明知其事，證人不具，終不為獄成。」並於故事末作出「又小說載，多有生魂赴鞫者，或宜遲宜速，各因其輕重緩急歟？要之早晚雖殊，神理終不憒憒，則鑿然可信也」的評斷，證說著冥府決獄的公正及生魂入冥的主因，皆為昭示天理之昭昭。文參頁 197。

> 美秀甚，姬亦悅之故也。後無故開閣放此姬，婢嫗乃稍泄其事。陰謀者鬼神所忌，殊不虛矣。（頁 251）

此事是以受報主角作為論述主軸，復由其記錄進程，可再略分成⑴好孌童者心生邪念、⑵以愛姬誘宦家子、⑶好孌童者失足墜橋下而事敗、⑷愛姬與宦家子相通、⑸出愛姬等五項情節，且將第一項與最後一項予以聯結，作出好孌童者因這邪念，讓他付出了愛姬作為代價的因果判斷。只是紀昀認定此事件是受到鬼神的干預，在於第三項主角失足跌倒的突發事件，作為神鬼介入的證明。但此事本可用偶然以釋，未必與鬼神有關，卻在紀昀「任何世事皆受鬼神所監控」的預設下，麼偶發影響後續發展的單一情事，自然出鬼神的干預。但惡念未得執行，受控於鬼神，然世上姦事發生更是習見，鬼神的立場自應交代。關於此，紀昀則用報應以釋，毋論透過輪迴或直接報復，務使行善、惡事後皆有報應。若在卷五正記錄著一位悍婦卻未得報應的新聞：

> 佃戶曹二婦悍甚，動輒訶詈風雨，詬誶鬼神；鄉鄰里閭，一語不合，即揎袖露臂，攜二擣衣杵，奮呼跳擲如虓虎。一日，乘陰雨出竊麥，忽風雷大作，巨雹如鵝卵，已中傷仆地。忽風捲一五斗栲栳墮其前，頂之得不死。豈天亦畏其橫歟？或曰：「是雖暴戾，而善事其姑。每與人鬥，姑叱之，輒弭伏；姑批其頰，亦跪而受。然則遇難不死，有由矣。」孔子曰：「夫孝，天之經也，地之義也。」豈不然乎！（頁97）

悍婦行惡卻未得報，甚至竊麥的當下為冰雹所困，竟有風捲栲栳護衛其身體的異事發生，此特異事件就紀昀思考模式又復與鬼神聯結，直視為鬼神之力，在細究後發現此悍婦至孝，成為免禍的主因。因此紀昀便道出：「天道乘除，不能盡測。善惡之報，有時應，有時不應；有時即應，有時緩應；亦有時示以巧應」（頁162），認定神鬼執行報應，與周遭一切事有關，當發生未可以情測、甚至可用偶然以釋的特出事件時，紀昀直接用鬼神介入為釋，若無法以報應詮釋時，紀氏就歸納於「天道乘除，不能盡測」的原則中，在這人間充滿鬼神的思維裏，得到另一種合理的解釋。

二、人物地位：用靈異事件彰顯教訓

以上所引靈異之事，或可用「偶發」加以解釋，畢竟並無鬼神精魅現身在其中。本書所錄，仍以鬼魅精怪為祟為故事大宗。這些異事發生的根由，為本書所欲探究的旨趣所在。於是記錄時多會再予檢視，或細繹鬼魅出現的原理，或表彰明事情的首尾，最後能在其中得到教訓。即令最為單純及習見的精魅惑人，亦可在其中尋得與人世相同的義理。若紀昀記下一則親身親歷即如此，其云：

> 余兩三歲時，嘗見四五小兒，彩衣金釧，隨余嬉戲，皆呼余為弟，意似甚相愛。稍長時，乃皆不見。後以告先姚安公。公沈思久之，爽然曰：「汝前母恨無子，每令尼媼以彩絲繫神廟泥孩歸，置於臥內，各命以乳名，日飼果餌，與哺子無異。歿後，命人瘞樓後空院中，必是物也。恐後來為妖，擬掘出之，然歲久已迷其處矣。」前母即張太夫人姊。一歲忌

> 辰，家祭後，張太夫人晝寢，夢前母以手推之曰：「三妹太不經事，利刃豈可付兒戲？」愕然驚醒，則余方坐身旁，掣姚安公革帶佩刀出鞘矣。姚知魂歸受祭，觸有其事。古人所以事死如生也。（頁 96）

所載乃習見物老為魅及亡魂歸家的故事，除了道出精魅的實有及人死為魂的道理外，作者（記錄者）更由之得到與聖人「事死如生」的真理：人們的思考未能理解，不可以此將事件視作不經，聖人體悟天理，後人本應遵行，事死如生，證說著人們對死者應有的態度及認識。然更有直接針對事件中人作出道德評議，其義更顯。其載云：

> 老僕盧泰言：其舅氏某，月夜坐院中棗樹下，見鄰女在牆上露半身，向之索棗。撲數十枚與之。女言今日始歸寧，兄嫂皆往守瓜，父母已睡。因以手指牆下梯，斜盼而去。其舅會意，躡梯而登。料女甫下，必有几凳在牆內，伸足試踏，乃踏空墮溷中。女父兄聞聲趨視，大受棰楚。眾為哀懇乃免。然鄰女是日實未歸，方知為魅所戲也。前所記騎牛婦，尚農家先挑之；此則無因而至，可云無妄之災。然使招之不往，魅亦何所施其技？仍謂之自取可矣。（頁 408）

主人翁因貪女色而被魅怪所戲，對這位心生邪念者進行機會教育，亦寄咎由自取的寓意在其中，作為讀者的借鏡，應以此事為戒。事雖涉靈異，但個人在其中仍掌主導地位：若能持正念，妖邪不會亦不能為害生人；產生異變，人也當察考其中原因，明瞭自己身處任何事件的樞紐地位，一己的行為決定了事件的後續發展，也由自己承當其結果。

三、天道運作：以維護秩序作爲首要

由於紀昀論述物理變化與個人生命時，同時納入了佛教的輪迴、儒家的仁心、道教的修養，且兼容了民間定命與各類崇拜，對於「善」的內容，勢必需要再予劃分清楚。要之佛教有信佛解脫，道教亦存祈禳祛禍，其要義不僅相互排斥，亦和儒家義理有所扞格，然已將宗教崇奉行為納入善的意涵，紀昀自必須清楚地安置與釐清「善」的內容，方能使本書所重視的報應理論能夠公平、公正地推行。三教論衡，成為應該處理的議題。就此，紀昀認為：

> 道家言祈禳，佛家言懺悔，儒家則言修德以勝妖：二氏治其末，儒者治其本也。族祖雷陽公畜數羊，一羊忽人立而舞。眾以為不祥，將殺羊。雷陽公曰：「羊何能舞，有憑之者也。石言於晉，《左傳》之義明矣。禍已成歟，殺羊何益？禍未成而鬼神以是警余也，修德而已，豈在殺羊？」自是一言一動，如對聖賢。後以順治乙酉拔貢，戊子中副榜，終於通判，訖無纖芥之禍。（頁244）

修德為行善之本，能令積善有慶，又復收祛邪去禍的果效，至於祈禳或懺悔，不僅屬為善的枝末，亦未必然會有果效，似將儒家的道德觀視為善的主要意涵。但紀昀又認為此善的定義，乃三教所本，非儒家所專有，故又云：

> 問：「然則天視三教如一乎？」曰：「儒以修己為體，以治人為用；道以靜為體，以柔為用；佛以定為體，以慈為用。其宗旨各別，不能一也。至教人為善，則無異。於物有濟，亦無異。其歸宿則略同。天固不能不并存也。……。」（頁82）[17]

三教之別，僅在於宗旨不同，但在教人為善上乃無異，此為共通價值。但佛教視勸人念經造佛等宗教行為能得大利益，道教亦若是，此乃宗教在鞏固信仰時，必以崇拜、信奉置入善行的當然原則，故佛道兩教「善」的內容雖存在著人類共同的社會觀感及價值，亦有獨殊性與排他性，未可僅用「勸善」一詞予以概括。此顯見的疑義，紀昀也有所討論，已針對「事佛有益」一事有所發論，以為「佛只是勸人為善，為善自受福，非佛降福，若供養求佛降福，則廉吏尚不受賂，曾佛受賂乎」（頁232），道出事佛即應為善，方能得益，相反地，持觀音齋誦觀音咒卻忤逆長輩，仍會受報（頁192），原理在於「尋常冤譴，佛能置訟者於善處，彼得所欲，其怨自解」，只是若重業深仇，即令「釋迦牟尼亦無如之何」（頁193），否定佛經裏所聲稱念經所能獲大利益的應許。至於對道教

---

[17] 類似論述於卷二亦可見，其云：「蓋天下上智少而凡民多，故聖人之刑賞，為中人以下設教。佛氏之因果，亦為中人以下說法，儒釋之宗旨雖殊，至其教人為善，其意歸一轍。……而不知佛氏所謂善惡，與儒無異；所謂善惡之報，亦與儒無異也。」亦主儒、道兩教對善的定義實無異。引文見頁39。

也若前文提及，紀昀本質疑仙人的實有，另外道士所用的符法，紀氏甚至和當時的張天師戲言，直接否認符法的真實（頁 103）。紀昀預設了一位具有絕對權威的「意志天」，為道德價值的根源亦是最高原則，此意志天認定行善乃個人行事的準則，復將宗教行為排除在善的意涵外。其善的定義，其實即單指能被社會所能接受與承認、足以維護社會秩序的規範而已，自近於國家的律法規定，誠與明清盛行於民間的勸善內涵有所契合。[18]今即引卷八記錄下冥官討論一婦至孝卻至淫的施報難題為說：一般情況善惡行為的報應能夠相抵，然而孝為大德，若因行淫而令世人不見其善報，或者相反地淫為大罰，又因至孝而未施處份，會讓世人誤以為善惡無報，故陷於善惡相抵與善惡各報的難題裏，最後只能送至冥界的最高行政單位，讓天曹決行。（頁 155）所謂孝為大德，淫為大惡，皆屬乎傳統禮教的範疇，維繫著社會安定，本與佛道兩教關係較遠，然據以為善惡的代表，足見其思維仍回歸於禮教，以社會規範作為本位思

---

[18] 自晉葛洪有意識地將宗教倫理置入修仙要件後，成為善書〈太上感應篇〉的先導。李豐楙即云：「道教在初期所提出的道德觀，廣泛吸收儒道各家，以及民間本有的生活規範，作為奉道者、修道者的道德條目，葛洪即在這些基礎上有所建樹。」而這兼容儒道思想、復採民間生活規範為內容的勸善觀，成為宋代以降勸善書至為重要的內容。誠如鄭志明所指陳的：「通俗化的道德觀念，是民間本有的生活規範，將一切道德教訓格言化，以便人之客觀的把握，要在就人的日常行為，規定其善惡功過，進而言因果報應，以勉人為善去惡積功悔過，可說是為人的道德觀念與功利觀念結合之產物。」頗中善書內涵之肯綮，與《閱微草堂筆記》界定善的內容如合符契。以上引文分見李豐楙：《不死的探求——抱朴子》（臺北：時報文化出版公司，1998年），頁 209 及鄭志明：《中國善書與宗教》（臺北：臺灣學生書局，1993年），頁 59。

考，因此人若能補過遷善，應予嘉許，不可苛求，令「一時失足者，無路自贖，反甘心於自棄，非教人補過之道也」（頁 493），自是錯謬。這樣的詮解方式，復由卷十借鬼魂諄諄勸語，由其中見其原委：「懺悔須及未死時，死後無著力處矣」，「懺悔須及未死時也」（頁 210）人死後便與社會無涉，也排除了死後補償生人的可能，那麼紀昀強調人應在生時行善，避免行惡，確然援用了善惡行為能相抵消即當時流行民間的功過格計算方式，意味著人在犯錯後仍可藉著行善贖罪，達到安定社會的至終目的，[19]卻又斷絕其中積善成仙、解脫成佛的可能，[20]排除佛道等宗教行為在善的定義之中，而僅定睛在社會價值與秩序維護而已。

---

[19] 功過格乃明清社會一種微具宗教意識信仰，包筠雅云：「17、18 世紀功過格作者們最關注的，是講解行為規則，對中國社會所有成員進行道德教育。這些功過格表達了一種包羅萬象的社會觀，一般人都相信，這種社會秩序的計劃來自作者對儒家經典深奧含義提煉。」頗中此思想所建立規範的思維模式。尤其明末以降，功過格和其他善書影響社會更深，酒井忠夫即謂：「明末，民間流行種種功過格。當時，整理集成善書的風氣很濃，在這種風氣影響下，出現了把功過格集大成的動向，即將各種功過格輯成一本功過格。」已道出此思想愈趨流行與深植民間。引文分見包筠雅（Cynthia J. Brokaw）著，杜正貞、張林譯：《功過格：明清社會的道德秩序》（杭州：浙江人民出版社，1999 年），頁 185、酒井忠夫著，許洋主譯：〈功過格的研究〉，劉俊文主編：《日本學者研究中國史論著選譯：第七卷思想宗教》（北京：中華書局，1993 年），頁 522。

[20] 流行明清的功過格原脫自道教積善成仙與太微信仰，和道教關係甚深，民間佛教也援此觀念，但紀昀顯然只採行了功過格的報應原則與道德法條，卻積極否定與佛道宗教行為的關係。關於道教功過格的特點，請參秋月觀暎著，丁培仁譯：《中國近世道教的形成》（北京：中國社會科學出版社，2005 年）。

第五節　結　論

《閱微草堂筆記》雖以收錄各種異事為文章主體，卻更側重在合理地詮釋與安排這些異聞，組構形上理論。紀昀以接受民間最主要對生命歸宿、物理流轉的各式想像為前提，除了承繼起陰陽的氣化理論作為萬物變化之理則外，並在這基礎上接納佛教特有的輪迴觀，作為所有生命的歸趨與機制；但有輪迴就排除了世間有鬼的可能，故紀昀且折解含識必入輪迴的原有理論，視佛教的中陰身為人死後餘氣未滅的鬼魂，可因生前的善行昇天、或為人極惡進入無間地獄、善惡不顯者可聽由其意願留於墓地，至於自殺身亡者則會滯留死處，於該處等待同樣輕生者死亡後方可離開投入輪迴，以免日久氣衰歸於無有，作為上天處罰輕視自己生命的方法，如此的安排，不僅保留下已被眾人所接受的輪迴觀，也足以兼顧鬼魂為祟的民間看法。至於精魅的出現可用舊有的氣化論為說，當氣生變異後則精魅生，屬性和鬼魂相同為陰氣，和屬乎陽氣的個人相互衝突，陰陽兩種不同的個體相斥亦不能相容，氣盛者為勝，當陰物來犯，表徵個人陽氣已衰，相反地若個人命為貴人氣盛或行事不阿氣正，陰物自然躲避。然因人心控制著氣的正邪，當心存惡念，氣則偏陰，陽氣耗弱，會招引同屬陰氣的鬼魅，若存心修德，氣為至剛，邪祟就會遠遁，由此竟又將陰陽之氣賦與著善惡的道德意識。在這物理的基礎與生命的機制上，又再建立起天曹冥府專以指導世人行為的官僚體系，鬼神用個人原有的定命為基礎，並監控其日常的善惡言行，來扣增原來所預定個人於社會所得的資產甚至年壽，執行計算的結果。至於其善惡的分判乃根植於社會禮教的價值，排除了佛道兩教因信仰改變命運的可能性，用此理論解釋了所有靈異事件發生的原因，甚至將看似突發或偶然事件，也囊括在這體系之內，務使所有的事件，皆有著道德性的詮釋及意義。

觀紀氏未曾質疑與嘗試重構民間各樣駁雜之定命觀、輪迴觀、鬼神觀及萬物陰陽變化理論，竟直視靈異傳聞為事實，在調和定命與報應觀後復建立起冥界的行政體系，將茫昧不顯的幽冥事物，繫於易於辨識的人間制度，務使人們在其中獲取道德教訓。其中，且多引述聖人的主張、經書的記錄，將其論述和儒家經典予以環結，借為基礎。由此看來，紀昀竟用一種簡易又粗淺的形上理論，解釋世上一切事物變異與發生的根由，其目的恐非宣揚一己對未知世界的主張，而是在貼近民間想法的前提下，讓止於滿足人類好談鬼神心理的志怪書，置入勸誘人們應回歸社會規範的作用，[21]立足在儒家淑世正心的原來價值核心，故其自謂「儒者著書，當存風化，雖齊諧志怪，亦不收悖理之言」（頁 118），道出近於此書撰寫的實情。[22]若然，復由此體察昀強烈批評宋代理學的癥結，恐不只是理

---

[21] 對此，賴芳伶以為「以《閱微草堂筆記》說故事的方式來抒發學術的主張，是這本書的特色之一，也是紀昀『寓教於趣』的技巧表現，流行的普遍尤其是它最得意的收穫。」頗能道中紀氏採以志怪之體，以寄教育群眾的用意，及其對當時的影響。引文見賴芳伶：《閱微草堂筆記研究》（臺北：臺灣大學出版委員會，1982 年），頁 83。

[22] 由於紀昀著書是在兼顧民間信仰下推展一己的淑世目的，以致部份想法看似與其理智的想望矛盾。也因此，吳波以為：「紀昀對鬼神天命等問題含糊其辭，甚至前後論述存在著明顯的矛盾。」簡易的將紀氏置於儒家當守理智的地位來理解，未能細繹紀氏會合民間思維的撰寫用心及其理論架構，方有此說。復按紀昀對於未能解釋的現象，都歸源在人們囿於當時的智識而無法理

學無法完備地詮釋民間所流傳各種的靈異新聞、以及支持這些新聞成立物理變化及生命機制的理則而已，而在於指責其論述旁落了教育百姓，回歸禮教即儒生的入世天職，意欲就創作小說落實聖人神道設教的政治原理與道德教誨。㉓如此，對於此書何以有「冬烘頭腦令人髮指」㉔的批評，便有同情的瞭解了。

解，而非無此理，前文已述及，就此足以發現紀昀在建立靈異傳聞真實與合理上的努力，而非若吳氏所主張的顯然矛盾。文見吳波：《閱微草堂筆記研究》（上海：上海古籍出版社，2005 年），頁 54。

㉓ 中國歷史中存有著「神道設教」的政治倫理信仰，對於封建王朝的長治久安深具實質意義。此乃楊慶堃所指陳的：「通過賦予道德秩序先天的公正性，使因果可以超越一切經驗主義的證明；同時將正面的詮釋引入到那些令道德解說尷尬的狀況（因為如果無法進行道德解釋，勢必會造成人們無視群體道德），來加強道德秩序。」其說正符合紀昀《閱微草堂筆記》對道德的界定、幽冥的詮釋，彰顯著安定社會的同樣要求。引文見（美）楊慶堃（C.K. Yang）著，范麗珠等譯：《中國社會中宗教》（上海：上海人民出版社，2007 年），頁 149。

㉔ 語出張愛玲。不過張氏亦道出此書「純粹紀錄見聞的《閱微草堂》卻看出許好處來，裏面典型十八世紀的道德觀，也歸之於社會學，本身也有興趣」的持平之說。文據張愛玲：〈談看書〉，張愛玲著：《張看》（臺北：皇冠文學出版公司，1996 年），頁 156。

參考書目

一、傳統古籍

先秦·佚名撰，雒江生注：《詩經通詁》，西安：三秦出版社，2000 年。
漢·司馬遷撰，瀧川資言考證：《史記會注考證》，臺北：天工書局，1989 年。
晉·干寶撰，汪紹楹點校：《搜神記》，臺北：里仁書局，1999 年。
晉·葛洪：《神仙傳》，臺北：自由出版社，1989 年。
晉·葛洪，楊明照點校：《抱朴子外篇校釋》，北京：中華書局，1997 年。
晉·王嘉撰，齊治平點校：《拾遺記》，北京：中華書局，1981 年。
晉·郭氏《玄中記》，《古小說鉤沈》本，北京：人民文學出版社，1999 年。
南朝宋·劉義慶著，魯迅輯：《幽明錄》，《古小說鉤沈》本，北京：人民文學出版社，1999 年。
南朝宋·劉敬叔撰，范寧點校：《異苑》，北京：中華書局，1996 年。
南朝宋·陶潛撰，李劍國輯校：《新輯搜神後記》，北京：中華書局，2007 年。
南朝齊·求那毘地譯：《百喻經》，《大正藏》本，臺北：新文豐出版社，1983 年。
元魏·瞿曇般若流支譯：《毘耶娑問經》，《大正藏》本，臺北：新文豐出版社，1983 年。
後秦·鳩摩羅什譯：《大智度論》，《大正藏》本，臺北：新文豐出版社，1983 年。

六朝・見素子撰，嚴一萍輯校：《洞仙傳》，《道教研究資料第一輯》，臺北：藝文印書館，1974年。

六朝・佚名：《上清大洞真經》，《正統道藏》本，臺北：新文豐出版社，1985年。

六朝・佚名：《大洞金華玉經》，《正統道藏》本，臺北：新文豐出版社，1985年。

唐・玄奘譯：《阿毘達磨大毘婆沙論》，《大正藏》本，臺北：新文豐出版社，1983年。

唐・釋道宣輯：《廣弘明集》，《大正藏》本，臺北：新文豐出版社，1983年。

唐・房玄齡：《晉書》，臺北：鼎文書局，1982年。

唐・柳宗元：《河東先生龍城錄》，《叢書集成新編》影印《百川學海》本，臺北：新文豐出版社，1985年。

唐・段成式撰、方南生點校：《酉陽雜俎》，臺北：漢京文化事業，1983年。

唐・牛僧孺撰，程毅中點校：《玄怪錄》，北京：中華書局，2006年。

唐・李復言撰，程毅中點校：《續玄怪錄》，北京：中華書局，2006年。

唐・薛用弱撰：《集異記》，北京：中華書局，1980年。

唐・陳翰撰，王夢鷗點校：《唐人小說研究二集・異聞集遺文校補》，臺北：藝文印書館，1973年。

唐・裴鉶撰，王夢鷗點校：《傳奇》，《唐人小說研究》，臺北：藝文印書館，1997年。

唐・蘇鶚撰：《杜陽雜編》，臺北：新文豐出版社，1985年。

唐・鄭還古撰：《博異志》，北京：中華書局，1980年。

唐・慧能傳，郭朋校釋：《壇經校釋》，北京：中華書局，2004年。

五代・杜光庭：《神仙感遇傳》，《正統道藏》本，臺北：新文豐出版社，1988年。

五代・杜光庭：《錄異記》，上海：上海古籍出版社，2000年。

五代・杜光庭撰，王純五譯注：《洞天福地嶽瀆名山記全譯》，貴陽：貴州人民出版社，1999 年。
五代・王松年：《仙苑編珠》，《正統道藏》本，上海：上海古籍出版社，1989 年。
後周・釋延壽：《宗鏡錄》，《大正藏》本，臺北：新文豐出版社，1983 年。
〔日〕藤原佐世：《日本國見在書目錄》，臺北：新文豐出版社，1984 年。
宋・李昉編：《文苑英華》，影印明隆慶刻本，臺北：華文書局，1965 年。
宋・李昉編：《太平廣記》，北京：中華書局，2005 年。
宋・宋君房編，李永晟點校：《雲笈七籤本》，北京：中華書局，2003 年。
宋・王堯臣：《崇文總目》，臺北：臺灣商務印書館，1978 年。
宋・郭彖：《睽車志》，北京：中華書局，1985 年。
宋・張師正撰，白化文、許德楠點校：《括異志》，北京：中華書局，2006 年。
宋・吳曾：《能改齋漫錄》，北京：中華書局，1985 年。
宋・李太古集：《道門通教必用集》，臺北：新文豐出版社，1985 年。
宋・王溥：《唐會要》，北京：中華書局，1985 年。
宋・晁公武：《群齋讀書志》，臺北：臺灣商務印書館，1978 年。
宋・蔡夢弼撰，民國丁福保點校：《杜工部草堂詩話》，《歷代詩話續編》本，北京：中華書局，2001 年。
宋・王楙撰，程毅中等點校：《野客叢書》，《宋人詩話外編》本，北京：國際文化出版公司，1996 年。
宋・洪邁：《夷堅志》，北京：中華書局，2006 年。
宋・李覯：《盱江集》，《文淵閣四庫全書》本，臺北：臺灣商務印書館，1986 年。
宋・項安世：《項氏家說》，北京：中華書局，1985 年。
宋・葉廷珪撰，李之亮點校：《海錄碎事》，北京：中華書局，2002 年。
宋・黎靖德編，王星賢點校：《朱子語類》，北京：中華書局，1999 年。
宋・姚寬：《西溪叢語》，北京：中華書局，1999 年。
宋・潛說友：《咸淳臨安志》，影印錢塘汪氏振綺堂刊本，臺北：國泰文化事業公司，1980年。

宋·陳耆卿《赤城志》：《文淵閣四庫全書》本，臺北：臺灣商務印書館，1986年。

宋·祝穆：《方輿勝覽》，北京：中華書局，2003年。

宋·釋居簡：《北磵集》，《文淵閣四庫全書》本，臺北：臺灣商務印書館，1971年。

宋·釋如淨：《如淨和尚語錄》，《大正藏》本，臺北：新文豐出版社，1990年。

宋·佚名：《太上助國救民總真秘要》，《正統道藏》本，臺北：新文豐出版社，1985年。

宋·佚名：《高上神霄玉清真王紫書大法》，《正統道藏》本，臺北：新文豐出版社，1985年。

元·闕名：《道藏闕經書目》，《正統道藏》本，臺北：新文豐出版社，1985年。

明·陸粲：《庚巳編》，北京：中華書局，2007年。

明·吳之鯨：《武林梵志》，《文淵閣四庫全書》本，臺北：臺灣商務印書館，2005年。

明·釋火蓮：《天台山志》，光緒甲午重刊本，臺北：丹青出版社，1985年。

明·釋明河：《補續高僧傳》，《卍續藏經》本，上海：上海古籍出版社，1997年。

明·郎瑛：《七修類稿》，上海：上海書店出版社，2001年。

明·田汝成：《西湖遊覽志餘》，臺北：世界書局，1963年。

明·馮夢龍編：《三教偶拈》，上海：上海古籍出版社，1993年。

明·晁瑮撰：《晁氏寶文堂書目》，上海：上海古籍出版社，2005年。

清·香嬰居士編次，于文藻校點：《麴頭陀傳》，北京：人民文學出版社，1999年。

清·張大復撰，周鞏平校點：《醉菩提》，北京：中華書局，1996年。

清·釋際祥：《淨慈寺志》，錢塘嘉惠堂本，臺北：明文書局，1980年。

清・孫治撰，徐增重編：《武林靈隱寺志》，錢塘嘉惠堂本，臺北：明文書局，1980 年。
清・釋自融撰、釋性磊補輯：《南宋元明禪林僧寶傳》，《卍續藏經》本，北京：中國藏學出版社，1993 年。
清・性統編輯：《續燈正傳》，《卍續藏經》本，北京：中國藏學出版社，1993 年。
清・聶先編集、江湘參訂：《續指月錄》，《卍續藏經》本，北京：中國藏學出版社，1993 年。
清・釋超永：《五燈全書》，《卍續藏經》本，北京：中國藏學出版社，1993 年。
清・性統編輯：《揞黑豆集》，《卍續藏經》本，北京：中國藏學出版社，1993 年。
清・王先謙集解，劉武點校：《莊子集解》，上海：中華書局，2008 年。
清・朱彬撰，饒欽農點校：《禮記訓纂》，北京：中華書局，1998 年。
清・墨浪子編，袁世碩等點校：《西湖佳話》，南京：江蘇古籍出版社，1993 年。
清・天花藏主人編次，蕭欣橋校點：《醉菩提傳》，北京：人民文學出版社，1999 年。
清・紀昀：《四庫全書總目》，臺北：藝文印書館，1997 年。
清・沈德符：《敝帚齋餘談》，影印望雪仙館巾箱本，臺北：新文豐出版社，1989 年。
清・張維屏：《國朝詩人徵略》，臺北：鼎文書局，1971 年。
清・褚人穫：《堅瓠丁集》，影印柏香書屋校印本，杭州：浙江人民出版社，1986 年。
清・吳任臣撰，徐敏霞、周瑩點校：《十國春秋》，北京：中華書局，1983 年。
清・郭小亭撰，楊宗瑩校訂：《濟公傳》，臺北：三民書局，2001 年。
清・趙爾巽撰：《清史稿》，臺北：鼎文書局，1989 年。
清・紀昀（題名）：《紀曉嵐家書》，臺北：廣文書局，1994 年。

二、近人專書論著

㈠總類及史類

王仲犖：《隋唐五代史》，上海：上海人民出版社，1995 年。
王河、真理整理：《宋代佚著輯考》，南昌：江西人民出版社，2003 年。
任繼愈主編：《道藏提要》，北京：中國社會科學出版社，1995 年。
余嘉錫：《四庫提要辨證》，北京：中華書局，2007 年。
余嘉錫：《余嘉錫論學雜著》，北京：中華書局，1963 年。
吳哲夫：《清代禁燬書目研究》，臺北：嘉新水泥公司，1969 年。
李寬淑：《中國基督教史略》，北京：社會科學文獻出版社，2000 年。
杜繼文、魏道儒：《中國禪宗通史》，南京：江蘇人民出版社，2004 年。
卓新平：《基督教與猶太教志》，上海：上海人民出版社，1998 年。
淩郁之：《洪邁年譜》，上海：上海古籍出版社，2006 年。
孫亦平：《杜光庭評傳》，南京：南京大學出版社，2005 年。
馬西沙，韓秉方：《中國民間宗教史》，北京：中國社會科學出版社，2004 年。
勞思光：《新編中國哲學史（二）》，臺北：三民書局，1980 年。
勞思光：《新編中國哲學史（三上）》，臺北：三民書局，1997 年。
董作賓：《中國年曆總譜》，香港：香港大學出版社，1960 年。
劉緯毅緝：《漢唐方志輯佚本》，北京：北京圖書館，1997 年。
賴永海：《濟公和尚》，臺北：東大圖書公司，1997 年。

㈡文化與科學

王孝廉：《中國的神話世界下編：中原民族的神話與信仰》，臺北：時報文化出版公司，1992 年。
李劍國：《中國狐文化》，北京：人民文學出版社，2002 年。
林富士、傅飛嵐主編：《遺迹崇拜與聖者崇拜：中國聖者傳記與地域史的材料》，臺北：允晨出版社，2001 年。
林富士：《疾病終結者——中國早期的道教醫學》，臺北：三民書局，2003 年。

柯玲：《濟公傳說》，北京：中國社會出版社，2006 年。

胡萬川：《真實與想像——神話傳說探微》，新竹：國立清華大學出版社，2004 年。

袁珂：《中國古代神話》，北京：中華書局，1960 年。

袁珂：《古神話選釋》，北京：人民文學出版社，1996 年。

康韻梅：《中國古代死亡觀之探究》，臺北：國立臺灣大學出版委員會，1994 年。

張啟成：《中外神話與文明研究》，北京：學苑出版社，2004 年。

程薔，董乃斌：《唐帝國的精神文明——民俗與文學》，北京：中國社會科學出版社，1996 年。

程薔：《驪龍之珠的誘惑——民間敘事寶物主題探索》，北京：學苑出版社，2003 年。

劉康：《對話的喧聲——巴赫汀文化理論述評》，臺北：麥田出版社，2001 年。

劉黎明：《宋代民間巫術研究》，成都：巴蜀書社，2004 年。

卜正民（Timothy Brook）著，方駿等合譯：《縱樂的困惑：明朝的商業與文化》，臺北：聯經出版社，2004 年。

王斯福（Stephan Feuchtwang）著，趙旭東譯：《帝國的隱喻》，南京：江蘇人民出版社，2008 年。

牟復禮（Frederick W. Mote）著，王立剛譯：《中國思想的淵源》，北京：北京大學出版社，2009 年。

杜維明（Tu Wei-ming）著，陳靜譯：《儒教》，臺北：麥田出版社，2002 年。

狄百瑞（Wm. Theodore de Bary）著，黃水嬰譯：《儒家的困境》，北京：北京大學出版社，2009 年。

馬塞爾·莫斯著（Marcel Mauss）、楊渝東譯《巫術的一般理論》，桂林：廣西師範大學出版社，2007 年。

高羅佩著、楊權譯：《祕戲圖考》，廣州：廣東人民出版社，1992 年。

鄭光美、張詞祖主編：《中國野鳥》，北京：中國林業出版社，2002 年。

陳勤建：《中國鳥信仰》，鄭州：學苑出版社，2003年。

(三)宗教研究

鄭志明：《中國社會與宗教》，臺北：臺灣學生書局，1986年。

鄭志明：《中國善書與宗教》，臺北：臺灣學生書局，1988年。

蕭登福：《先秦兩漢冥界及神仙思想探源》，臺北：文津出版社，2001年。

蕭登福：《道教與民俗》，臺北：文津出版社，2002年。

楊惠南：《禪史與禪思》，臺北：東大圖書公司，1995年。

葛兆光：《屈服史及其他：六朝隋唐道教的思想史研究》，北京：三聯書店，2003年。

賈二強：《唐宋民間信仰》，福州：福建人民出版社，2002年。

劉笑敢撰，陳靜譯：《道教》，臺北：麥田出版社，2002年。

皮慶生：《宋代民眾祠神信仰研究》，上海：上海古籍出版社，2008年。

吳言生：《禪宗哲學象徵》，北京：中華書局，2002年。

李豐楙：《不死的探求：抱朴子》，臺北：時報文化公司，1998年。

阿部正雄著，張志強譯：《佛教》，上海：上海古籍出版社，2008年。

秋月觀暎著，丁培仁譯：《中國近世道教的形成》，北京：中國社會科學出版社，2005年。

胡孚琛：《魏晉神仙道教》，北京：人民出版社，1989年。

韓森（Valerie Hansen）著，包偉民譯，《變遷之神：南宋時期的民間信仰》，杭州：浙江人民出版社。

魯惟一（Michael Loewe）著，王浩譯：《漢代的信仰、神話和理性》，北京：北京大學出版社，2009年。

楊慶堃（C.K. Yang）著，范麗珠等譯：《中國社會中的宗教》，上海：上海人民出版社，2007年。

包筠雅（Cynthia J. Brokaw）著，杜正貞、張林譯：《功過格：明清社會的道德秩序》，杭州：浙江人民出版社，1999年。

伊利亞德（Mircea Eliade）著，晏可佳、姚蓓琴譯：《神聖的存在：比較宗教的範型》，桂林：廣西師範大學出版社，2008年。

伊利亞德（Mircea Eliade）著，楊素娥譯：《聖與俗——宗教的本質》，臺北：桂冠圖書公司，2006 年。

韋伯（Max Weber）著，洪天富譯：《儒教與道教》，南京：江蘇人民出版社，2005 年。

㈣小說專題

小南一郎撰，孫昌武譯：《中國的神話傳說與古小說》，北京：中華書局，2006 年。

小野四平：《中國近代白話短篇小說研究》，上海：上海古籍出版社，1997 年。

王年双：《洪邁生平及其「夷堅志」研究》，臺北：國立政治大學中國文學研究所博士論文，1988 年 7 月。

王孝廉：《神話與小說》，臺北：時報文化出版公司，1991 年。

王國良：《搜神後記研究》，臺北：文史哲出版社，1978 年。

王國良：《魏晉南北朝志怪小說研究》，臺北：文史哲出版社，1984 年。

王國良：《續齊諧記研究》，臺北：文史哲出版社，1987 年。

王清原，牟仁隆，韓錫鐸編纂：《小說書坊錄》，北京：北京圖書館出版社，2002 年。

王夢鷗：《唐人小說研究》，臺北：藝文印書館，1997 年。

占驍勇：《清代志怪傳奇小說集研究》，武漢：華中科技大學出版社，2003 年。

江蘇省社會科學院明清小說研究中心文學研究所編：《中國通俗小說總目提要》，北京：中國文聯出版公司，1997 年。

吳波：《閱微草堂筆記研究》，上海：上海古籍出版社，2005 年。

李劍國：《宋代志怪傳奇敘錄》，天津：南開大學出版社，1997 年。

李劍國：《唐五代志怪傳奇敘錄》，天津：南開大學出版社，1998 年。

李劍國：《唐前志怪小說史》，天津：天津教育出版社，2005 年。

李劍國：《唐前志怪小說輯釋》，臺北：文史哲出版社，1994 年。

李劍國輯：《宋代傳奇集》，北京：中華書局，2001 年。

李豐楙：《六朝隋唐仙道小說研究》，臺北：臺灣學生書局，1997 年。

李豐楙：《許遜與薩守堅：鄧志謨道教小說研究》，臺北：臺灣學生書局，1997 年。

林辰：《神怪小說史話》，瀋陽：遼寧教育出版社，2000 年。

林潛為：《歡喜冤家研究》，臺北：東吳大學中國文學系碩士論文，1997 年 7 月。

柳存仁：《倫敦所見中國小說書目》，臺北：鳳凰出版社，1974 年。

胡士瑩：《話本小說概論》，北京：中華書局，1980 年。

胡勝：《明清神魔小說研究》，北京：中國社會科學出版社，2004 年。

苟波：《仙境·仙人·仙夢——中國古代小說中的道教理想主義》，成都：巴蜀書社，2008 年。

孫楷第：《中國通俗小說書目》，臺北：木鐸出版社，1983 年。

張忠良：《濟公故事綜合研究》，臺北：秀威資訊科技公司，2007 年。

陳東有：《濟公系列小說》，瀋陽：遼寧教育出版社，2000 年。

陳益源：《元明中篇傳奇小說研究》，文化大學中國文學研究所博士論文，1994 年 7 月。

陳益源：《古代小說述論》，北京：線裝書局，1999 年。

陳益源：《古典小說與情色文學》，臺北：里仁書局，2001 年。

程毅中：《古體小說鈔》，北京：中華書局，1980 年。

程毅中：《宋元小說研究》，句容：江蘇古籍出版社，1998 年。

黃東陽：《唐五代記異小說的文化闡釋》，臺北：秀威資訊科技公司，2007 年。

黃勇：《道教筆記小說研究》，成都：四川大學出版社，2007 年。

路工、譚天編：《古本平話小說集》，北京：人民文學出版社，1999 年。

劉亞丁：《佛教靈驗記研究——以晉唐為中心》，成都：巴蜀書社，2006 年。

劉燕萍：《怪誕與諷刺——明清通俗小說詮釋》，上海：學林出版社，2003 年。

樂蘅軍：《意志與命運：中國古典小說世界觀綜論》，臺北：大安出版社，

2003 年。
歐陽代發：《話本小說史》，武漢：武漢出版社，1994 年。
魯迅：《魯迅小說史論集》，臺北：里仁書局，1994 年。
蕭相愷：《宋元小說史》，杭州：浙江古籍出版社，1997 年。
賴芳伶：《閱微草堂筆記研究》，臺北：臺灣大學出版委員會，1982 年。
謝明勳：《六朝志怪小說他界觀研究》，臺北：中國文化大學中國文學研究所博士論文，1992 年 7 月。
謝明勳：《六朝志怪小說故事考論》，臺北：里仁書局，1999 年。
謝明勳：《六朝志怪小說變化題材研究》，臺北：中國文化大學中研所碩士論文，1988 年 7 月。
韓南：《中國白話小說史》，杭州：浙江古籍出版社，1989 年。
羅爭鳴：《杜光庭道教小說研究》，成都：巴蜀書社，2005 年。
艾梅蘭（Maram Epstein）著，羅琳譯：《競爭的話語：明清小說中的正統性、本真性及所生成的意義》，南京：江蘇人民出版社，2005 年。
莫宜佳（Monika Motsch）著，韋凌譯：《中國中短篇敘事文學史》，上海：華東師範大學出版社，2008 年。

㈤文學研究

王更生：《文心雕龍讀本》，臺北：文史哲出版社，1995 年。
李豐楙：《誤入與謫降：六朝隋唐道教文學論集》，臺北：臺灣學生書局，1996 年。
李豐楙：《憂與遊：六朝隋唐遊仙詩論集》，臺北：臺灣學生書局，1996 年。
孫昌武：《道教與唐代文學》，北京：人民文學出版社，2001 年。
郭紹虞：《宋詩話考》，北京：中華書局，1985 年。
郭紹虞：《宋詩話輯佚》，北京：中華書局，1980 年。
陳飛龍：《葛洪之文論及其生平》，臺北：文史哲出版社，1980 年。
楊建波：《道教文學史論稿》，武漢：武漢出版社，2001 年。
韋勒克、華倫撰、王夢鷗、許國衡譯：《文學論——文學方法研究論》，臺北：志文出版社，1992 年。

三、期刊及單篇論文

㈠期刊

王三慶：〈從市場經濟看明代小說的幾個問題〉，《古典文學》，第 15 期，2000 年 9 月。

周純一：〈濟公形象之完成及其社會意義〉，《漢學研究》，第 8 卷 1 期，1990 年 6 月。

林保淳：〈淫詩與淫書〉，《淡江大學中文學報》，第 4 期，1997 年 12 月。

林富士：〈中國早期道士的「醫者」形象：以「神仙傳」為主的初步探討〉，《世界宗教學刊》，第 2 期，2003 年 11 月。

胡金望：〈風月鄉里寫世情：略論歡喜冤家的選材視角與構思模式〉，《明清小說研究》，1998 年第 3 期，1998 年。

孫長祥：〈禮記月令中的時間觀〉，《東吳哲學學報》，第 7 期，2002 年 12 月。

徐凌雲：〈歡喜冤家的作者〉，《明清小說研究》，1994 年第 3 期，1994 年。

康韻梅：〈三言中婦女的情欲世界及其意蘊〉，《臺大中文學報》，第 8 期，1994 年 4 月。

張祝平：〈明代艷情小說的發展和朱熹的淫詩說〉，《書目季刊》，第 30 卷第 2 期，1996 年 9 月。

張麗珠：〈紀昀反宋學的思想意義——以四庫提要與閱微草堂筆記為觀察線索〉，《漢學研究》，第 20 卷 1 期，2002 年 6 月。

曾仕良：〈從干支之文字符號探討傳統時間觀念〉，《明道通識論叢》，第 1 期，2006 年 9 月。

鈕衛星：〈「五通仙人」考〉，《上海交通大學學報（哲學社會科學版）》，第 15 卷第 5 期，2007 年 10 月。

黃東陽：〈由命定故事檢視唐代命定觀的建構原理〉，《新世紀宗教研究》，第 4 卷 3 期，2006 年 4 月。

黃東陽：〈由唐人小說察考勸善書的思想淵源與要義〉，《興大人文學報》，38 期，2007 年 3 月。

黃東陽：〈明末艷情小說痴婆子傳探析〉，《中國文化月刊》，第 213 期，1997 年 12 月。

黃東陽：〈唐人小說所反映之魂魄義〉，《新世紀宗教研究》，第 5 卷 4 期，2007 年 6 月。

黃東陽：〈歲月易遷，常恐奄謝——唐五代仙境傳說中時間母題之傳承與其命題〉，《新世紀宗教研究》，第 6 卷 4 期，2008 年 6 月。

黃東陽：〈葛洪「神仙傳」所建構之神聖空間及其進入之法式〉，《新世紀宗教研究》第 9 卷 1 期，2010 年 9 月。

黃霖：〈杜騙新書與晚明世風〉，《文學遺產》1995 年 1 期，1995 年。

劉燕萍：〈淫祠、偏財神與淫神——論「夷堅志」中的五通〉，《淡江人文社會學報》，第 35 期，2008 年 9 月。

潘建國：〈歡喜冤家對尋芳雅集、鍾情麗集的輯采〉，《上海師範大學學報社會科學版》，第 27 卷第 4 期，1998 年 12 月。

潘建國：〈歡喜冤家與杜騙新書〉，《明清小說研究》，1996 年第 2 期，1996 年。

鄭明娳：〈古典小說的愛與慾〉，《聯合文學》，第 4 卷第 11 期，1988 年 9 月。

蕭相愷：〈歡喜冤家考論〉，《明清小說研究》1989 年 4 期，1989 年。

韓南著、水晶譯：〈中國愛慾小說的初探〉，《聯合文學》，第 4 卷第 11 期，1988 年 9 月。

Lourie, S.A. & Tompkins, D. M. (2000). The diets of Malaysian swiftlets. Ibis 142(4): pp.596-602.

Mordecai Marcus (1960). What is an initiation story? The Journal of Aesthetics and Art Criticism, Winter, 19(2), pp.21-228.

㈡單篇論文

小川環樹撰，張桐生譯：〈中國魏晉以後的仙鄉故事〉，林以亮編：《中國古典小說論集第一輯》，臺北：幼獅文化事業公司，1988 年。

王卡：〈東晉南北朝道教〉，牟鍾鑒、胡孚琛、王葆玹編：《道教通論——兼論道家學說》，濟南：齊魯書社，1991 年。

王國良：〈唐五代的仙境傳說〉，收於《唐代文學研究》第三輯，桂林：廣西師範大學出版社，1992 年。

王國良：〈唐代胡人識寶藏寶傳說〉，中國古典文學研究會主編：《文學與社會》，臺北：臺灣學生書局，1990 年。

田浩：〈朱熹的鬼神觀與道統觀〉，朱杰人編：《紀念朱熹誕辰 870 周年逝世 800 周年論文集》，上海：華東師範大學出版社，2001 年。

李豐楙：〈唐人小說遊仙類型的承與創新〉，劉楚華編：《唐代文學與宗教》，香港：中華書局，2004 年。

李豐楙：〈從誤入到引導——唐人小說遊仙類型的傳承與創新〉，劉楚華編：《唐代文學與宗教》，香港：中華書局，2004 年。

汪玢玲：〈天鵝處女型故事研究概觀〉，苑利編：《二十世紀中國民俗學經典·傳說故事卷》，北京：社會科學文獻出版社，2002 年。

林富士：〈試論中國早期道教對於醫藥的態度〉，李建民主編：《生命與醫療》，北京：中國大百科全書出版社，2005 年。

金澤：〈宗教禁忌與神聖空間〉，苑利編：《二十世紀中國民俗學經典·信仰民俗卷》，北京：社會科學文獻出版社，2002 年。

洪德先：〈俎豆馨香——歷代的祭祀〉，藍吉富、劉增貴編：《敬天與親人》，臺北：聯經出版社，1982 年。

胡萬川：〈降龍羅漢與伏虎漢——從二十四尊得道羅漢傳說起〉，辜美高，黃霖主編：《明代小說面面觀：明代小說國際學術研討會論文集》，上海：學林出版社，2002 年。

酒井忠夫著，許洋主譯：〈功過格的研究〉，劉俊文主編：《日本學者研究中國史論著選譯：第七卷思想宗教》，北京：中華書局，1993 年。

崔勝洪：〈論中國古代小說的性觀念〉，張國星編：《中國古代小說中的性描寫》，天津：百花文藝出版社，1993 年。

陳炳良，黃德偉：〈張愛玲短篇小說的啟悟主題〉，陳炳良編：《張愛玲短篇小說論集》，臺北：遠景出版社，1985 年。

陳益源：〈歡喜冤家的和尚形象及其影響〉，《香港浸會大學第一屆文學與宗教國際學術研討會論文集》，1996 年。

逯耀東：〈武帝封禪與「封書」〉，《抑鬱與超越——司馬遷與漢武帝時代》，北京：三聯書店，2008 年。

雷聞：〈五岳真君與唐代國家祭祀〉，收於榮新江主編：《唐代宗教信仰與社會》，上海：上海辭書出版社，2003 年。

劉燕萍：〈唐代人神仙戀中的啟悟脫險與補償旅行〉，劉楚華編：《唐代文學與宗教》，香港：中華書局，2004 年。

查德·馮·格蘭（Richard von Glahn）著，陳仲丹譯：〈財富的法術：江南社會史上的五通神〉，韋思諦（Stephen C. Averill）編：《中國大眾宗教》，南京：江蘇人民出版社，2006 年。

韓書瑞（Susan Naquin）著，陳仲丹譯：〈反叛間的聯繫：清代中國的教派家族網〉，韋思諦（Stepehn C. Averill）編：《中國大眾宗教》，南京：江蘇人民出版社，2006 年。

Wheeler, W.M. (1910). Ants: Their structure, development and behavior. New York: Columbia University Press. pp.2.

國家圖書館出版品預行編目資料

世俗的神聖——古典小說中的宗教及文化論述

黃東陽著. – 初版. – 臺北市：臺灣學生，2011.12

面；公分

ISBN 978-957-15-1545-8 (平裝)

1. 古典小說 2. 文學評論

827.2 100018670

世俗的神聖——古典小說中的宗教及文化論述

著 作 者：黃 東 陽

出 版 者：臺 灣 學 生 書 局 有 限 公 司

發 行 人：楊 雲 龍

發 行 所：臺 灣 學 生 書 局 有 限 公 司

臺北市和平東路一段七十五巷十一號

郵政劃撥帳號：00024668

電話：(02)23928185

傳眞：(02)23928105

E-mail：student.book@msa.hinet.net

http：//www.studentbook.com.tw

本書局登記證字號：行政院新聞局局版北市業字第玖捌壹號

印 刷 所：長 欣 印 刷 企 業 社

新北市中和區永和路三六三巷四二號

電話：(02)22268853

定價：新臺幣三六〇元

西元二〇一一年十二月初版

82718

ISBN 978-957-15-1545-8 (平裝)